걸리버를 따라서, 스위프트를 찾아서

「이 도서의 국립중앙도서관 출판예정도서목록(CIP)은 서지정보유통지원시스템 홈페이지(http://seoji.nl.go.kr)와 국가자료공동목록시스템(http://www.nl.go.kr/kolisnet)에서 이용하실 수 있습니다.(CIP제어번호: CIP2015034848)」

걸리버를 따라서, 스위프트를 찾아서

초판 1쇄 발행일 2015년 12월 30일

지 은 이 박홍규
펴 낸 이 이정원

출판책임 박성규
기획실장 선우미정
편　　집 김상진 · 유예림 · 구소연
디 자 인 김지연 · 김세린
마 케 팅 석철호 · 나다연
경영지원 김은주 · 이순복
제　　작 송세언
관　　리 구법모 · 엄철용

펴 낸 곳 도서출판 들녘
등록일자 1987년 12월 12일
등록번호 10-156
주　　소 경기도 파주시 회동길 198
전　　화 마케팅 031-955-7374 편집 031-955-7381
팩시밀리 031-955-7393
홈페이지 www.ddd21.co.kr

I S B N 979-11-5925-122-1(44840)

걸리버를 따라서, 스위프트를 찾아서

박홍규 지음

들녘

1710년의 조너선 스위프트
(Jonathan Swift, 1667~1745)

어리석은 세상을 비웃는 통쾌한 여행

> 당파와 패 짓기가 언제 그쳤는지, 판사들이 유식해지고 정직해졌는지, 변호사는 정직, 겸허하고 약간의 상식이나마 갖추게 되었는지, 스밋필드에 법률 책을 쌓아 올려 불사르고 있는지, 젊은 귀족들의 교육이 완전히 바뀌었는지, 암 야후들은 미덕과 명예와 진실과 양식으로 차 있는지, 궁정과 고관들의 접견실에서 잡초들을 뽑아 없앴는지, 현명하고 유능하고 학식 있는 사람이 대우받고 있는지, 창피스런 산문과 시로 출판계를 더럽히는 자들은 모두 자신의 종이만으로 요기를 하고, 자신의 잉크로 목을 축이도록 선고받고 있는지.

위 글은 『걸리버 여행기』 맨 앞에 실린 것으로 걸리버가 사촌에게 보낸 편지의 한 구절입니다. 1726년에 처음 책을 출판하고 반년이 흐른 뒤 그 책에 쓴 자신의 비판이 세상을 얼마만큼 바뀌게 했는지 묻는 편지인데요. 이 글을 보면 당파 싸움은 당시 조선만이 아니라 영국이나 아일랜드에서도 심했다는 것, 어느 나라를 막론하고 법조인과 법률 체계엔 문제가 많다는 것을 짐작할 수 있습니다. 물론 창피스런 책을 쓰는 인간은 '차라리 종이로 요기하고, 잉크로 목이나 축이게 하라'는 말은 지금 이 책을 쓰는 제게도 너무나 끔찍한 진실로 다가옵니다. 다행히 저는 잉크가 없는 시대에 살고 있지만요.

하지만 『걸리버 여행기』가 세상에 나온 지 3백 년이 다 되어가는 지금도 변한 게 거의 없습니다. 당파 싸움은 여전하고, 판검사들이 유식·정직해지거나 변호사가 정직·겸손·최소한의 상식을 갖추기는커녕 돈으로 사는 전관예우니 뭐니 하며 여전히 짜고 치는 고스톱 같은 재판을 하거나 유전무죄니 무전유죄니 하는 돈놀이 재판까지 일삼고 있으니까요. 그 뿐인가요? 교육의 질은 형편없어지고, 정부에는 잡초들만 무성하며, 현명한 사람의 비판은 명예 훼손으로 걸려 잡혀갈 뿐이라는 소문도 그치지 않습니다. 어쩌면 스위프트도 2015년 한국에서 『걸리버 여행기』를 썼더라면 당장 명예훼손 죄에 걸려들었을지 모릅니다. 3백 년 전에는 영국의 왕들이나 정치가를 짐승보다 못하다고 욕해도 괜찮았는데 말입니다.

『걸리버 여행기』는 1726년에 나왔습니다. 벌써 289년이나 지났지요. 우리에게 처음 소개된 것은 1960년대라는 이야기도 있으나 아마도 일제강점기였으리라 짐작합니다. 제가 최초로 읽은 책은 1956년 한일문화사에서 나온 『까리비어 여행기』였어요. 걸리버를 '까리비어'라 표기한 것을 보면 일본어판을 중역했다는 느낌이 듭니다. 여하튼 그 완역이 처음 나온 것이 1987년이라고 하니, 원저가 나온 뒤로도 261년이 지난 셈입니다. 하지만 완역본이 출간된 뒤에도 여전히 3, 4부가 포함되지 않는 부분 번역이나 초역의 동화판으로 읽히는 게 일반적입니다. 『해리 포터』나 『반지의 제왕』처럼 공상 소설의 하나로 읽히는 거죠.

그런데 『걸리버 여행기』는 아동용 동화가 아닙니다. 처음부터 동화가 아니었어요. 물론 스위프트가 자신의 모든 글을 당시의 가장 무지한 민중도 이해할 수 있을 만큼 쉽게 쓴 것은 사실이에요. 그는 아주 짧은 시조차도 두 하인에게 먼저 읽히고 그들이 이해할 때까지 고쳐 썼으니까요. 그렇게 쉽기 때문에 동화로 읽혀진 게 아닐까요? 따라서 여러분도 『걸리버 여행기』를 무슨 난해한 문학처럼 생각할 필요가 없습니다.

『걸리버 여행기』는 289년 전 영국의 식민지인 아일랜드에서 쓰였고, 그 이후 세상은 엄청나게 변했습니다. 지금의 영국이나 아일랜드 사정도 잘 모르는 우리로선 289년 전의 그곳을 상상하기가 어렵습니다. 스위프트는 영국과 아일랜드 사람들을 대상으로 『걸리버 여행기』를 썼는데요. 책에는 당시 독자라면 당연히 알아챌 수 있는 풍자가 많습니다. 하지만 우리는 이를 쉽게 알아챌 수 없어요. 그러므로 『걸리버 여행기』를 제대로 읽으려면 작가의 상황이나 시대 배경 등에 얽힌 친절하고 상세한 설명을 들어야 합니다. 그러나 안타깝게도 국내에는 그런 책이 거의 없어요. 해설은커녕 작가에 대한 소개나 책에 대한 소개도 한 쪽 정도에 불과하지요. 관련 논문이 없는 것은 아니지만 해설들도 대개 모호합니다. 여러분 같은 청소년이나 일반인이 접하기도 어렵고요. 『걸리버 여행기』가 우리나라에서 어린이 문학전집의 범주를 벗어나지 못하는 또 다른 이유이기도 합니다.

저는 어른이 되고 나서 어린 시절 동화로 읽었던 『걸리버 여행기』를 다시 열심히 읽었습니다. 20대에 법을 공부하면서 그 책이 법과 정치에 대한 가장 통렬한 비판서임을 알게 된 탓입니다. 그다음 저는 30대에 이르러 『걸리버 여행기』가 당시의 정치와 제국주의에 대한 비판의 고전이며, 저자인 스위프트가 스스로 식민지 지식인이면서도 반식민주의자로 살았다는 점을 알게 되어 다시 읽었어요. 40대엔 아나키즘을 공부하면서 어쩌면 스위프트가 아나키즘에 공감했을지도 모른다는 생각에서 다시 읽었고, 50대에 이르러 그에 대한 책을 쓰게 되었습니다.

좋은 책이란, 또는 고전이란 이런 책을 가리키는 말일 테지요. 약 3세기 전, 당시 우리와 전혀 무관했던 (지금도 거의 마찬가지이지만) 나라에서 쓴 책이 '지금의 나'에게 '여러 번 새롭게' 읽힌다는 점이야말로 『걸리버 여행기』를 고전다운 고전이라 말해주는 분명한 덕목 아닐까요? 저는, 어느 시대 어느 나라에서나 읽히고, 개인적으로도 언제 어디에서나 읽을 수 있는 책을 고전이라 생각합니다. 그렇지 않고 그냥 오래된 책에 불과하다면 누가 그것을 지금 다시 읽고, 또한 고전이라고 말하겠어요? 가령 저는 고전 중의 고전이라는 단테의 『신곡』이나 밀턴의 『실락원』을 끝까지 읽어보려고 수십 년간 노력했지만 성공한 적이 없습니다. 그래서 한때는 스스로에게 대단히 절망한 적도 있으나 이제는 깨끗이 포기했어요. 적어도 그 책들은 제게 고전이 아니었습니다. 어쩌면 독자 여러분 가운데엔 예전의 제가 그랬듯 불필요한 고민에 빠진 분이 계실지 모릅니다. 해결 방법은 간단합니다. 어떤 책이든 적어도 10분 이상 읽었을 때 재미가 없다면 읽기를 그만두세요. 그것이 아무리 고전이라 해도 집어 던지세요. 이 세상에는 재미있으면서도 유익한 책이 정말 많으니까요.

아마 여러분은 세계 10대, 또는 100대 명작이니 걸작이니 명저니 하는 목록들을 알고 있을 겁니다(주변에서도 많이 권했을 테고요). 2014년 미국의 유명한 주간지인 〈뉴스위크〉에서 뽑은 목록을 보니 스위프트의 『걸리버 여행기』가 12위를 차지했더군요. 이 순위가 절대적으로 옳다고 할 수 없을지 몰라도 지난 수백 년간 이와 유사한 여러 가지 목록에서 그런 순위를 차지했으니 믿어도 좋을 것입니다(참고로 『성경』은 41위였고, 『햄릿』은 49위였습니다. 그렇다고 해서 스위프트가 예수나 셰익스피어보다 위대하다고 단언할 수는 없지만 결코 무시할 수 있는 사람도 아닙니다).

그런데 『걸리버 여행기』보다 앞선 순위의 작품들 가운데엔 여러분이 읽기에 적절하지 않는 것도 꽤 있습니다. 가령 3위가 스위프트와 같은 아일랜드 출신 작가인 조이스의 『율리시즈』이고, 4위가 나보코프의 『롤리타』, 5위가 포크너의 『음향과 분노』인데 청소년들에게 흔쾌히 권하기 어려운 내용의 작품들이지요. 1위인 톨스토이의 『전쟁과 평화』나 2위인 오웰의 『1984』는 청소년에게 추천할 수 있지만, 『전쟁과 평화』는 2천 쪽이 넘고 등장인물이 600명 정도 나오는 방대한 소설이어서 쉽게 권하기가 어렵습니다. 그래서 청소년에게 즐겨 권할 수 있는 작품은 100대 명작 가운데 『걸리버 여행기』가 1위라고 해도 과언이 아닙니다.

저의 독서 경험으로도 마찬가지 말씀을 드릴 수 있어요. 반세기 정도의 독서 경험 중에서 최초 시기인 유치원 시절에 읽은 책이면서도 지금까지도 계속 읽는 유일무이한 책이 바로 『걸리버 여행기』거든요. 어린 시절에는 '소인국'이니 '대인국'이니 '공중국'이니 '마인국'이니 하는 것이 너무나도 신기하고 재미있었습니나. 저에게 무한한 상상의 날개를 달아주었지요. 그 뒤 『걸리버 여행기』는 (앞에서 말씀드렸다시피) 정치, 경제, 사회, 문화에 대한 가장 자극적이고 통렬한 내용으로 제 청소년기와 청년기의 지적 성장을 도와주었습니다. 그리고 지금까지 교수로 지내면서 걸리버의 학문 풍자를 통해 배운 바에 따라 학생들을 지도하고 연구해왔습니다. 그런 점에서 이 책 『걸리버 여행기』는 제 평생의 스승이자 친구입니다.

아마도 저와 비슷한 경험에서 『아이반호』 등의 걸작 소설을 쓴 영국 작가 월터 스코트는 "『걸리버 여행기』는 후세에 남을 유일한 책이며, 그 한 권만으로도 스위프트는 세계 최대 작가라는 명성을 얻는 데 충분하다"고 극찬했는지도 모릅니다. 그는 특히 4부에 대해 이렇게 평했습니다.

> 조나단 스위프트가 묘사하고 싶었던 야후는 자연 상태의 인간도 아니고, 종교의 힘으로 개화될 그런 인간도 아니다. 그것은 자기 지성과 본능을 스스로 노예화시켜서 타락한 인간이다. 야만적인 쾌락과 잔인함과 탐욕에 빠진 사람은 야후와 비슷하게 되기 때문이다.

야후가 무엇인지는 여러분도 잘 아시지요? 유명한 인터넷 사이트 이름이잖아요. 그런데 그것은 『걸리버 여행기』에서 말하는 인간이랍니다. 스위프트는 우리가 그런 인간이 되어서는 안 된다고 생각하여 이 책을 쓴 것이지요.

'도대체 어떤 내용이기에?' 궁금하신 분들은 저와 함께 걸리버의 여행길에 동참해봅시다. 걸리버와 함께하는 세계 여행에, 걸리버와 함께하는 지적(知的) 여행에, 그리고 어리석은 세상을 비웃는 통쾌한 여행에 여러분을 초대합니다.

2015년 12월

박홍규

TRAVELS
INTO SEVERAL
Remote Nations
OF THE
WORLD.

IN FOUR PARTS.

By LEMUEL GULLIVER,
first a SURGEON, and then a CAPTAIN
of several SHIPS.

VOL. I.

LONDON:
Printed for BENJ. MOTTE, at the Middle
Temple-Gate in Fleet-street.
M, DCC, XXVI.

『걸리버 여행기』 1726년 판의 표지와 걸리버 초상

contents

저자의 말_**어리석은 세상을 비웃는 통쾌한 여행 …… 5**

일러두기 …… **14**

프롤로그 …… **16 _슈바니츠의 충고 | 걸리버를 읽고 자살하지 않는 이유 | 『걸리버 여행기』는 고전인가, 아닌가?**

1부 스위프트를 찾아서

1장 스위프트 문학 기행 …… 29

아일랜드의 기적? | 아일랜드 기행 | 아일랜드와 조선, 그리고 한국 | 아일랜드에서는 프로테스탄트가 욕이다 | 스위프트의 묘비명 | 이상한 애국자 | 더블린의 스위프트 | 스위프트는 아나키스트다 | 스위프트의 흔적을 찾아서 | 런던 커피 집의 스위프트 | 영문학과 스위프트

2장 스위프트의 시대 …… 63

17~18세기 아일랜드 | 영국의 18세기 또는 계몽시대 | 휘그와 토리 | 월폴과 소비 사회 | 계몽시대와 스위프트 | 스위프트, 포프, 게이 | 문학이 등장하는 18세기 | 부르주아와 부르주아 문화의 형성 | 스위프트의 성장

3장 스위프트의 초기 작품 …… 101

『통 이야기』 | 페르소나 비평 | '작품을 위한 변론' | 서문과 서론 | 『통 이야기』에 나오는 삼 형제와 옷 | '여담' | 정치와 종교 비판 | 「책들의 전쟁」과 「영혼의 기계적 조작에 관한 담론」 | 런던 생활 | 「빗자루에 대한 명상」 | 「정신의 능력에 대한 진부한 에세이」 | 「기독교 폐지 반대론」 | 토리당원 스위프트

4장 아일랜드를 사랑한 스위프트 …… 129

아일랜드에서의 활동 | 「아일랜드에 대한 간략한 견해」 | 「온건한 제안」 |
「하인에게 주는 지침」 | 오물시 | 성공회 사제 스위프트 | 「심판의 날」

2부 걸리버 여행기

5장 풍자 소설 『걸리버 여행기』의 구조 …… 153

동화와 소설, 어떻게 다를까? | 대단한 거짓말 | 풍자로서의 『걸리버 여행기』 | 풍자의 핵심 | 풍자의 형식 | 풍자의 주제_정치와 여성 | 풍자의 기법_환원법 | 영국 근대의 풍자문학 | 『걸리버 여행기』의 구조 | 걸리버는 정말 미쳤을까? | 스위프트의 인간관

6장 소인국 …… 177

두 통의 편지 | 걸리버의 이력서 | 영국을 풍자하다 | 황제와 황실을 조롱하는 걸리버 | 줄 타기를 잘하면 출세한다고? | 군대와 정부를 비웃어주자 | 지긋지긋한 당파 싸움은 이제 그만 | 전쟁을 풍자하다 | 성공회와 가톨릭의 대립 | 영국과 프랑스 | 영국의 풍습에 대한 풍자 | 소인국을 떠나다

7장 대인국 …… 213

대인국에 가다 | 구경거리가 된 걸리버 | 대인국의 이모저모 | 영국의 정치를 비판하다 | 이상국가

8장 공중국 …… 235

걸리버, 공중국을 발견하다 | 아일랜드 | 레가도(아일랜드) 여행 | 정치 좀 풍자해볼까? | 스위프트의 역사관 | 죽지 않는 나라

9장 마인국 …… 250

주의 사항 | 야후와 휴이넘 | 지배자와 민중 | 휴이넘의 언어로 전쟁을 비판하다 | 법률 비판 | 자본주의는 병이다 | 정치 비판 | 여성과 동성애에 대한 편견 | 휴이넘의 이상적인 결혼제도 | 휴이넘의 여러 모습 | 마인국을 떠나다

에필로그 …… **276 _여행을 마치며 | 걸리버의 여행이 시사하는 것 | 걸리버, 세상을 비웃다 | 풍자의 역설**

더 읽어보기

『걸리버 여행기』 이후의 아일랜드 …… 285

아일랜드, 스위프트 이후 | 아나키스트 와일드와 사회주의자 쇼 | 아일랜드 민족주의자 예이츠 | 세계주의자 조이스와 베케트 | 영어와 교포 문제 | 나를 울린 IRA 영화들

아일랜드와 한국, 동병상련일까 동상이몽일까? …… 307

슬픈 아일랜드 | 아일랜드와 한국 | 아일랜드는 잡종인가?

로빈슨 크루소와 걸리버 …… 314

『로빈슨 크루소』가 문제라고? | 제국주의자 크루소 | 문명화라는 이름의 환상 | 아동문학용 『로빈슨 크루소』의 잔혹성 | 『싱글턴 선장』과 『걸리버 여행기』, 쿡과 다윈 | 『로빈슨 크루소』의 아류들 | 『로빈슨 크루소』에 반대한다

출처 및 주석 …… **340**

일러두기

1. 조너선 스위프트의 『걸리버 여행기*Gulliver's Travels*』는 원래 레무엘 걸리버가 쓴 『세상의 여러 먼 나라들 여행*Travels into Several Remote Nations of the World*』이라는 제목으로 1726년에 출판되었고, 1735년 현재와 같은 수정판이 나왔다. 25쪽의 1735년 판 표지에서 보듯이 이는 저자인 걸리버의 작품집 제3권이라고 하고, 그 옆에는 걸리버의 초상화도 실려 있으나, 그 모두 거짓이다. 이를 스위프트 또는 걸리버 자신도 인정하듯이 걸리버의 초상화 밑에 '대단한 거짓말쟁이'라고 쓰고 있다. 한참 뒤에야 이 책은 스위프트의 『걸리버 여행기』라고 출판되었고, 걸리버에 대한 거짓말은 '대단한 거짓말쟁이'라는 말과 함께 지워졌다.

2. 그 책의 우리말 번역은 여러 가지가 있다. 국내 최초의 완역이라고 주장하는 것도 많다. 그러나 저자가 확인한 바로는 1987년에 나온 김영국 역, 중원문화 판이 최초의 완역이다. 2001년에 나온 이동진 역, 해누리 판도 '사실상 국내 최초'의 '1726년 초판본의 국내 완역판'이라고 하나 실제로는 1735년 판의 번역이다. 그 사이 1993년에 신현철 역, 문학수첩 판도 나왔다(그런데 그 역자들은 모두 영문학교수들이 아니다. 그렇다고 해서 그들의 번역에 문제가 있다고 생각하지는 않으나, 수많은 영문학교수들이 왜 그렇게 오랫동안 그 책을 완역하지 않았는지가 의문이고, 따라서 나는 그 세 사람에게 감사한다. 특히 최초의 김영국 번역본은 나에게 10년 이상 좋은 친구였다).

3. 이 책에서 저자가 인용의 대상으로 삼은 것은 1999년에 나온 송낙헌 역, 서울대학교 출판부에서 나온 '서울대학교 인문학총서 고전총서' 판이다. 이 책을 인용 대상으로 선택한 이유는 역자가 서울대 영문과 교수라는 점에서 그 책이 앞의 두 가지 번역본보다는 믿을 만하다는 점이지만, 일일이 대조해보지 않았으니 정말 가장 훌륭한 번역인지는 알 수 없다. 1987년 또는 2001년 번역본에 비해 1999년 번역본의 역주나 해설이 약간 더해진 점은 있으나 그것이 제4의 번역을 요구할 정도로 필요한 것은 아니었다고 생각된다.

4. 이 책에서 번역본을 검토하는 경우 참조하기 위해 다른 번역본을 송낙헌 번역본과 대조하기도 하나, 기본적인 쪽수 인용은 송낙헌 번역본에 따르도록 하고(책 말미에 실은 출처 중 쪽수만 명기된 것은 그 인용 쪽수이다), 다른 번역본을 인용하는 경우 '누구 번역본'이라고 표시하고 쪽수를 밝히도록 한다. 송낙헌 번역본에 실린 송낙헌의 해설을 인용하는 경우에는 '송낙헌 몇 쪽'으로 인용한다. 모든 인용의 출처는 책 말미에 정리했다.

5. 『걸리버 여행기』 외에도 스위프트의 몇 몇 작품이 역시 영문학자가 아닌 사람들에 의해 번역되었다. 연대순으로 가장 빠른 작품인 『통 이야기』는 류경희 역, 2003년, 삼우반 판으로 인용한다. 또한 스위프트의 시와 산문의 일부는 김귀화 편역 『숙녀의 화장실』이란 제목으로 1992년 시몬에서 출판되었는데, 역시 그것에 따라 인용한다. 마찬가지로 스위프트의 『하인들에게 주는 지침』과 『가난한 가정의 자녀들이 부모와 국가에 짐이 되는 일을 방지하고 전체 사회에 유용한 일원이 되게 하는 법에 대한 온건한 제안』은 류경희 역의 『하인』으로 1992년 깊은샘에서 출판되었고, 이 두 작품은 그것에 따라 인용한다(『하인』은 이후 2006년 6월 평사리에서 류경희 역으로 『하인들에게 주는 지침』으로 재출간 되었다).

6. 이상 이 책에서 인용하는 위 책들의 번역에 문제가 있다고 생각해서 원저를 검토하는 경우 『*The Writings of Jonathan Swift*』, ed., by Robert A. Greenberg and William B. Piper, A Norton Critical Edition에 따라 인용한다. 스위프트의 시를 비롯하여 번역되지 못한 다른 작품들을 인용하는 경우에도 이 책에 의했다. 위 선집은 우리가 쉽게 구할 수 있는 대중판이나, 약 600쪽에 이르는 그 부피로도 스위프트의 대표작을 모은 것에 불과하다. 그의 전집을 보려면 가령 허버트 데이비스 등이 편집한 14권의 산문집인 『*The Prose Works of Jonathan Swift*』, Blackwell, 1939-1968과, 펫 로저스가 편집한 시집 『*Jonathan Swift: the Complete Poems*』, Penguin, 1983을 보아야 한다.

7. 18세기의 문인들 대부분이 그러했듯이 스위프트도 사제로서 전문적인 문인이 아니었음에도 불구하고, 게다가 희미한 촛불 아래 상태가 그리 좋지 않은 펜으로 글을 썼을 텐데도 이렇게 방대한 저서를 남겼다는 데 놀랄 따름이다. 그러나 그는 『걸리버 여행기』로 겨우 2백 파운드를 받았을 뿐이다. 그 외에 그가 글로 수입을 얻었다는 기록은 없다.

8. 고유명사 표기는 별로 도움이 되지 않는다고 판단하여 특별한 지명 몇 가지를 제외하고 일체 생략했다. 인명에도 생몰일시를 일일이 표시하지 않고, 생몰일시를 꼭 알릴 필요가 있는 경우에만 설명했다.

슈바니츠의 충고

"정치에 신물이 나면 『걸리버 여행기』를 읽으라"고 권한 사람은 『교양 *Bildung-Alles, Was Mann Wissen Muss*』이란 책을 쓴 독일의 슈바니츠입니다. 물론 이는 현실의 구역질을 웃음으로 넘길 줄 아는 교양인의 태도이니, 교양인이 아닌 경우엔 그럴 필요가 없을지도 모르지요. 여하튼 우리 모두 교양인이라 전제하고 슈바니츠의 말을 들어봅시다.

> 정치인들과 정당을 지켜보는 것이 구역질이 나고, 정치 뉴스 때문에 텔레비전 채널을 맞추거나 신문을 펼치기에 신물이 날 때면, 『걸리버 여행기』를 읽는 것이 좋을 것이다. 구역질 날 정도로 정치 혐오에 휩싸인 사람은 『걸리버 여행기』에서 그 구역질을 어쩔 수 없는 웃음으로 변화시키는 수단을 발견하게 될 것이다.[1]

정치나 정치뉴스가 지겨운 것은 어느 나라에서나 마찬가지인가 봅니다. 그런 뉴스에 등장하는 정치인, 그런 뉴스를 만드는 언론인, 게다가 그것을 그럴 듯하게 해설하는 전문가라는 사람들은 슈바니츠가 말하는 교양인에서 빼버려야 할런지도 모르겠어요. 대신 그런 지겨움을 달래주는 스위프트를 진정한 교양인의 표상으로 삼아야 할 것 같습니다. 슈바니츠의 고국인 독일에도 정치풍자소설이 많고, 그 밖의 나라에도 수없이 많은데 그는 왜 하필 『걸리버 여행기』를 권했을까요? 아마도 슈바니츠는 어떠한 정치풍자소설보다 『걸리버 여행기』가 뛰어나다고 생각했나 봅니다(저 역시 이런저런 정치풍자소설을 꽤나 읽어보았지만 아직도 『걸리버 여행기』만 한 것을 찾지 못했어요). 그런데 저는 이 책을 정치풍자소설로만 여기지 않습니다. 『걸리버 여행기』는 이 세상 모든 것을 비웃어주기 때문입니다.

'정치에 신물이 나면 『걸리버 여행기』를 읽으라'는 슈바니츠의 충고는 다음 경고로 이어집니다.

> 물론 그 경우 소설 중의 세 번째 여행까지만 읽고 마지막 네 번째 여행은 가급적 피해야 한다. 이 경고를 무시하는 사람은, 소설을 다 읽은 후 인간 전체에 대해 혐오감을 느끼며 깊은 우울증에 빠져 권총으로 머리를 쏴 자살해도 필자는 책임을 지지 않는다.

무슨 소리일까요? 이렇게 말한 슈바니츠는 실제로 자살했을까요? 자신은 그러지 않았으면서 이런 말을 하다니, 독자를 바보로 아는 것일까요? 저는 우선 여러분에게 조금도 걱정할 필요가 없다는 점을 강조하고 싶습니다. 슈바니츠의 경고는 그야말로 '과장'이거든요. 이제껏 『걸리버 여행기』를 끝까지 읽은 탓에 자살했다는 이야기는 들어본 적이 없어요. 괴테*의

* 독일의 시인·소설가·극작가(1749~1832). 독일 고전주의의 대표자로, 자기 체험을 바탕으로 한 고백과 참회의 작품을 썼다. 작품에 희곡 「파우스트」, 소설 「젊은 베르테르의 슬픔」, 자서전 『시와 진실』 등이 있다.

『젊은 베르테르의 슬픔*Die Leiden des jungen Werthers*』을 읽고 주인공 따라 자살했다는 실없는 사람들 이야기는 들은 적 있어도 말입니다. 게다가 『걸리버 여행기』의 주인공은 절대 자살할 사람이 아니에요.

사랑 때문에 자살한 감상적이고 도취적인 베르테르와 전혀 다른 인간인 나폴레옹이 『젊은 베르테르의 슬픔』을 늘 가지고 다녔다는 것은 유명한 이야기죠. 한편으론 대단히 기이한 이야기이기도 합니다. 어떤 사람은 그가 독서광이자 교양인이었기 때문이라고 말하는데요. 저는 '감상과 도취'야말로 군인이나 정치가에게 현저하게 나타나는 특성이라 보기 때문에 이를 도리어 당연하게 여깁니다.* 여기 해당하는 대표적인 군인이 히틀러지요. 그는 바그너의 음악을 즐기면서 동시에 대량 학살을 자행했는데, 어쩌면 그 역시 수용소 가스실 옆에서 『젊은 베르테르의 슬픔』을 읽었을지 모릅니다.

물론 지금 여러분은 이러한 감상성을 "유치해!" 하면서 무시해버릴 수 있습니다. 하지만 18세기에는 그것이 문명을 인간적으로 만드는 과정의 일부로서 계몽이라고도 불렸다는 데 주의할 필요가 있어요. 스위프트와 괴테 역시 당대의 계몽주의에 속해 있었지만, 스위프트는 세상에 관심을 기울였고 괴테는 사랑에 관심을 기울였다는 점에서 달랐습니다. 이는 영국과 독일 계몽주의의 차이점이기도 해요. 영국의 계몽주의는 외부에, 독일의 계몽주의는 내부에 관심을 집중했습니다. 이 같은 특징이 20세기까지 각국의 역사를 결정한 기본이 되었고요.

* 물론 대부분의 군인이나 정치가들은 독서를 하지 않지만, 굳이 하게 된다면 그런 소설을 읽을 것 같다. 비판 정신이 없는 군인이나 정치가가 비판 정신으로 가득한 『걸리버 여행기』를 읽을 리 없으니까.

『걸리버 여행기』는 1726년, 『젊은 베르테르의 슬픔』은 1774년 작품인 만큼 둘 다 18세기에 속합니다. 세상에 나온 간격도 반세기 정도에 불과해요. 각각 영국과 독일이라는 나라에서 나왔으나 프랑스의 나폴레옹이 전쟁터에서도 『젊은 베르테르의 슬픔』을 읽었다고 하니 『걸리버 여행기』도 읽을 수 있었겠지만, 그런 기록은 남아 있지 않습니다.

걸리버를 읽고 자살하지 않는 이유

앞에서 말한 슈바니츠는 『걸리버 여행기』 제4부를 읽고 인간 혐오증에 빠져 자살의 충동을 느꼈을지 모릅니다. 그러나 저는 정반대의 경험을 했습니다. 오히려 새로운 인간 사회에 대한 희망을 읽었거든요. 제가 슈바니츠와 달리 여러분에게 『걸리버 여행기』를 끝까지 읽어도 무방하다고 권하는 이유입니다. 만약 걸리버가 제4부에서 주장했듯이 당시에 제국주의 침략을 그만두고 왕이 없는 민주주의 사회를 수립했다면 인류의 역사가 이 모양이 되었을까요?

『걸리버 여행기』 제4부에 대해서 말의 미덕에 취해서 인간을 그렇게 혐오한 것은 걸리버이지 스위프트가 아니며, 도리어 스위프트는 그런 걸리버를 놀리고 동시에 독자도 놀린다고 보는 견해가 있습니다.[2] 나아가 인간이 과연 그런 이성적 존재가 되기를 지향해야 하는지 의심스럽다고도 합니다.[3] 이는 한국에서 특별하게 생겨난 것이 아니라 영국에서 오랫동안 일반적으로 통용된 견해이니 믿어도 좋을지 모릅니다.

그러나 저는 그렇게 생각하지 않습니다. 말의 이성(理性)에 걸리버가 취한 것은 인간을 혐오해서가 아니라 인간이 그처럼 이성적으로 바뀌기를 바란 스위프트의 뜻이라고 보기 때문이에요. 말조차 이성적인데 하물며 인간이 못 그러겠어요? 당연히 보다 더 이성적일 수 있지요. 그런데 이를 이중 삼중의 놀림 이야기로만 본다는 것은 저자나 독자에게 너무나도 불손한 문학연구가의 횡포가 아닐까요? 비록 슈바니츠처럼 자살의 위험을 말하지 않았더라도 말입니다.

설령 스위프트가 이성만이 지배하는 나라를 완벽한 이상국가로 본 것은 아니라 해도 그런 이상세계를 지향한 것까지 부정할 수는 없습니다. 그런 희망 덕분에 자살하지 않고 78년의 긴 세월을 살았던 게 아닐까요? 그가 마지막으로 쓴 「스위프트 사제의 죽음에 대한 시*Verses on the Death of Dr. Swift, D. S. P. D.*」(1731) 마지막 행[4]에서 "죽는 날까지 즐거웠다"고 말한 것처럼 말입니다.

물론 이것조차 풍자일지도 모릅니다. 사실 그는 죽는 날까지 괴로워했어요. 인간 혐오에 젖었을 만큼 그가 살았던 아일랜드는 가난하고 부패했습니다. 그 속에서 늘 고독하고 처참했지만 그는 고통을 비웃음으로 집어 삼켰지요. 『걸리버 여행기』를 비롯한 글들은 그 결과물이고요. 그런 책이 아이들이 즐겨 읽는 고전 동화의 하나가 되었다니 저는 그저 쓴웃음만 나옵니다.

저는 정치나 경제, 종교나 학문 때문에 자살한다는 게 말이 안 된다고 생각해요. 그리 시시한 것들 때문에 왜 소중한 생명을 버리나요? 아니, 그 어떤 이유로도 자살은 말이 안 됩니다. 세상이 아무리 하찮게 돌아가고 인간이 아무리 혐오스러울지라도 자살을 택해서는 안 되지요. 자, 여기를 보세요. 극단적인 인간 혐오 때문에 결국 말을 흉내 내는 걸리버가 있습니다. 여러분, 그를 보아서라도 힘을 내세요. 세상을 웃어넘기고, 세상을 실컷 비웃어주세요. 그리고 당당하게 살아가세요. 물론 이것만으로 끝나면 안 됩니다. 그 정도로는 슈바니츠가 말한 교양인은 될 수 있을지언정 스위프트가 말하는 이상적인 인간인 자유인이 될 수는 없으니까요.

『걸리버 여행기』는 사실 꿈의 나라들 이야기지만 우리는 마지막 나라, 즉 왕이 없고 권력자가 없는 나라, 민회와 같은 자치가 지배하고, 그 속에서 모든 인간이 자유로우며 자연과 함께 사는 사회를 건설하기 위해 스위프트와 함께 힘써야 할 것입니다. 하지만 스위프트는 이런 주장을 대놓고 할 수 없었어요. 그가 살았던 18세기 영국, 특히 그 식민지였던 아일랜드의 현실은 너무나도 각박하고 험악했거든요. 그래도 스위프트는 조국을 창조적으로 증오하는 자유인이자 진정한 애국자로 살았습니다. 21세기인 지금, 이 땅에서 우리는 과연 이런 것을 추구할 수 있을까요?

『걸리버 여행기』는 고전인가, 아닌가?

슈바니츠는 『걸리버 여행기』를 교양인이 반드시 읽어야 할 고전의 하나로 추천하지만 그 비슷한 다른 공상 여행기들을 고전의 반열에 두지는 않습니다. 가령 영화 「네버랜드를 찾아서」에서 다루어진 배리*의 『피터 팬*Peter*

* 스코틀랜드의 소설가이자 극작가(1860~1937). 주로 사회적인 주제를 다루었으며, 기지와 감상, 풍자에 뛰어났다. 작품에 희곡 「피터 팬」, 「훌륭한 크라이턴」 등이 있다.

Pan』은 제외했는데요. 이것이 『걸리버 여행기』 같은 풍자적 상상력의 산물이 아니라 고전에서 제외시켰다기보다 그 나름의 문학사적 가치 판단에 의했으리라 생각합니다. 또한 여러분에게 인기가 많은 톨킨*의 『반지의 제왕*Lord of Rings*』이나 『해리 포터*Harry Porter*』 시리즈 역시 앞으로 어떤 문학사적 판단을 받게 될지 몰라도 풍자적 상상력의 산물이라 보기는 어렵습니다.** 그런데 『걸리버 여행기』 이래 등장한 이런 작품들이 실용을 기본으로 삼는다는 영국에서 나왔습니다는 점은 매우 흥미롭습니다.

우리나라에서는 『걸리버 여행기』를 고전으로 평가하지 않는 듯해요. 가령 1968년 동아일보사에서 펴낸 잡지 《신동아》의 부록 「세계를 움직인 백권의 책」 중에는 『걸리버 여행기』가 포함되어 있지 않아요. 그 전후로 여러 출판사에서 나온 세계문학전집에도 없고, 최근 세계문학전집을 출간하는 민음사나 다른 출판사의 시리즈에도 없습니다. 서울대가 1993년 선정한 세계문학 100선에도 없고, 2005년에 다시 선정한 권장 도서 100선에도 없더군요.

서양의 상황은 다릅니다. 1968년 학생 운동의 영향으로 말미암아 서양에서도 고전의 기준을 바꿨지만 스위프트가 제외된 적은 그 전에도 그 후에도 없어요. 물론 우리나라에서는 그 전에도 그 후에도 제외되었고요. 왜 그럴까요? 아마도 문학가를 비롯한 전문가란 사람들이 『걸리버 여행기』를

* 영국의 소설가·중세학자(1892~1973). 중세 문학의 전통과 관련된 환상의 세계를 섬세하게 표현했다. 작품에 「호빗의 모험」, 「반지의 제왕」 등이 있다.

** 나는 이 두 가지 중에서 『반지의 제왕』을 더 좋아한다. 『해리 포터』에 묻어나는 영국 귀족주의를 싫어하기 때문이다.

제대로 읽어보지도 않고 그냥 동화라고 생각한 탓이 아닐까요?

반면 서양에서는 『걸리버 여행기』를 고전으로 대접합니다. 1955년부터 브리태니커 사에서 출판한 「그레이트북스」는 물론 1959년 미국의 파디만이 만든 「일생의 독서 계획」에도 『걸리버 여행기』가 포함되어 있고, 특히 후자에는 그것과 함께 스위프트의 다른 작품들도 포함되어 있답니다. 가장 최근의 목록은 앞에서 인용한 『교양』에서 슈바니츠가 추린 것이고요.

위에서 인용한 《신동아》의 부록 「세계를 움직인 백 권의 책」 중에는 아널드*의 『교양과 무질서*Culture and Anarchy*』 등이 포함되어 있습니다. 저 역시 이 책이 중요한 것임을 부정하지 않지만 그것이 「세계를 움직인 백 권의 책」 중 하나라고 생각하지 않습니다. 영문학에 한 권을 넣는다면 저는 당연히 『걸리버 여행기』를 포함시킬 것입니다.

흥미로운 것은 슈바니츠가 추린 목록이나 다른 어떤 목록에도 풍자문학이 거의 포함되지 않는다는 점입니다. 오직 스위프트만 당당하게 고전의 반열에 이름을 올렸지요. 매우 이채롭지 않습니까? 하지만 그 결과는 당연한 것인지도 모릅니다. 이 세상에 인류 자체를 풍자한 문학은 오직 『걸리버 여행기』뿐이니까요.**

저는 스위프트의 『걸리버 여행기』를 고전이라 생각합니다. 고전이란 그냥 오래된 책을 말하지 않고, 오랫동안 인류에게 읽혀진 책을 말하는데요.

* 영국의 시인·평론가(1822~1888). 옥스퍼드 대학의 시학 교수를 역임했다. 시인으로 출발해 「에트나 산 위의 엠페도클레스」, 「학자(學者) 집시」, 「도버 연안(沿岸)」 등 내성적이며 고독과 애수가 짙은 작품을 썼으나 40대 이후에는 비평에 전념하여 「비평시론집」, 「교양과 무질서」 등을 출판했다.

** 스위프트의 두 작품을 더 포함시킬 수 있다면 나는 종교를 풍자한 『통 이야기』와 학문을 풍자한 『책들의 전쟁』을 포함시키고 싶다. 『책들의 전쟁』은 오랫동안 번역되지 못하다가 2003년에 번역되었다.

그렇게 오랫동안 읽혀진 데에는 이유가 있습니다. 특히 지금 우리까지 고전을 읽게 된 데에는 그것이 우리의 삶에 도움이 된다는 것을 인정하기 때문이겠지요. 아무런 도움을 주지 않는 책이라면 우리가 굳이 고전이라 받들 필요가 있을까요? 반대로 우리의 삶을 망치거나 우리를 자살로 유인한다거나 우리를 놀림감으로 삼는 책이라면 그것은 고전이기는커녕 인체에 유독한 녹으로 뒤덮인 고물에 불과할 것입니다.

『걸리버 여행기』는 그런 녹슨 고물이 아니라 위대하고 아름다운 고전입니다. 따라서 우리는 여러 쓸데없는 소리에 아랑곳하지 말고 우선 책을 펼쳐볼 일입니다. 그런데 그 전에 해야 할 게 있어요. 스위프트와 걸리버랑 친해지는 일이지요. 먼저 걸리버를 따라, 스위프트를 찾아 아일랜드로 출발해봅시다.

VOLUME III.
Of the AUTHOR's
WORKS.
CONTAINING,
TRAVELS
INTO SEVERAL
Remote Nations of the WORLD.
In Four PARTS, viz.

I. A Voyage to LILLIPUT.
II. A Voyage to BROBDINGNAG.
III. A Voyage to LAPUTA, BALNIBARBI, LUGGNAGG, GLUBBDUBDRIB and JAPAN.
IV. A Voyage to the COUNTRY of the HOUYHNHNMS.

By *LEMUEL GULLIVER*, first a Surgeon, and then a CAPTAIN of several SHIPS.

——— ——— *Retroq;*
Vulgus abhorret ab his.

In this Impression several Errors in the *London* and *Dublin* Editions are corrected.

DUBLIN:
Printed by and for GEORGE FAULKNER, Printer and Bookseller, in *Essex-Street*, opposite to the Bridge. MDCCXXXV.

『걸리버 여행기』 1735년 판의 표지와 걸리버 초상

1부

스위프트를 찾아서

프랜시스 빈든이 그린 조너선 스위프트의 초상화

아일랜드의 기적?

걸리버를 찾아, 스위프트를 찾아 아일랜드로 떠납시다. 아일랜드는 그가 1667년에 태어나 1745년 죽기까지 78년의 생애 대부분을 보낸 곳입니다. 정확하게 말하면 태어나서부터 22년, 그리고 죽기까지 31년, 즉 78년 생애 가운데 53년을 더블린에서 살았고, 나머지 23년 동안에도 아일랜드에서 조금씩 살았으니 거의 60년을 산 셈이지요.

지리적 상식으로 보자면 아일랜드는 우리와 다른 점이 많은 나라입니다. 먼저 아일랜드는 섬입니다. 산이 거의 없는 구릉지이며 호수가 많지요. 해양성 기후라서 비는 많이 내리지만 토지는 산성이라 수확이 보잘 것 없고 목초가 잘 자라 목장이 많은 곳입니다.

이제 우리와의 관계를 생각해봅시다. 우리에게 아일랜드는 과연 어떤 나라일까요? 가령 2005년 3월 21일, 아일랜드 대통령이 우리나라를 처음 방문한 뉴스가 보도되었으나 그다지 관심을 받지 못했습니다. 그러나 아일랜드는 그 전 10여 년 사이에 유럽의 가장 가난한 나라에서 가장 부유한 나

아일랜드의 전형적인 시골 풍경

아일랜드의 바닷가

라가 된 것으로 범세계적인 주목을 끌었어요. 국민 소득이 1만 달러에서 3만 달러로 올라간 기적*을 이루었기 때문인데요. 우리가 흔히 말하는 '한강의 기적'이란 것보다 더 엄청난 기적을 이룬 셈입니다.

그러나 아일랜드에도 2008년 금융 위기가 닥쳤고, 2011년 IMF 구제금융을 받아 2013년 조기 졸업하기까지 경제적으로 어려움을 겪었지요. 2005년 〈이코노미스트〉지 조사 결과 아일랜드는 삶의 질이 세계에서 제일 높다고 보고되었으며, 2011년 1인당 명목 GDP 기준 약 47,000달러, 인간 개발지수 세계 7위의 선진국임이 드러났습니다. 현재 아일랜드의 1인당 GDP는 자국을 식민 통치했던 영국보다 높을 만큼 유럽에서도 손꼽히는 부자 나라**입니다.

아일랜드의 이 같은 경제적 약진에는 유럽에서도 보기 드문 50%의 노동조합 조직률을 자랑하던 노동계의 협력이 결정적 요인으로 작용했습니다.*** 얼마 전까지만 해도 아일랜드의 수도 더블린에선 10층 이상의 건물 건축이 법으로 금지되었으나 유일한 예외로 17층의 리버티 홀이 있었고, 그

* 1987년 아일랜드 실업률은 16.8%였고 공공 부채는 국내 총생산의 118%로 극심한 재정적자에 시달렸으나, 그해 집권한 공화당 정권이 노사정 합의를 통한 사회 협약을 수립함으로써 임금인상을 자제하는 대신 저임금 근로자의 보호를 강화하여 1995년부터 5년 동안 평균 9%의 성장률을 기록했고, 제조업 생산량은 연평균 12%로 성장했으며, 2000년에는 실업률이 4%로 떨어지는 기적을 이루었다. 이는 유럽 연합 국가들이 평균 2.5%대의 성장에 그친 것에 비하면 그야말로 기적이라 할 만한 것이었다.

** 아일랜드는 외국 기업의 자국 내 유치를 위해 법인세를 감면하는 등의 정책을 실시했다. 그러나 자국 기업의 약세로 부작용이 일어나자 2001년 이후부터 자국 기업에 대한 적극적인 지원 정책을 실시하고 있다.

*** 우리나라에서는 한때 네덜란드식 사회 협약이 주목되다가 최근 다시 아일랜드식 사회 협약이 주목받고 있다. 그러나 네덜란드나 아일랜드나 노동조합의 조직률이 우리나라의 10% 전후와 비교되지 않을 정도로 높은 점을 주목해야 한다.

더블린에 있는 리버티 홀(Liberty Hall)

곳이 아일랜드 노동조합 본부의 건물이라는 사실이 이를 증명해줍니다. 어느 나라 수도이든 노동조합 건물만 예외적으로 특별히 높은 경우는 그곳뿐이니까요.

'리버티 홀(자유의 홀)'이라는 노동조합 건물이 마치 아일랜드를 지배하는 상징처럼 우뚝 솟아 있는 모습은 노동법을 공부하는 제게 매우 감동적으로 다가왔습니다. 그것이 아일랜드 기적의 원동력이었다는 사실은 더 더욱 감동적이었어요. '노동자가 주인이 되는 세상'을 3백 년 전의 스위프트가 이미 생각했다는 것 자체도 가슴 뿌듯한 일이었고요. 그래서 저는 걸리버를 노동자의 전형으로, 그의 여행을 노동자의 세상 만들기로 바라봅니다.

아일랜드에서는 1990년대부터 인권의식이 높아지고 노동운동이 사회발전을 이끌어갔는데요. 이는 당대 서양의 여러 나라에서 노동운동이 침체되고 인권의식이 낮아졌던 추세와 대조를 이룹니다. 특히 1990년에는 메리 로빈슨이 최초의 여성 대통령으로 취임하여 여성을 비롯한 소수자의 권리의식을 높이는 데 기여*했지요. 나아가 영국이나 북아일랜드와의 어두웠

* 2015년 5월 23일 국민투표를 통해 동성결혼을 합법화하는 등 아일랜드에서는 동성애자에 대한 법적 평등권도 보장받게 되었다.

던 관계에도 대화와 연대의 가능성이 서서히 모색되기 시작했고요. 이 모든 노력이 경제발전의 원동력이었음은 두말할 필요가 없겠지요?

아일랜드 기행

아일랜드 하면 무엇이 떠오르세요? 앞에서 예로 든 몇 가지 시사상식에 무심한 사람이라 해도 어쩌면 「아 목동아Londonderry Air」라는 민요는 알고 있을지 모릅니다. 물론 이 노래가 아일랜드 민요라는 것을 아는 사람도 별로 없겠지만요. 「소년 악사The Ministerial Boy」나 「한 떨기 장미꽃The Last Rose of Summer」도 마찬가지고요.

아일랜드 여행을 준비하던 중 안내서를 찾아보고 깜짝 놀랐던 기억이 새롭습니다. 당시 한국에서 나온 어떤 유럽 여행 안내서에도 아일랜드에 대한 자료가 없었기 때문이에요. 그 안내서에는 유럽 여러 나라 중 유일하게 아일랜드만 없었습니다. 물론 이는 오래 전 유럽에서 볼 수 있는 아시아 여행 안내서에 거의 유일하게 한반도가 없는 것과 같은 사정*이었지요. 그래서 정말 화가 났습니다. 아일랜드와 한반도에 사는 사람들은 서로의 나라를 알 필요가 없다는 것인가, 갈 필요가 없다는 것인가, 가는 사람이 없다는 것인가……. 정말 많은 생각이 들었어요. 그만큼 우리와 아일랜드는

* 당시만 해도 유럽이나 미국에서 '동아시아'라 하면 보통 중국과 일본을 말했다. 최근에 어쩌다 한국을 끼워주는 경우가 있지만 북한은 여전히 제외된다. 여행 안내서만이 아니라 역사책이나 지리책, 미술책이나 음악책도 마찬가지다. 박물관이나 미술관의 아시아 관에 가보아도 중국과 일본은 있는데 한반도 것은 거의 없다. 유럽 대륙만이 아니라 영국에서도 대체로 그렇고, 특히 아일랜드에서 그렇다.

멀리 있나 봅니다. 하물며 최근까지 외교 관계조차 없었으니까요.

10여 년 전만 해도 사람들은 흔히 아일랜드가 유럽에 있는 나라치고 전혀 '발전'되지 못한 곳이어서 가볼 필요가 없다고 말했습니다. 그러나 제 생각은 좀 달랐어요. 유럽에서 가장 덜 '망가진' 곳이 아일랜드이니 유럽 다른 곳은 가보지 않아도 아일랜드엔 꼭 가보아야 한다고 생각했거든요.

제가 이렇게 과거형으로 서술한 이유는 앞에서도 말했듯이 최근에는 아일랜드가 우리나라처럼 급속히 '기적'적으로 '발전'하여 이제는 유럽의 다른 나라들처럼 상당히 '망가진' 곳이 되었기 때문입니다. 그러나 이 역시 더블린을 비롯한 대도시에 해당되는 이야기일 뿐입니다. 아일랜드의 자연은 지금 우리나라의 자연보다 훨씬 더 자연 그대로이니까요. 물론 그 자연이라는 것, 기껏해야 양떼 방목이나 한적한 시골의 돌로 쌓은 감자밭 두렁, 혹은 시골길의 마차나 황량한 바다를 보러 아일랜드까지 갈 필요는 없을 겁니다. 제주도와 크게 다르지 않으니까요. 하지만 저는 거창한 왕궁 하나 없는 아일랜드가 좋습니다. 관광지는 물론 관광객조차 별로 없는 아일랜드가 좋아요. 게다가 무슨 배울 점이 없어서 더 좋습니다. 그냥 못나서 좋아요. 대단한 무엇이기는커녕 아무것도 아니어서 좋습니다. 아무런 인연이 없는 나그네가 아무 생각 없이 지나칠 수 있는 곳이 아일랜드이기에 좋습니다.

아일랜드 사람들은 혈족 의식이 강하고 일반적으로 태평스럽고 수다스러워요. 흥청거리기도 잘하는 게 마치 우리나라 사람들을 연상하게 하지요. 언제나 '빨리빨리'를 외치는 한국인이 태평스럽다니 무슨 소리야 할 분이 계시겠지만 수십 년 전까지만 해도 우리는 꽤나 태평스러운 민족이었어요. 심지어 19세기 말 한반도를 방문한 모든 외국인이 하나같이 우리더러 게으르다고 했을 정도로요. 그런 민족이 지금은 빨리빨리 민족이 되었습니다.

아일랜드와 조선, 그리고 한국

19세기 말 조선을 방문한 외국인 중 어떤 영국인은 '조선이 아일랜드와 비슷하다'고 보았습니다. 혹시 그 점 때문에 우리가 아일랜드와 비슷하다는 느낌을 받는다면 이는 분명 잘못된 것입니다. 영국은 자신의 식민지 아일랜드에 자치를 허용할 수 없듯이 일본도 한반도에 독립은커녕 자치도 허용해서는 안 되고, 도리어 후진인 한반도를 일본이 발전시켜야 한다고 주장했기 때문이지요.[1] 그러나 1921년 영국이 아일랜드에 자치를 인정한 뒤, 일제강점기 때의 일본인 중에서도 자유주의자들은 아일랜드처럼 조선에도 의회를 인정해야 한다고 주장하기 시작했어요. 그런 논의 중에 조선을 '일본의 아일랜드'로 비유한 자도 있었습니다.

식민지 종주국과의 역사적 교통이 오랜 점, 고대에는 종주국보다 문화 및 종교에 있어 더 선진국이었던 점, 수차 종주국 군대의 침입을 피한 점, 인종적 관계가 종주국과 근사하지만 동일하지는 않은 점, 종주국과의 거리가 가깝고 경제적·국방상 관계가 밀접한 점 등 일본에 대한 조선의 지위를 영국에 대한 아일랜드의 지위에 비교하는 것이 반드시 틀린 것만은 아닙니다.

그러나 이러한 비교는 당시 제국주의 본국-식민지라는 관점에서 영국-

아일랜드와 일본-조선의 본질적 관계를 도외시한 것에 불과해요. 뒤에서 보게 되겠지만 3백 년 전의 영국인 스위프트가 식민지 아일랜드를 바라본 관점보다 훨씬 못 하거든요. "경제적·국방상 관계가 밀접"한 것이 아니라 그 관계가 지배-착취 관계였기 때문입니다.

지금 영국인이나 일본인이 과거의 그러한 관점에서 어느 정도 벗어나 있는지 알 수 없습니다. 하지만 설령 그들이 여전히 그런 관점에 머물러 있다 해도 우리가 그런 관점은 물론이고 그것에 반대되는 배타적 민족주의적 관점을 택하는 것에도 문제는 있어요. 이제는 타국가, 타문화와 충돌하거나 대결하기보다 연대와 대화를 모색해야 할 시점이니까요.

물론 그렇다고 해서 과거의 식민지 관계, 또는 현재의 식민지 관계를 잊거나 호도해서는 안 될 것입니다. 과거의 지배-착취 관계는 물론 지금까지 존재하는 흔적을 더욱 비판적으로 인식해야 해요. 따라서 우리는 제국주의 국가에 대한 비판과 함께 우리 자신 안에 행여 제국주의나 식민주의 사고가 존재하는 건 아닌지 늘 들여다보면서 비판의 화살을 멈추어서는 안 되겠지요? 바로 이런 점에서 아일랜드는 우리에게 중요한 타산지석입니다. 제가 서양 여러 나라 중에서 특히 아일랜드를 주목하는 이유도 바로 여기에 있고요.

아일랜드에서는 프로테스탄트가 욕이다

프로테스탄트는 신교(新教)를 뜻합니다. 흔히 구교(舊教)로 번역되는 가톨릭에 대항하는 것으로 쓰이지요. 우리는 세계사 책에서 16세기 면죄부*를 비롯한 가톨릭의 부패 때문에 종교개혁이 일어나 프로테스탄트가 성립되었고, 그 정신에 의해 자본주의가 발달되었다고 하는 막스 베버**의 주장에 따라 적어도 역사적으로는 구교로부터 신교의 전개에 호의를 갖기도 합니다.

그러나 적어도 아일랜드에서는 프로테스탄트란 말이 욕으로 사용됩니다. 가톨릭 국가인 아일랜드를 침략하고 식민지로 만든 영국이 바로 프로테스탄트였기 때문이지요. 물론 영국의 그것, 즉 'Anglican church'를 우리는 일본 사람의 번역에 따라 성공회(聖公會)라 이르는 '성스러운' 이름으로 부르지만 아일랜드에서는 그냥 프로테스탄트라 하고, 그것도 욕지거리로 사용합니다. 여기엔 다음과 같은 배경이 있어요.

16세기까지 가톨릭은 유럽의 패권자였습니다. 그런데 당시까지 세계를 지배한 스페인의 무적함대를 프로테스탄트 영국이 무찌른 거예요.*** 이로써 스페인, 즉 가톨릭은 후퇴하고 영국이 세계를 제패합니다. 그 후 영국 왕 헨리 8세가 왕비와 이혼하고 새로운 왕비를 맞아들이기 위해, 그것에 반대하는 가톨릭에 대항하여 성공회가 만들어져요. 의식은 가톨릭이되 교의는 신교이고, 성직자는 결혼을 하므로 신교의 목사와 유사한 형태입니다.

이어 16~17세기에 성공회를 청정하게 만든다는 과격한 청교도(淸敎徒)가

* 중세에 로마 가톨릭교회가 금전이나 재물을 바친 사람에게 그 죄를 면한다는 뜻으로 발행하던 증서. 15세기 말기에 산 피에트로 대성당 재건 자금을 조달하기 위해 대량으로 발행하여 루터의 비판을 불러일으키고 종교 개혁의 실마리가 되었다. '면벌부'라고도 한다.

** 독일의 사회학자·경제학자(1864~1920). 사회 과학의 방법론을 전개하였다. 저서에 『프로테스탄티즘의 윤리와 자본주의의 정신』, 『직업으로서의 정치』 등이 있다.

*** 당시 스페인은 대전함 68척을 포함한 합계 130척의 대함대를 거느렸으나 영국의 속전속결을 전략으로 하는 소함대에 격퇴되었다.

대두하여 1649년 찰스 1세를 처형하고 새로운 전제자 크롬웰*이 등장합니다. 크롬웰에 대한 평가도 여러 가지인데요. 적어도 아일랜드에서 그는 대악인입니다. 이는 도요토미 히데요시나 이토 히로부미가 일본에서는 영웅이지만 우리에겐 침략자로서 대 악인들인 것과 같습니다. 즉 1649년 여름, 크롬웰은 공화국 군대 2만 명을 이끌고 아일랜드에 침입하여 아일랜드인들이 가톨릭교도라는 이유만으로 수만 명을 죽이는 무참한 대학살을 감행하고, 청장년들을 아메리카에 노예로 팔아버립니다. 그런 만큼 성공회든 청교도든, 아일랜드에서 프로테스탄트를 욕으로 보는 것도 이해할 만합니다.

스위프트의 묘비명

스위프트는 크롬웰이 죽고 12년 뒤인 1667년에 태어났습니다. 영국 식민지 아일랜드의 더블린에서 프로테스탄트라는 욕을 얻어먹으면서 태어났어요. 스위프트가 태어난 집(7 Hoey's Court)은 더블린 성** 바로 곁에 있었다는데 지금은 흔적도 없습니다. 338년 전 집이니 없어질 만도 하지요. 설령 그 집이 지금 남아 있다 해도 무슨 의미가 있을까마는 이곳을 힘들게 찾은 저는 아쉬운 마음에 주변을 한참 서성일 수밖에 없었어요.

스위프트의 집이 총독부였던 성 옆에 있었다고 해서 그가 왕족이나 귀

* 영국의 정치가·군인(1599~1658). 청교도 혁명이 일어나자 혁명군을 지휘하여 왕당파를 격파하고 찰스 1세를 처형하여 공화제를 수립하였으며, 항해 조례를 공표함으로써 영국의 해상권을 확보하였고, 엄격한 청교도주의에 의한 독재 정치를 단행하였다.

** 과거에는 왕궁이자 영국 총독부였고, 지금은 대통령 취임식 등의 중요한 정부 행사가 치러진다.

THE HOUSE IN WHICH SWIFT WAS BORN.

스위프트가 태어난 집(1865년에 출간된 『*The Life of Jonathan Swift*』에 나오는 삽화)

1837년의 트리니티 대학

트리니티 대학 전경

트리니티 대학 도서관

성 패트릭 교회

성 패트릭 교회 내부

패트릭 교회 안의 스위프트 묘비와 흉상

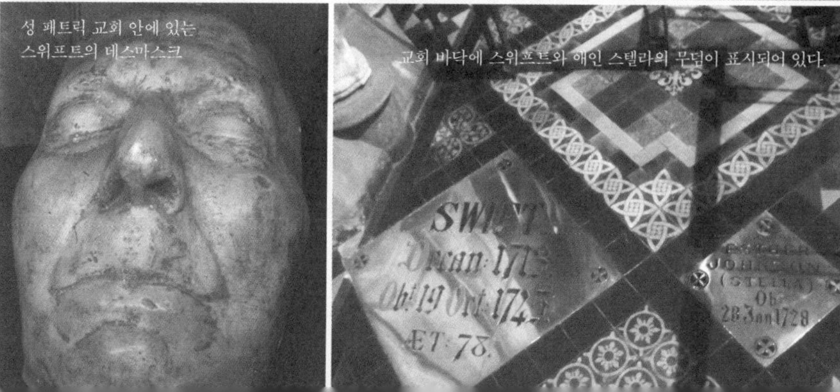

성 패트릭 교회 안에 있는 스위프트의 데스마스크

교회 바닥에 스위프트와 애인 스텔라의 무덤이 표시되어 있다.

족 출신이었던 것은 아닙니다. 그의 아버지는 변호사였어요. 당시 영국의 식민지였던 아일랜드에서 토지 소유권 분쟁이 많이 생기자 돈벌이가 된다고 판단하여 더블린에 왔을 뿐입니다. 한국에서도 법원 주위에 가면 변호사 사무실을 많이 볼 수 있잖아요?

더블린 성 주변을 헤매다가 저는 다시 스위프트가 10대 후반에 7년(1682~1689)을 다녔다는 트리니티 대학(Trinity College), 그리고 죽기 전까지 31년(1714~1745)을 수석 사제로 근무하다 죽은 성 패트릭 교회(St. Patrick Cathedral)를 찾아갔습니다. 1592년에 세워진 트리니티 대학은 아일랜드에서 가장 전통 있는 대학이며, 성 패트릭 교회 역시 1,500여 년 전에 지어진 곳으로 아일랜드의 수호신인 성 패트릭을 모신 곳으로 유명하지요. 아일랜드 사람들은 성 패트릭이 수행한 산을 성지로 삼아 지금도 그곳에 순례여행을 갑니다.

지금 대학과 교회의 건물은 19세기에 중건되었으므로 스위프트 생전의 것이 아닙니다. 하지만 고색창연한 모습 그대로 더블린 중심지에 남아 있어요. 스위프트의 무덤과 비석도 교회 안에 있습니다. 그의 평생 연인이었던 스텔라의 묘지 옆에요. 한편 스위프트의 유해는 데스마스크를 만든다는 이유로 발굴되는 수모를 당하기도 했는데요. 그 마스크는 교회 남쪽 마쉬 도서관(Marsh's Library)에 전시되어 있습니다. 이제 그의 묘비명을 운율에 맞추어 옮겨보겠습니다.

여기 스위프트가 쉬고 있다.

그 격렬한 분노도 여기서는

그의 가슴을 찢지 못하리라.

기꺼이 그를 모방해보아라,

속세에 취한 나그네여! 그는

인간의 자유에 이바지했도다.

묘비명처럼 스위프트는 '격렬한 분노'로 평생을 살았고 '인간의 자유에 이바지'했습니다.

이상한 애국자

스위프트 묘지의 묘비를 보고 있자니 문득 그의 사망 기사*가 떠오릅니다. 그리고 저도 모르는 사이 18세기 어느 날로 되돌아갑니다. 그를 추도하는 장례식이 거행되고 있습니다. 사람들이 흐느끼며 그를 애국자라 부릅니다.

October. GEORGE FAULKNER. Numb. 1943

The Dublin Journal.

From SATURDAY October the 19th, to TUESDAY October the 22nd, 1745.

스위프트의 사망을 알리는 기사.
"지난 주 토요일 오후 3시, 저 위대하고 뛰어난 애국자였던, 더블린의 성 패트릭 교회 수석 사제인 조나단 스위프트가 죽었다."
(〈더블린 저널〉 1745년 10월 22일)

7백 년 식민지를 경험한 아일랜드

* 당시의 사망 기사는 스위프트의 업적, 작품, 학식, 자선 등에 대해 추도기사 마냥 간단히 언급하고서 마지막으로 그가 1만 2천 파운드 정도의 재산을 남겨 광인, 백치, 불치병에 걸린 사람들을 위한 병원을 세우는 기금으로 삼았다는 내용을 담고 있다. 이 기사로부터 스위프트가 만년에 결국은 미쳤다는 소문이 생겨났다. 아마도 그를 미워한 영국 사람들이 만들어낸 이야기일 듯하다. 당시 가장 비참했던 사람들을 돕겠다는 스위프트의 고귀한 유지를 영국인들이 악의를 가지고 곡해한 것이다.

스위프트 묘지에 있는 묘비

에는 애국자들이 많았습니다. 그러나 누구보다도 스위프트가 가장 먼저일 것입니다. 여기서 우리는 당시 '애국자'란 호칭은 더블린 의회에서 영국의 지배에 공개적으로 반대한 자들에게 붙여진 특별한 명칭이었음을 주의해야 합니다.[2] 그런데 동화와 같은 이야기 『걸리버 여행기』의 작가가 '위대하고 뛰어난 애국자'라니, 대체 무슨 소리일까요? '위대한 소설가'라든지 '훌륭한 아동문학가* 아저씨'라 한다면 모를까, 애국자라니요. 일제강점기 때 우리의 소설가나 아동문학가들 대부분이 애국자인 적이 없어서 그처럼 낯설게 들리는 것일까요?

당시 아일랜드는 소위 대영제국의 식민지였습니다. 실은 벌써 그 몇 백 년 전부터 식민지였어요(대영제국 최초의 식민지였습니다). 7백여 년이 지난 1921년에 자치를 확보했지만 지금도 '북아일랜드'는 여전히 영국 땅으로 남아 있고, 독립을 둘러싼 분쟁 역시 오랫동안 계속되었습니다. 스위프트는 그 7백 년이라는 길고 긴 식민지 역사의 꼭 중간 시기를 살았는데, 지금

* 그를 아동문학가라고 보게 된 것은 그가 죽은 지 한참 뒤인 19세기부터였다. 당시 아이들은 걸리버도, 스위프트도 몰랐다. 교육도 일부 귀족에게만 특권적으로 허용되었던 시절이었다.

IRA*처럼 무장 독립운동을 하지는 않았지만 『걸리버 여행기』를 비롯한 여러 글을 통해 영국의 침략에 항의했기에 아일랜드에서 '애국자'라는 찬양을 들었던 것입니다.

하지만 동시에 그는 식민 지배국인 영국 입장에서는 '매국노'이자 '반역자'였어요. 아일랜드인이 아니라 영국인이었으니까요. 게다가 대부분의 사람들이 가톨릭을 믿는 아일랜드에서 그는 대영제국의 종교인 성공회 교회의 수석 사제였습니다. 말하자면 아일랜드 애국자가 되려고 해도 도저히 될 수 없는 처지였어요. 그런데도 스위프트는 아일랜드의 애국자가 되었습니다.**

사실 스위프트는 영국인으로서 영국의 식민지였던 아일랜드 더블린에서 태어나 자란 것을 조금도 자랑스러워하지 않았던 것 같습니다. 철이 들면서 아일랜드보다 잘 사는 조국인 영국에서 태어나지 못한 것을 유감으로 생각해 어떻게든 제나라에서 출세하기를 기대했는지도 모릅니다. 따라서 22세였던 1689년 아일랜드에서 폭동이 터져 영국으로 도망치다시피 건너올 때 쾌재를 불렀을 수도 있고요. 그리고 1714년에 47세의 나이로 다시금 아일랜드에 영구 귀국하기까지 그는 어떻게 해서든 영국에서 살아보려고

* 아일랜드공화국군(Irish Republican Army)의 약자이지만 본래 이름은 아일랜드공화국군 임시파(PIRA: Provisional Irish Republican Army)로서, 북아일랜드에서의 영국군 철수와 북아일랜드와 아일랜드 공화국과의 통일 아일랜드 건설을 목표로 한 과격파 무장단체였으나, 2005년 신페인당과 영국과의 협상을 통해 지금은 무장해제를 선언한 상태에 있다.

** 일제 때 그런 '우리 애국자 일본인'을 갖지 못한 우리로서는 이해하기 쉬운 일이 아니다. 그러나 스위프트는 그러했다. 그래서 나는 스위프트가 좋다. 그는 영국인으로서 평생을 아일랜드를 위해, 그 민중을 위해 봉사하고 죽었다.

25년간 발버둥 치며 노력합니다. 하지만 출세하지 못하고 결국 아일랜드로 돌아가지요(그가 아일랜드 출신이었던 탓이거나, 그곳에서 교육을 받은 탓이거나, 아니면 그의 비판적인 성격이나 글 때문이었을지도 모릅니다).

이 같은 정황을 감안하면, 스위프트가 아일랜드로 돌아간 것을 자발적인 선택의 결과라 보기는 어려울 것 같습니다. 그러나 그 후 죽기까지 그는 31년간 아일랜드에서, 아일랜드를 위해 살았습니다. 극단적으로 생각하면 자신을 끝내 몰라주고 저버린 조국 영국에 대한 배신감 때문에 그랬을지 모른다는 느낌도 들어요. 설령 그렇다 해도 저는 그가 31년간 아일랜드를 위해 살며 글을 쓴 것만으로도 그곳의 애국자라는 말을 듣기에 충분하다고 생각합니다. 나이 47세에, 그것도 사회적으로 식민지의 최고 직위에 있는 사람이, 어쩌면 그 직위를 빼앗기고 심지어 대역죄로 처형당할지도 모르는 위험을 무릅쓰고 아일랜드에 가서 그 후 31년 동안 변함없이 식민지 사람들을 위해 봉사한다는 것*은 결코 쉬운 일이 아니잖아요. 당시처럼 단명의 사회에서 47세 나이란 지금으로 치면 60~70세에 해당되는 만년인데 말입니다. 그것도 죽음을 무릅쓰고요.

* 이런 이야기가 영국에서는 가능했는데 일제강점기에는 상상할 수 없었음을 동서양 문화 비교론 따위로 오해되지 않도록 하기 위해 사족을 붙이자면, 아일랜드에서도 그런 사람은 많지 않았고 문인으로서는 스위프트가 7백 년 역사에서 거의 유일무이했다. 따라서 이를 36년간의 일제강점기와 비교해서는 안 될 일이다. 또 만에 하나, 일제강점기에 광화문이 헐리는 것을 애통해하고 조선의 도자기에 심취한 야나기 무네요시(1889~1961) 같은 사람을 스위프트와 동일시해서도 안 된다. 아무리 그를 높이 평가한다고 해도 그를 '조선의 애국자'라 부른 사람은 아무도 없다.

더블린의 스위프트

현재로 돌아온 저는 더블린을 걸으며 3백 년 전 스위프트가 살았던 이곳을 상상해봅니다. 실은 상상 자체가 불가능할 만큼 도시의 과거와 현재는 다릅니다. 최근 기적적인 경제 발전의 결과 대도시다운 분위기를 풍기지만, 더블린은 몇 년 전까지만 해도 한적한 시골 도시였습니다. 아마 유럽 여러 나라의 수도 중에 가장 작고 가난하며 조용한 수도였을 겁니다. 식민지의 수도로 7백 년을 버틴 셈이지요. 지금도 인구는 겨우 52만 명 정도* 에 불과합니다. 하기야 아일랜드 국민이 4백 오십만 명 정도**이니 우리나라의 작은 도시를 떠올리면 되겠지요.

아일랜드 화가 제임스 말튼이 그린
18세기 후반의 더블린

스위프트 시대의 더블린 풍경

* 2011년 기준 52.76만 명으로 집계되었다.

** 2013년 기준 459.5만 명이다.

무지개가 걸린 더블린 시내(2005)

더블린 시내에서 마리오네트를 놀리고 있는 악사(2005)

스위프트 생존 당시에는 더욱 더 한적했을 겁니다. 더블린은 당시 영국은 물론 유럽에서도 가장 가난한 도시였으니까요. 스위프트가 대학생이던 1690년엔 거지가 6만 명이었고, 그 후 1800년에는 20만 명으로 늘어났을 정도입니다. 그런 빈곤 속에서도 런던왕립협회(London Royal Society)를 모방해 1684년에 세워진 더블린철학협회(Dublin Philosophical Society)는 『걸리버 여행기』에서 스위프트가 그렇게도 저주했건만, 도리어 1820년 왕립더블린협회(Royal Dublin Society)로 변해 지금도 트리니티 대학 뒤에 당당하게 남아 있습니다. 그것과 함께 스위프트가 그리도 지독하게 풍자한 당시의 식민지 정치 기구*들도 고스란히 남아 있어요. 스위프트는 종교나 정치의 위선적인 권위주의도 통렬하게 비웃었지만 특히 학자와 학문을 비웃었습니다.

앞에서도 말했듯이 한국인들에게 아일랜드나 그 수도 더블린은 관광지가 아닌 듯합니다. 사실 관광거리라고 할 만한 것도 거의 없어요. 저도 문학기행을 하러 그곳에 갔거든요. 18세기의 스위프트, 19세기의 오스카 와일드,** 그리고 20세기의 버나드 쇼,*** 윌리엄 예이츠,**** 제임스 조이스,***** 사무엘 베케트****** 같은 작가들에 대한 탐방이 주요한 목적이었습니다. 그중 가장 유명한 사람은 물론 조이스입니다. 유적을 가장 많이 남긴 사람이지요.

* 우리의 일제강점기에는 조선학술원이니 조선예술원이니 하는 것은 아예 없었고, 해방 후 일제의 그것들을 모방해 만들어진 듯하며 지금까지도 그대로 남아 있지만 무슨 대단한 권위를 가진다고 하기는 힘들다는 느낌이 든다. 일제강점기에 조선학술원이니 조선예술원이니 하는 것이 없이 식민지 시대가 끝났기에 다행이지 만일 아일랜드에서처럼 그것들이 있었다면 참 꼴불견이었고 지금 친일시비에 휘말렸으리라. 그러나 만일 그런 것이 있었다 해도 스위프트 같은 사람이 나타나 그것을 비판했을까? 아니면 학문이니 문학이니 예술이니 하는 이름 아래 제국주의와 무관하다는 이유로 지금까지도 보호받고 있을까?

** 「행복한 왕자」로 우리에게 알려진 오스카 와일드(1854~1900)는 흔히 탐미주의나 유미주의의 대변자로 받들어지나 그 탐미주의란 현실과 무관한 미의 창조를 추구하는 것으로 오해되고 있다. 그러나 와일드는 노동의 존엄성을 통해 미를 추구해야 한다고 주장했고, 가난한 노동자들의 반체제적 저항을 강조했다는 점에서 월터 페터(1839~1894) 같은 순수한 유미주의가 아니었음을 주의해야 한다.

*** 영화 「마이 페어 레이디를」 기억하는 사람도 그 원작이 버나드 쇼(1856~1950)의 희곡임을 잘 모르고, 더욱이 그 작품이 계급 갈등을 다룬 사회주의적인 작품임도 모른다. 그의 모든 작품은 사회주의적인 것들이고, 그 자신 평생 영국의 페이비언 사회주의자로 살았다.

**** 「이니스프리의 호도」로 우리에게 서정 시인으로 알려진 윌리엄 예이츠(1865~1939)는 아일랜드 독립을 희구한 민족주의 시인이었다.

***** '의식의 흐름' 기법을 도입한 난해한 작가로 알려진 제임스 조이스(1882~1941)가 아나키즘적인 풍자작가라는 사실은 충분히 알려져 있지 않다.

****** 사무엘 베케트(1906~1989)는 대단히 부조리하고 난해한 연극 「고도를 기다리며」의 작가라는 사실 외에 우리에게 알려진 것이 거의 없다.

더블린 시내에 있는 조이스 동상

그런데 제게는 어느 나라, 어느 도시보다 아일랜드와 더블린이 인상적이었습니다. 아일랜드가 여러 가지 면에서 우리나라와 비슷한 탓도 있지만 그 문학의 전통이 아나키즘적이기 때문입니다. 즉 철저히 반(反)권력적·반국가적이고, 인간주의적이며, 세계주의적이기 때문이지요. 와일드가 아나키스트라는 것은 주지의 사실이지만 나머지 작가들은 반드시 그렇게 알려져 있지 않은 데도 말입니다. 그중 이 책에서 다루는 스위프트는 유일하게 아일랜드인이 아닌 영국인으로서 후반생을 아일랜드에 있는 영국 성공회의 최고위 사제로 지낸 만큼* 본래부터 아나키스트이기 어려웠을 터입니다. 쉽게 비유하자면, 일제강점기에 일본 신사의 권력자가 조선에 와서 조

* 아일랜드 사람들은 90% 이상이 가톨릭이다.

선 신사 책임자로 50년을 살면서 신채호처럼 일본 정부를 부정하는 아나키스트, 즉 반 권력주의자로 활동한 셈이니까요.

따라서 그는 당연히 이중적일 수밖에 없었습니다. 영국과 아일랜드 사이에서 갈등할 수밖에 없었지요. 공적인 종교인의 입장과 사적인 작가의 입장이 항상 모순되었으니까요. 종교적으로는 보수이지만 정치적으로는 진보였습니다. 그는 대부분 가톨릭인 아일랜드 민중을 불신하면서도 의회주의를 신봉하는 자로서 언제나 민중의 편에 섰어요. 고대를 찬양하면서도 현대를 무시할 수 없었습니다. 스위프트가 가면을 쓸 수밖에 없었고, 그의 글이 풍자가 될 수밖에 없었던 배경입니다.

스위프트는 아나키스트다

스위프트에 대한 지금까지의 평가는 대체로 그 같은 이중성에 초점이 모아졌습니다. 그러나 저는 다르게 해석하고 싶어요. 스위프트는 이중적인 사람이 아니라 아나키스트였다고 생각합니다. 왕이 지배하는 영국의 식민지에 살면서 그 왕을 부정하고 신하를 부정했으며, 체제와 학문마저 부정했잖아요. 특히 제국주의를 철저히 비판하고 부정했습니다. 18세기 영국문학사에서, 아니 영국 지성사에서 스위프트 말고 과연 어떤 사람이 그러했을까요?

반면 아일랜드 출신인 다른 작가들이 반 권력주의자 아나키스트로 살았던 것은 훨씬 쉽게 이해할 수 있습니다. 아일랜드는 7백 년 동안 영국의 지배를 받다가 1949년에야 완전히 독립했으니 작가로서 그 지배자인 영국

정부를 인정할 수 없지 않았겠어요? 이렇게 생각해보면 스위프트가 철저히 이중적일 수밖에 없었던 점을 수긍하게 됩니다. 그렇기에 어떤 작가들보다 흥미롭지요. 스위프트는 그런 아일랜드 작가들의 선배답게 명백한 아나키스트였습니다.

저는 그런 확신으로 이 책을 씁니다. 지금까지 스위프트를 아나키스트라 본 사람들이 전혀 없었던 것은 아니지만,[3] 그 대표 격인 조지 오웰조차 스위프트를 그렇게 부르면서도 그 앞에 '토리'라는 수식을 붙였습니다. 오웰은 스위프트가 평생 보수적인 토리당을 지지했다는 사실을 끝내 떨쳐버리기 어려웠나 봅니다. 하지만 저는 스위프트를 그냥 아나키스트라고 부릅니다.*

제가 스위프트를 아나키스트라 함은 한국 영화 「아나키스트」에서 볼 수 있는 일제강점기의 테러리스트를 말하는 게 아닙니다. 그런 아나키스트도 물론 존재하지만, 아나키스트란 기본적으로 국가나 정부를 비롯한 모든 권력과 권위에 반대하고 인간의 자유와 자치, 그리고 자연을 최우선에 두는 사람을 말합니다. 따라서 아나키즘은 자유주의와 혼동될 수도 있어요.

* 여기서 내가 스위프트를 아나키스트라고 부르는 것에 대해 해명하는 것이 좋겠다. 적어도 우리나라 영문학자 중에는 그렇게 말한 사람이 없으므로 전공자나 일반인들이나 놀랄 만한 일이기 때문이다. 내게는 오웰을 그렇게 말해 영문학자들을 놀라게 했고, 심지어 카뮈나 카프카, 루쉰까지 아나키스트라고 해 불문학자, 독문학자, 중문학자들을 놀라게 만든 과거가 있다. 가령 서울대 영문과 교수 송낙헌은 스위프트가 "철저한 보수주의자였고, 국가와 교회(국교)의 권위를 신봉하며, 양식과 상식과 중용을 존중했다"[4]고 한다. 그러나 이는 스위프트를 표면적으로 이해한 것이다. 왜냐하면 우리는 『걸리버 여행기』에서, 특히 그 제4부에서 반정부·반제국의 스위프트를 볼 수 있는 반면 그 책 어디에서도 기도를 올리는 걸리버를 볼 수는 없기 때문이다. 이는 친정부, 친제국적임은 물론 언제 어디서나 기도를 올리는 『로빈슨 크루소*Robinson Crusoe*』와 너무나도 대조적인 점이기도 하다.

하지만 자유주의란 어디까지나 국가는 물론 정부의 존재를 전제로 한다는 점에서 아나키즘과 다릅니다.

우리는 영국이 자유주의의 고국임을 알고 있고, 그 역사에서 수많은 자유주의 투사들이 배출되었음도 알지만, 그들이 아일랜드가 영국서 독립해야 한다거나 아일랜드를 비롯한 모든 식민지 침략과 지배를 영국이 중단해야 한다고 주장하지 않았다는 점도 알고 있지요. 『자유론*On Liberty*』의 저자인 J. S. 밀조차 인도의 영국총독부 관료로서 인도의 자유에는 철저히 반대했거든요. 그러나 스위프트는 밀보다 1세기나 먼저 영국의 제국주의 침략에 반대했습니다.

스위프트의 흔적을 찾아서

『걸리버 여행기』를 보면 걸리버는 노팅엄셔(Nottinghamshire) 출신으로[5] 약 20년에 걸친 여행을 마치고 그곳에 은퇴하여 여행기를 쓴 것[6]으로 되어 있습니다. 그러나 작가 스위프트와 노팅엄셔는 아무런 관련이 없는 듯합니다. 25년 전 그곳에서 약 1년간 지내면서 저는 스위프트나 걸리버에 관한 자료를 찾아보았어요. 그런데 아무것도 찾지 못했습니다(뒤에서 말하겠지만 스위프트는 그곳이 영국의 중심에 있는 곳이어서 임의로 선택한 듯합니다). 반면 스위프트가 30대에 런던에서 활약한 것은 명백한 사실입니다. 물론 런던에서 스위프트의 흔적을 찾아다닌다는 것은 매우 어려운 일이지만요. 차라리 런던 남서쪽의 서리(Surrey)에서 그가 비서로 근무한 무어 파크(Moor Park)를 찾아가는 편이 나을지도 모릅니다.

제가 런던에서 스위프트를 찾은 데엔 역사적인 이유가 큽니다. 우선 스위프트의 선배로서 토머스 모어*를 생각하고, 후배로서 윌리엄 모리스**와 오웰을 생각했기 때문입니다. 모리스는 19세기에 유일한 대영제국에 대한 비판자였고, 오웰은 20세기에 유일한 그런 비판자였어요. 특히 오웰은 스위프트를 토리 아나키스트(Tory Anarchist)라고 불렀다는 점에서 스위프트를 가장 정확하게 이해했던 사람이라 생각합니다*** 동시에 스위프트와 오웰은 둘 다 '모순된 존재'라는 점에서 공통성을 가집니다. 즉 진보와 보수가 혼재했다는 것이죠. 저는 이런 특성을 아나키즘과 반 아나키즘의 공존으로 이해합니다. 오웰이 스위프트 이상으로 존경한 톨스토이한테도 이 같은 성향이 나타나지요.

흔히 모어를 유토피아 작가, 오웰을 그 반대인 디스토피아 작가라고 하는데요. 저는 그 사이에 있는 스위프트를 유토피아와 디스토피아를 동시에 그린 작가라고 봅니다. 사실 그런 점에서 저는 모어나 오웰보다 스위프트가 더 좋습니다. 또한 그런 점에서 스위프트는 당연히 영문학의 전통 속에 있다고 보아야 하고요.

영문학에서는 스위프트를 중요하게 다룹니다. 그러나 가공의 인물인 셜

* 토머스 모어(1478~1533)는 영국의 법률가, 사상가, 정치가이자 기독교의 성인으로 1516년에 쓴 『유토피아』에서 묘사한 이상적인 정치체제를 지닌 상상의 나라를 유토피아(Utopia)라고 부르게 하였다.

** 윌리엄 모리스(1834~1896)는 영국의 작가, 디자이너, 건축가로서 예술과 노동이 하나인 이상사회를 그린 『에코토피아뉴스』를 썼다

*** 또한 오웰은 스위프트를 좋아했고, 『걸리버 여행기』는 어려서부터 평생에 이르도록 그에게 가장 중요한 문학 입문서였다. 특히 오웰의 『동물농장*Animal Farm*』과 『1984년』은 스위프트의 작품들과 대비되었고, 오웰은 영국의 다른 어떤 작가보다 스위프트의 감정, 통찰력, 언어 절약을 공유한다고 평가된다.

록 홈즈의 박물관까지 있는 런던에 스위프트 박물관이 없다는 점은 매우 섭섭한 일이에요. 런던이나 영국에서 스위프트를 별로 기념하지 않는 것은 어쩌면 그를 대영제국을 가장 철저히 비판한 '매국적' 작가라고 생각하기 때문인지도 모릅니다. 사실 우리가 아는 대부분의 영국 문인들은 그를 싫어했습니다. 대부분 제국주의자*들이었던 그들이 제국주의를 비판하는 스위프트를 좋아할 리 없었겠지요. 하지만 더블린에 있는 '더블린 작가 박물관(Dublin Writers Museum)'에는 다른 아일랜드 작가들과 함께 스위프트의 유품이 전시되어 있으니 그나마 다행한 일입니다.

더블린 작가 박물관(CC BY-SA 3.0)

런던 커피 집의 스위프트

지친 다리를 쉬려고 잠시 커피 집에 들렀습니다. 런던에서 흔히 볼 수 있는 낡은 커피 집이었어요. 사실 스위프트의 『걸리버 여행기』가 처음 씨 뿌려

* 솔직히 말해 나는 셰익스피어부터 해리 포터의 작가까지 5백년의 영국 문학을 제국주의 문학으로 규정한다. 그런 비판적 관점에 서지 않고 영문학을 무조건 찬양하는 한 우리의 영문학 연구는 사대주의적일 수밖에 없다. 어느 나라, 어느 시대 문학보다 제국주의적인 그것을 비판적으로 바라볼 필요가 있다.

진 곳도 그런 커피 집*이었다고 합니다. 1714년 초 그곳에서 자주 만난 친구들과 함께 쓰기로 한 책의 일부가 뒤에 그 책으로 발전되어 10여 년 뒤인 1726년에 쓰인 것이지요. 뒤에 스위프트의 친구인 포프**가 회상한 바에 의하면 학문의 거짓을 풍자하는 것이 책을 함께 쓰고자 한 목적이었고, 그 풍자를 쓰는 주인공은 스크리블레루스라는 가공인물로서 그 작품의 일부에서 먼 나라를 방문하여 듣고 본 것을 보고하도록 계획되었다고 합니다. 뒤에 스크리블레루스가 걸리버로 바뀐 것이고요.

17세기말 런던에는 무려 2천 개 이상의 커피 집이 있었다고 합니다.[9] 당

18세기 런던의 커피 집

* 스티브 브래드쇼가 카페가 있는 세계의 골목골목을 누비며 발로 쓴 『카페 소사이어티』[7]에 스위프트에 대한 에피소드가 길게 나온다. 커피를 너무나도 좋아한 스위프트가 스물네 살이었던 1691년에 찾은 런던의 어느 커피 집에서 자신의 먼 친척인 시인 드라이든에게 습작시를 보였다가 혹평을 들었다는 이야기 등이다.[8]

** 알렉산더 포프(1688~1744)는 고전주의를 대표한 영국의 풍자시인.

시 커피 집은 민주주의 토론장으로서 17세기 영국의 정치와 사회에 영향을 미쳤어요. 스위프트는 가끔 그곳에서 반시간 정도 호기 있게 떠들다가 말없이 나갔다고도 하고,[10] 터무니없는 소리를 해서 '미친 사제'라는 소리를 듣기도 했다지만,[11] 여하튼 당대의 문인들과 함께 어느 커피 집의 문예 동인이 되었다고도 합니다. 그즈음 스위프트가 연인 스텔라에게 보낸 편지에 의하면 커피 집은 스텔라를 비롯하여 '사람들로부터 편지를 받는 곳'이었다고도 해요.[12] 스위프트의 시에도 커피 집이 등장합니다. 가령 「도시 소나기의 묘사*A description of a city shower*」(1710)에 나오는 "커피 집에서 어슬렁거리는 얼간이들이 눈에 띈다"[13]처럼요. 이어서 스위프트는 정상배들을 가혹하게 비웃습니다.

다양한 인간들이 헛간 밑에서 교제를 시작한다.
의기양양한 토리당이건, 의기소침한 휘그당이건
서로의 원한을 잊고, 자신들의 가발을 구하기 위해 결합한다.[14]

여기서 중요한 점은 커피 집에서 문인들이 글 쓰는 일과 사회적 행위를 접목시켰다는 사실입니다.[15] 그 중요한 보기 하나를 1709년 스위프트가 어쩌면 커피 집에서 썼을지도 모르는 시 「아침의 묘사*A Description of the Morning*」에서 볼 수 있습니다.

이제 여기저기 전세 마차는
보이지 않고, 붉은 아침이 다가옴을 보여준다.

이제 베티는 주인 남자 침대에서 뛰쳐나와,

그녀 침대를 흩트리며 슬그머니 기어든다.

뒤축 달아빠진 구두를 신은 도제(徒弟)는

주인집 문간을 청소하고, 마당에 물을 뿌린다.

이제 몰은 익숙한 솜씨로 걸레질을 끝내고,

현관과 계단을 문지를 준비를 한다.

아이들은 빗자루 몽둥이로 마차 바퀴가 파놓은

바퀴 홈 자국을 뒤지기 시작한다.

석탄 장수의 깊은 가락이 들리다가,

굴뚝 청소부의 더욱 날카로운 외침 속에 빠져든다.

빚쟁이들이 주인집 대문 앞에 모여들기 시작하고,

벽돌 먼지 뒤집어쓴 몰의 외침소리가 길모퉁이에서 들려오면,

밤마다 상납금 걷으려 적당한 시간에 나갔던

순한 양들이 돌아오는 것을 간수가 지켜보고,

의심 많은 집달리가 말없이 서 있고,

초등학생들은 손에 책보를 들고 꾸물댄다.

위 「아침의 묘사」는 우리가 시에서 흔히 보는 상쾌하고 즐거운 아침의 묘사가 아닙니다. 1~2행에서 전세 마차가 보이지 않는다는 것은 밤의 환락에 취했던 부르주아들이 집으로 돌아가기 위해 전세 마차를 모두 타버리고 갔기 때문에 보이지 않는 것이고, '붉은 아침', 즉 'ruddy Morns'[16]란 '혈색이 좋다'는 의미의 '불그스레한' 아침을 뜻함과 동시에 역겨운 아침을 뜻

합니다. 즉 밤새 술을 마시고 환락에 젖어 아직도 그 기운이 빠지지 않은 얼굴빛을 말하는 것이지요. 따라서 이를 '건강한 아침'17이라고 번역하는 것은 터무니없어 보입니다.

그런 퇴폐적인 아침에 주인 남자의 침대에서 도망쳐 잠결에 제 이불로 찾아드는 하녀 베티, 아직 잠에서 덜 깨어 꾸역꾸역 억지 청소를 하는 도제, 손에 익은 솜씨로 무심코 걸레질하는 하녀 몰, 헌 못을 찾으려고 땅의 홈 자국을 뒤지는 아이들, 하루 삯을 벌기 위해 새벽부터 요란을 떠는 석탄 장수와 굴뚝 청소부와 하녀들의 고함소리, 험악한 깡패와 집달리, 그리고 방황하는 아이들까지 등장하는 것입니다. 그야말로 빈민을 묘사한 리얼리즘의 극치죠.

영문학과 스위프트

18세기는 물론 그 앞의 17세기나 그 뒤의 19세기 문학에도 빈민에 대한 언급은 스위프트를 제외하고 거의 없었습니다. 물론 사회적으로 주목을 받지도 못했고요. 위 시를 스위프트보다 1세기나 선배인 셰익스피어*의 그것과 비교해볼까요? 가령 「한여름 밤의 꿈*A Midsummer's Dream*」에 나오는 다음 시입니다.

* 영국의 극작가이자 시인(1564~1616). 희극, 비극, 사극(史劇) 등 많은 명작을 남겼다. 작품에 비극 「햄릿」, 「리어 왕」, 「맥베스」, 「오셀로」, 희극 「베니스의 상인」, 「한여름 밤의 꿈」, 사극 「헨리 사세」, 「줄리어스 시저」 따위가 있다.

동쪽의 하늘 문이 온통 불과 같이
새빨갛게 열리더니 아름답고도 고마운
햇볕이 태양 위를 비추어 그 녹색 물결을
황금으로 물들일 때

이번에는 스위프트의 1세기 후배인 브라우닝*의 시 「봄 아침*Spring Morning*」과 비교해봅시다.

해는 봄
날은 아침
아침은 일곱 시
이슬은 둔덕에 방울방울 빛나고
종달새 나래 쳐 오를 때
달팽이는 풀숲으로 기어 다닌다
하느님은 하늘에 계시고
아 세상은 모두 태평하구나

위 두 편의 아름다운 아침 시와 스위프트의 시를 견주어보세요. 아침에 흔히 볼 수 있는 모든 인간 모양을 바라보는 스위프트의 시선에서 타락한

* 영국의 시인(1812~1889). 테니슨과 함께 빅토리아 시대를 대표하는 시인으로, 광범위하게 제재를 구하고, 강건하고 활달한 시풍을 보였다. 작품에 무운시(無韻詩) 「반지와 책」이 있다.

인간들의 행태에 절망한 허무주의나 염세주의만 보이나요? 아니면 풍자적인 묘사를 통해 인간을 더 깊이 이해하고 희망을 찾고자 한 따뜻한 시선이 느껴지나요?

1709년에 쓴 시 「아침의 묘사」와 1726년에 쓴 『걸리버 여행기』는 조금도 다를 게 없습니다. 『걸리버 여행기』는 물론 상상의 나라를 묘사하지만 그것은 무대 장치에 불과할 뿐, 내용은 모두 리얼리즘을 바탕으로 하니까요. 즉 당대 현실을 극명하게 묘사했다고 볼 수 있지요.

여하튼 『걸리버 여행기』의 유쾌한 상상력과 현실 묘사의 힘은 그런 커피 집에서 나왔습니다. 커피 집에 들른 스위프트는 변덕스러웠고 친구들과 싸우기도 했으나 다른 문인들에 비해서 커피 집에 한결 덜 집착했고 도리어 고독한 생활을 보냈습니다.[18] 뒤에 스위프트는 자신의 생애에 가장 나쁜 대화는 커피 집에서 들었다고 회상했지만[19] 그곳에서 관찰한 인간 군상의 모습이 그의 작품을 통해 재탄생했다는 점까지 부정할 수는 없을 것입니다.

그런데 새로운 부르주아 계급이 자리를 더욱 확고하게 굳혀감에 따라 그들은 자신을 대변하는 문인의 도움을 점차 덜 필요로 하게 되었습니다. 1721년 정부가 예술가 후원제도를 폐지한 것도 그런 추세의 일환이었죠. 이는 스위프트가 40대 후반 아일랜드로 돌아가는 1714년 뒤에 행해진 것이나 그런 추세는 이미 그 전에 나타났고, 그 후 다른 작가들도 뿔뿔이 흩어지게 됩니다.

커피 집은 문인들이 모여 문학을 소재로 대화를 나누거나 시민들이 민주적으로 의견을 주고받던 장소만은 아니었어요. 스위프트가 말했듯이 악명 높은 도박꾼들과 얼간이 귀족들도 모여들었으니까요. 이런 모습의 커피 집은 당대의 풍자화가인 호가스*의 판화에도 자주 등장합니다. 18세기 전반에 커피 집은 사라졌습니다. 잡지, 신문, 보험회사, 증권, 경매, 클럽 등이 등장하고, 특히 제국주의 정부가 인도에서 동인도회사를 경영하기 위해 커피보다 차를 장려했던 탓이었지요. 여하튼 『걸리버 여행기』는 40대 초반 런던의 시끄러운 커피 집에서 착상되어 50대 후반 더블린의 조용한 교회 사제관에서 완성되었는데요. 장장 10여 년이나 걸린 길고 긴 창작이었습니다.

* 영국 화가(1697~1764). 영국 화가에 의한, 영국 독자적인 양식을 가진 회화가 태어난 것은 18세기 유럽 대륙에서 로코코 미술이 전성기일 때였다. 호가스는 그러한 18세기의 영국 화단을 대표하는 국민적 화가다.

2장 스위프트의 시대

17~18세기 아일랜드

스위프트는 아일랜드에서 태어나 그곳에서 생애의 대부분을 보내고 그곳에서 죽었습니다. 그러나 그는 성공회를 믿는 영국인으로서, 가톨릭을 믿는 대부분의 아일랜드 사람들과 달랐어요. 그와 같은 사람들을 '영국계 아일랜드인(Anglo-Irish)'이라 합니다. 그들의 역사를 보려면 아일랜드 역사 전체를 살펴보아야 하지만, 여기서는 아주 간단하게 알아보도록 하겠습니다.

제국주의 절정기는 1870년대 후반에 시작되었다고들 하지만, 영어권에서 제국주의는 이미 그 7백 년 이전부터 시작되었습니다. 즉 12세기 초 영국이 아일랜드를 정복하기 시작하면서부터죠. 아일랜드는 1150년대에 로마 교황으로부터 잉글랜드의 헨리 2세에게 양도되었는데 헨리 2세 자신이 아일랜드에 발을 디딘 것은 1171년이었습니다. 그때부터 아일랜드를 야만적이고 퇴화된 인종의 거처로 보는 문화적 태도가 놀라울 정도로 집요하게 만연됩니다. 이어 1541년 영국 왕 헨리 8세가 아일랜드 국왕을 자처하며 영국 국교인 성공회를 아일랜드 국교로 선포해버립니다. 물론 그 사이에 아일랜드 사람들은 끝없이 저항했지만 언제나 영국의 힘에 눌렸어요. 특히 1649년 크롬웰은 잔인하게 아일랜드를 재정복합니다. 주민들을 추방하고, 미처 도망치지 못한 주민은 해외에 노예로 팔았으며, 반란군을 굶겨 죽이기 위해 곡물을 모두 불태웠습니다. 1652년 완전히 평정되기까지 아일랜드 인구는 6분의 1로 줄어들고, 경지의 반이 사라집니다. 그 폐허 위에 영국 신교도의 식민 사업이 행해졌지요.

1652년의 '아일랜드 토지자산 처분법'에 의해 경지의 3분의 2가 영국인 손에 들어갔고, 17세기 말에는 80% 이상이 영국인 소유지의 대규모 농장이 되었으며, 나머지 토지는 아일랜드인에게 높은 소작료로 임대되었습니다. 여기서 감자와 흙집으로 상징되는 아일랜드 빈농이 시작되는데요. 엎친 데 덮친 격으로 1739년 흉년이 들자 인구의 5분의 1이 굶어 죽게 됩니다. 그 10년 전 스위프트는 「온건한 제안」이라는 글을 쓴 적이 있어요. 아일랜드 빈곤을 해결하려면 영국인 밥상에 아일랜드 아이들을 올려야 한다는 내용이었지요. 실제로 그 10년 뒤, 아일랜드 아이들 대부분이 굶어 죽었습니다. 반면 전체 인구 중 극소수인 1만 명가량의 영국계 아일랜드인들은 아일랜드 지배층으로 군림했고, 1689년 가톨릭교도의 반란 진압 이후 1690년부터 신교도들이 의회를 장악한 뒤 대다수 가톨릭교도들은 1829년 가톨릭 해방법이 성립되기까지 참정권을 포함한 시민권을 박탈당했습니다. 따라서 스위프트 시대의 가톨릭교도들은 당연히 노예처럼 지냈어요.

한편 영국계 아일랜드인으로서 성공회 신자가 아닌 여타의 신교도들은 사회적 지위 면에선 가톨릭교도보다 나았지만 관직에 진출하지 못하는 등 차별 대우를 받았습니다. 하지만 영국계 아일랜드인들이나 여타의 신교도들

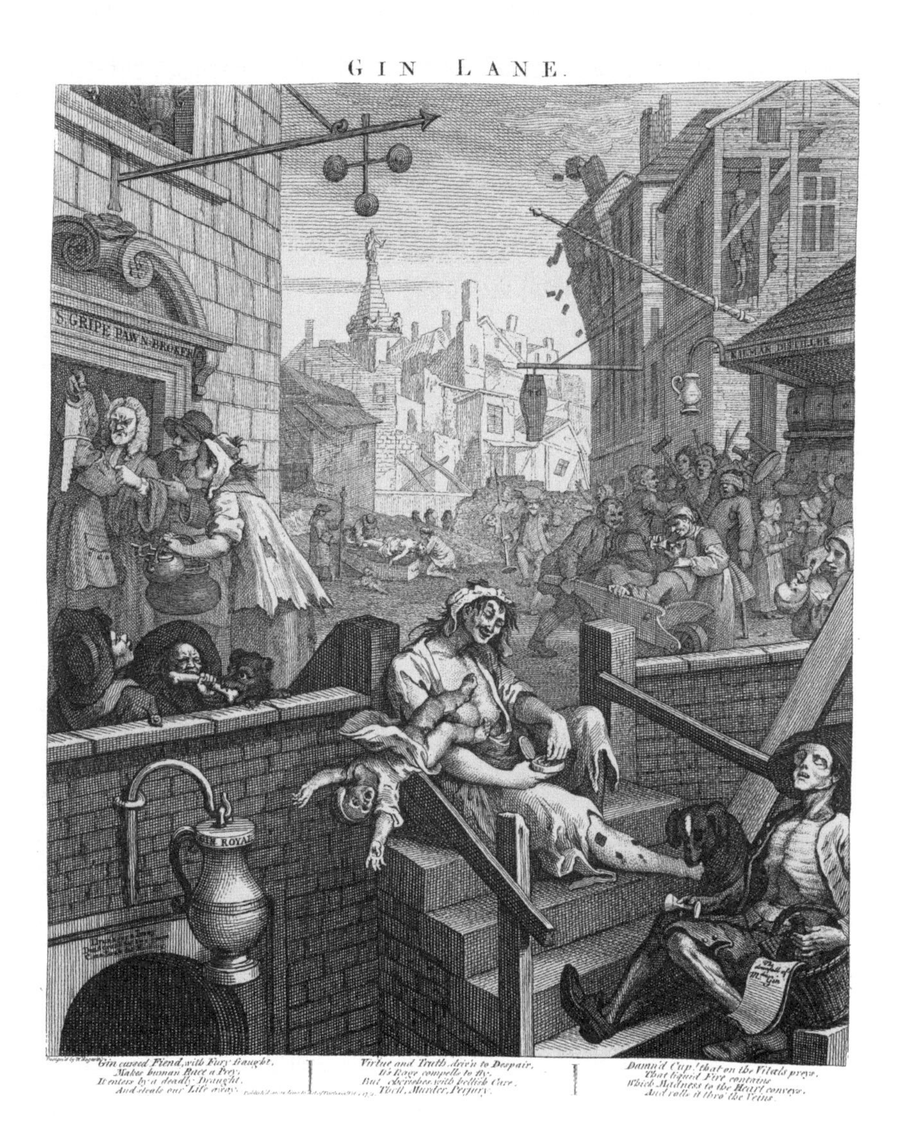

「런던의 빈민」(호가스, 1751년)

은 19세기 이후 가톨릭이 득세하면서 몰락하기 시작합니다. 이 같은 상황에 처한 영국계 아일랜드인들의 공포를 시인 예이츠는 다음과 같이 표현했어요.

> 이 아일랜드의 증오와 고독, 인생에 대한 증오가 스위프트로 하여금 걸리버를 쓰게 만들었다. 그리고 우리로 하여금 여전히 양극단 사이를 왔다 갔다 하게 만들고 우리의 정신이 올바른가 의심하게 한다.[1]

예이츠의 말대로 『걸리버』가 아일랜드의 고독, 즉 영국계 아일랜드인으로서의 고독에서 쓰였다면 아일랜드와 관련하여 재조명될 필요가 있을 터입니다. 물론 식민지 아일랜드 문제는 스위프트에게 분명 의식되었을 것입니다. 그러나 스위프트는 이것을 유일하고도 중요한 주제로 다루지 않았어요. 도리어 그는 영국의 정치와 문학 전통을 더 중요하게 여겨 아일랜드적 주제를 작품으로 다루지 않았다고 보는 것이 일반적입니다. 따라서 스위프트는 물론 버클리*나 로렌스 스턴** 같은 아일랜드 출신 작가들도 결코 아일랜드 문학에 속한다고 볼 수 없음을 예이츠도 인정했습니다.[2] 그러나 예이츠는 노년에 이르러 18세기 아일랜드를 '어둠과 혼돈에서 벗어난 아일랜드의 유일한 세기'이고, 스위프트를 포함한 18세기 아일랜드인들을 당대의 기계적이고 민주적 이상에 저항하여 신교도 지배층의 문화를 꽃피운 인물로 찬양했습니다.[3]

* 영국의 철학자·성직자(1685~1753). 경험주의적 인식론에서 출발하여 극단적인 관념론을 주장하였다. 저서에 『인간 지식의 원리』가 있다

** 영국의 소설가(1713~1768). 작품에 「신사 트리스트램 샌디의 생애와 의견」이 있다.

이런 얘기를 한 노년의 예이츠가 귀족주의자이자 파시스트였다는 것은 널리 알려져 있으니 이런 평가에까지 귀를 기울일 필요는 없을 것입니다. 게다가 예이츠가 말한 것과 달리 17~18세기 아일랜드가 민주적인 사회가 아니었음은 분명하고, 도리어 스위프트는 어느 정도 민주주의자였다는 점을 인정할 필요가 있어요. 또한 스위프트는 아일랜드 현실을 누구보다도 정확하게 알고 있었습니다. 그는 "법은 아일랜드에서 어떤 가톨릭교도도 살아 숨 쉬지 않는 것으로 상정하였다"고 말했습니다. 그만큼 신교도측 입법은 강압적이었죠. 1814년 아일랜드에서 영국 최초의 국가조직 경찰이 창설된 것도 우연이 아니었습니다.

여기서 주의해야 할 점은 아일랜드가 지금까지 식민지를 경험한 제3세계와 별개로 취급되어 왔으나 이제는 하나의 동일한 그룹에 속한다는 점입니다. 식민지 지역은 제국주의가 본격적으로 시작된 1870년 훨씬 이전부터 여러 가지 투쟁, 다양한 지역적 저항운동 집단 사이에 생긴 투쟁 지역이었고, 유럽 열강 자체 사이에서 생긴 투쟁의 지역이었습니다. 아일랜드도 그중 하나였고요.

제국주의가 그 규모와 깊이를 증대시킴에 따라 식민지 자체에서도 저항이 더욱 거세졌습니다. 아일랜드에서는 원주민인 게일인을 살해하는 것이 처음부터 영국 왕립 육군, 또는 왕실의 인가에 의해 애국적이고 영웅적이며 정의로운 것으로 간주되었지요. 영국인의 민족적 우월성이라는 관념이 침투하고, 그 결과 스펜서* 같은 인도주의적 시인이자 신사조차 『아일랜드

* 영국의 시인(?1552~1599). 개인적이며 고백적인 서정성이 짙은 시를 썼다. 작품에 「신선 여왕(神仙女王)」이 있다.

현실에 대한 견해View of the Present State of Ireland』(1596)에서 아일랜드인은 야만적인 스키타이인과 같으므로 그 전부를 멸종시켜야 한다며 당당하게 제안합니다. 반면 영국에 대한 아일랜드인의 반란은 당연하게도 처음부터 시작되었습니다. 18세기 울프 톤과 그라탄이 이끈 저항의 시대에 저항운동 그 자체에도 나름의 정체성이 생겨났고 독자적인 조직과 주장과 규범을 갖게 되었습니다. 18세기 중엽에는 애국주의가 대세였어요. 이어 스위프트, 골드스미스,* 버크** 같은 뛰어난 인물들에 의해 아일랜드 저항운동은 완전히 독자적인 담론을 갖게 됩니다.

영국의 18세기 또는 계몽시대

르네상스 이후 지속된 궁정 문화는 17세기 말 18세기 초에 이르러 정치·경제·사회와 함께 부르주아 문화에 의해 대체된 후 지금까지 우리의 문화를 지배하고 있습니다. 여기서 '우리'라고 함은 르네상스가 일어난 유럽 지역의 사람만이 아니라, 전 세계 사람을 포함해요. 그러니까 우리는 18세기, 즉 스위프트 시대부터 부르주아 시대에 살고 있는 셈입니다. 이 시기엔 문화의 중심이 역시 정치·경제·사회와 함께 프랑스에서 영국으로 옮겨집니다. 이는 프랑스에서와 달리 영국에서 부르주아 계층이 의회를 통해 왕국

* 아일랜드 태생의 영국 소설가(1730~1774). 감상적 희극을 배격하고 영국 희극의 전통을 돌려놓았다. 작품에 「웨이크필드의 목사」, 「호인(好人)」 따위가 있다.

** 영국의 정치가·사상가(1729~1797). 휘그당의 영수로 활약하였으며, 프랑스 혁명이 일어나자 보수주의의 옹호자로 부상하였다. 저서에 『프랑스 혁명론』이 있다

을 떠받들었기 때문이죠. 영국의 부르주아 계층은 1680~1730년대 런던에서 대두하기 시작했는데[4] 흔히 계몽시대 또는 이성의 시대라고 부르는 시기는 이러한 17세기 말부터 18세기 말까지의 1세기*를 말합니다.

한편 영국 역사에서는 18세기를 보통 1688년의 명예혁명으로부터 1815~1832년까지로 잡습니다. 이를 '긴 18세기'라고 부르지요. 역사를 쓰기가 가장 힘든 시기라고도 합니다. 스위프트(1667~1745)는 그 18세기의 전반기를 살았습니다. 스위프트가 태어난 1667년의 왕은 찰스 2세(재위 1660~1685), 다음이 제임스 2세(재위 1685~1689)였고, 제임스 2세가 쫓겨난 1688년 윌리엄 3세(재위 1689~1702)와 메리 2세(재위 1689~1694)가 결혼합니다. 이듬해 두 사람은 의회에 제출한 '권리선언'에 서명하고 공동통치자로 즉위하지요.

찰스 2세는 청교도 혁명** 중인 1646년 프랑스로 피신했다가 1680년 왕정복고를 실현하여 왕이 되었습니다. 찰스 2세는 재위 초기엔 인기를 얻습니다. 그러나 자신의 우유부단함과 정부의 약체성으로 네덜란드와의 전쟁시에 변화를 초래합니다. 특히 그는 후반기인 1672년 '신앙자유선언(Declaration of Indulgence)'을 발표하여 가톨릭을 지지했어요. 의회는 이에 대항하여 비국교도들의 공직 취임을 금지하는 심사율(Test Act)을 제정해 왕권과 반목하게 되는데요. 그 가운데 휘그당과 토리당이라는 두 개의 정파

* 즉 1688~1689년 명예혁명에 의해 영국의회의 최고 지위가 확립되고 제임스 2세가 퇴위당한 때부터 1799년 나폴레옹의 제1제정이 수립되기까지이다.

** 1649년에 영국에서 청교도가 중심이 되어 일어난 시민 혁명. 크롬웰이 인솔한 의회파가 왕당파를 물리치고 공화 정치를 시행하면서 혁명이 절정에 이르렀으나, 1660년 크롬웰이 죽자 왕정으로 되돌아갔다.

올리버 크롬웰

찰스 2세

가 생깁니다. 최초에 그것들은 근대적인 의미의 정당이 아니라 그야말로 당파에 불과했지요.

1670년대에 세력이 커진 휘그당은 1679년 가톨릭교도는 왕이 될 수 없다는 법안을 의회에서 통과시키고자 합니다. 이는 합법적 계승자인 가톨릭인 황태자(뒤의 제임스 2세) 대신 성공회교도인 서자를 왕으로 세우기 위해서였어요. 그 결과 찬성파와 반대파가 대립하고 얼마 후 그 찬성파를 휘그, 반대파를 토리라고 부르게 되었습니다. 휘그란 스코틀랜드의 폭도를 일컫는 말이고,* 토리란 본래 아일랜드에서 도둑을 경멸하여 일컫는 말이었어요. 여하튼 모두 귀족들에 의해 지도되었는데 휘그는 상인이나 비국교도의 지지를 받아 반(反)왕권적 성격이 강했고, 토리는 왕권 옹호파 귀족이나 지주를 중심으로 국교 옹호와 비국교도 배척의 입장을 취했습니다.

그러나 스위프트가 『걸리버 여행기』에서 휘그와 토리의 차이를 구두 발

* 서부 청교도 일파를 Whiga-Mores라고 부른 것에서 비롯되었다고도 한다.

급의 높낮이에 불과하다고 말했을 만큼 사실 구별이 불가능했습니다.[5] 이는 정권이 휘그당에서 토리당으로 넘어간다고 해도 그것은 단지 행정부가 순수한 토지 소유와 성공회보다 상업주의와 비국교회를 좀 더 두둔한다는 것을 뜻하는 것일 뿐, 의회에 의한 통치는 여전히 귀족의 과두정치가 지배하는 것을 의미했어요. 반대로 토리당에서 휘그당으로 정권이 넘어가도 마찬가지였습니다.

> 토리당이 의회 없는 군주제를 원치 않는 것과 마찬가지로 휘그당은 군주와 귀족적 특권 없는 의회를 원치 않았다. 어떻든 어느 당도 의회를 국민 전체를 대표하는 기구로 생각하지 않았으며 단순히 왕실에 대해 자신들의 특권을 보장해주는 제도로 간주했다. 게다가 의회는 18세기 전체를 통해 이러한 계급적 성격을 계속 유지하였다.[6]

이러한 점은 스위프트가 한때 휘그당이었다가 토리당으로 바꾸어 그 후 평생 토리당을 지지한 점을 이해하는 데에 도움이 됩니다. 그가 휘그당에서 토리당으로 바뀐 이유는 성공회에 대한 두 정파의 입장 때문이었어요. 평생 토리당을 지지한 것도 그 점 때문이었지 흔히 19세기 이후 토리=보수, 휘그=진보로 등식화되는 것과 무관합니다. 따라서 스위프트가 18세기 초에 토리당을 지지했다고 해서 그를 보수주의자라 단정할 수는 없어요.* 특히 스위프트는 토리당이면서도 결코 과격한 왕당파가 아니고, 왕의 신성한

* 사실 이런 평가는 19세기에 와서야 내려진 것이다.

권리나 왕이 사실상의 정당한 군주라는 이론을 용납하지도 않았습니다. 물론 그는 왕을 현실적으로 부정하지도 않았지만, 이성적으로는 왕이 없는 나라가 있을 수 있다는 것도 인식*하고 있었습니다.

휘그와 토리

여하튼 찰스 2세에 반대한 휘그당 당수는 대역죄로 고발되었고, 왕은 만년에 4년간 의회를 소집하지 않아 의회와의 대립을 심화시켰는데요. 찰스 2세를 이은 제임스 2세 시대의 영국은 프랑스의 종속국에 불과했습니다. 가톨릭을 신봉한 그는 자신에게 인색한 휘그당 주도의 의회에 억제되어 어쩔 수 없이 프랑스에 보조금과 지지를 요구했어요. 동시에 영국에 가톨릭을 부활시키고자 대학에서 반(反)가톨릭 교수들을 추방하고 정부와 군대요원으로 가톨릭교도를 맞으려고 했습니다. 그런 탓에 결국 가톨릭을 너무나도 싫어한 영국인들에게 쫓겨나고, 신교도인 윌리엄 3세와 메리가 즉위하게 됩니다. 이것이 바로 '명예혁명'이죠. 거의 무혈로 성취되었다는 의미에서 붙인 이름인데요. 자유주의와 민주주의의 정신을 구현한 것이라고 칭송되기도 했습니다. 그러나 사실은 무혈이 아니었습니다. 당시 아일랜드는 그야말로 피바다를 이루었으니까요. 또한 그 정신이란 것도 이기적인 과두체제의 보수적 반동으로 보는 것이 옳고요.[7]

* 스위프트는 자신이 숭상한 고대 아테네의 역사를 통해서 이를 알고 있었다. 『걸리버 여행기』 제4부를 보면 이해할 수 있다.

제임스 2세

윌리엄 3세

진군하는 윌리엄공의 군대

여하튼 이 혁명으로 전통적인 정치는 유지되었으나 의회가 제정하는 법에 의해 지배된다는 것이 확인되어 의회주권의 방향이 결정됩니다. 그중에는 종교의 자유와 언론의 자유도 포함되었지요. 이 명예혁명 시기에는 휘그와 토리가 협력했습니다. 하지만 곧 상황이 달라집니다. 명예혁명 후 반세기 동안 정권을 쥔 휘그당은 대지주와 런던 부르주아를 중심으로 군주의 권력에 제한을 가해야 한다고 주장해요. 반면 토리당은 소지주와 교회에 기반을 두고 왕정에 충실하고자 했습니다. 이 두 정당은 그 색깔이 변하는 18세기 말까지 영국의 대중생활과 정치문학에서 구별되는 두 가지 경향을 대표했지만 토리당은 1780년대부터 반세기 동안 정권을 잡기까지는 침체되었습니다.

찰스 2세와 제임스 2세 시대에 언론의 자유란 이론상 존재할 수 없었어요. 출판조례가 있었기 때문입니다. 파괴적으로 보이는 작가들은 처벌을 면하지 못했고, 때로는 무거운 형벌을 받기도 했어요. 그러나 당시 정부에는 그런 법을 엄격하게 시행할 만한 힘이 없었습니다. 따라서 다수의 풍자작가들은 익명으로 글을 출판하거나 독자들에게 원고 상태로 읽히도록 하면서 대중의 인기를 끌었어요. 오늘날의 지하출판과 유사했다고 보면 되겠네요. 그러다 제임스 2세가 죽은 1689년에 와서야 처음으로 비밀스러웠던 작품 대부분이 실명으로 출판되기 시작합니다. 물론 그 뒤에도 선동과 중상을 이유로 끝없이 고발당할 위험이 상존하긴 했지만 이 시기에 풍자문학은 대중에게 뿌리를 내리게 됩니다.

명예혁명으로 정권을 잡은 윌리엄 3세는 처음엔 토리당과 휘그당의 연립내각을 조직하지만 곧 휘그당으로 바뀌게 되지요. 그러나 명예혁명의 또 다른 결과는 프랑스와의 긴 전쟁이었습니다. 윌리엄 3세가 즉위할 때 스위프트는 22세로서 한창 야망을 가질 때였으나 토리당인 스위프트와 달리 윌리엄 3세가 휘그당이었기 때문에 자신의 야망을 실현할 수 없었습니다. 그 3년 뒤에 등극한 앤 여왕(재위 1702~1714)은 토리당이어서 25세의 스위프트는 큰 기대를 걸게 됩니다. 하지만 그녀는 스위프트에게 관심이 없었어요.*

조지 2세

앤 여왕

조지 1세

로버트 월폴

* 『걸리버 여행기』 소인국의 고약한 여왕은 앤 여왕을 모델로 삼은 것이라고 한다.

1714년 앤 여왕이 급사하고 조지 1세가 즉위합니다. 독일인인 그는 영어를 할 줄 몰라 1718년 이후 각의에도 참석하지 않아 왕을 대신해 각의를 주재하는 수상이 필요하게 되었는데요. 여기서 '왕은 군림하나 통치하지 않는다'는 관행이 만들어집니다. 1727년에 즉위한 조지 2세도 마찬가지여서 내각책임제를 발전시켰지요. 『걸리버 여행기』에서도 풍자되는 로버트 월폴*은 1721년 수상으로 취임하여 휘그당의 대지주층과 상인층을 세력 기반으로 삼아 내외의 유화정책으로 '월폴의 평화'라 불린 20년간 장기 안정 정권을 유지하다 1742년에 사직합니다.[8] 월폴에 반대했던 스위프트는 1745년에 세상을 떠나고요.

월폴을 '로도스의 거상'으로 묘사한 풍자화(1740)

월폴과 소비 사회

월폴은 시골 출신 벼락출세자의 전형이에요. 그는 조직적인 부패를 통해 돈을 모으고** 철저한 무(無)소신으로 왕실에 철저히 봉사하여 높은 지위에 오른 사람입니다. 『걸리버 여행기』 1부 소인국에 나오는 줄타기로 출세하는 정치인으로 풍자되지요. 이후 그 이미지는 월폴이 조지

* 영국의 정치가(1676~1745). 휘그당의 지도자로, 처음으로 의회에 대하여 책임을 지는 책임내각제를 확립하였으며, 건전 재정과 평화 외교로 영국 번영에 공헌하였다.

** 그는 1712년 토리당에 의해 횡령 혐의로 고소된 바 있다.

2세와 왕비 캐럴라인을 교묘하게 조종하여 모든 라이벌을 물리치고 1730년 권력을 잡는 것으로 이어집니다.

월폴이 권력을 잡았던 시기는 소비 사회로서 18세기 중엽의 번영과 야비함, 그리고 상업주의의 서막이었습니다. 이를 비판하여 성공한 작품이 존 게이*의 「거지 오페라*The Beggar's Opera*」입니다. 그 작품이 실제로 정치풍자를 목표로 했는지는 불분명하지만 어쨌든 즉각 정치풍자로 받아들여졌다고 하는데요. 이는 당시의 여론에 대해 시사하는 바가 큽니다. 사실 이 작품의 메시지는 술수와 허위에 대해 당시 팽배했던 우려와 잘 맞아떨어졌어요. 즉 조지 2세의 궁정은 도둑의 부엌처럼 묘사되었고, 지배계급의 도덕수준은 도둑의 그것과 비교되었거든요.

윌리엄 호가스가 그린 「거지 오페라」(1728)

* 영국의 시인·극작가(1685~1732). 영국 오페라 희극의 선구자로 꼽힌다. 작품에 「거지 오페라」가 있다.

뒤에 소설가 필딩*이 당시의 유명한 도둑 와일드(Jonathan Wild)를 월폴과 노골적으로 비교한 것도 같은 맥락이죠. 포프의 『바보 열전*The Dunciad*』(1728, 개정판 1742), 볼링브루크의 『장인*Craftsman*』과 함께 스위프트의 『걸리버 여행기』 역시 이와 밀접한 주제를 다룬 작품으로 간주됩니다. 즉 소비사회에 대립하는 고전주의로의 복귀, 농촌 가치의 부각, 전원 풍경의 매력, 그리고 특히 가식적이고 금전 만능주의에 물든 18세기 전반의 상업주의에 대한 비판 등이지요. 이처럼 월폴은 스위프트를 위시한 모든 지식인들과 예술인들의 증오를 받았으나, 보통은 영국의 초대 수상으로 간주되는 중요한 정치인이기도 합니다. 특히 20년간 국왕과 의회의 절대적인 지지를 얻었고, 책임내각제를 형성하여 처음으로 의회에 대해 책임지는 정부형태를 확립한 점에서 그렇지요. 이 같은 정치적 안정 위에서 경제와 문화도 발달합니다.

계몽시대와 스위프트

스위프트가 36세였던 1703년 뉴턴**은 런던왕립학회 회장으로 취임합니다. 이미 16년 전인 1687년에 『프린키피아*Principia*』를 출판한 수학과 과학의 총아 뉴턴은 계몽의 상징이었습니다. 그러나 스위프트는 뉴턴에게 크게 호

* 영국의 소설가(1707~1754). 인간의 허위를 폭로하고 풍자한 작품을 많이 발표하였다. 작품에 「톰 존스」가 있다.

** 영국의 물리학자·천문학자·수학자(1642~1727). 광학 연구로 반사 망원경을 만들고, 뉴턴 원무늬를 발견했으며, 빛의 입자설을 주장했다. 만유인력의 원리를 확립하였으며, 저서에 『자연 철학의 수학적 원리』가 있다.

감을 갖지 못했어요. 수학과 과학은 실용성을 갖지 못하는 한 무의미하고, 실용성을 갖는다 해도 윤리와 정치보다 중요하지 않다고 생각했기 때문인데요. 이러한 사고방식은 『걸리버 여행기』에도 그대로 나타납니다. 스위프트가 수학과 함께 멸시한 것은 음악이었어요. 음악사에 영국인 출신의 음악가는 거의 없지만, 독일 출신의 헨델*이 1710년 하노버 선제후(選帝侯), 즉 뒤의 영국 왕 조지 1세의 악장이 되어 영국에서 이탈리아 오페라 작곡가로 활약하게 된 점은 스위프트가 음악을 경멸하게 된 것과 관련이 깊습니다.

스위프트가 계몽시대의 총아인 뉴턴이나 헨델과 대립했다고 해서 시대의 이단아라거나 반(反)계몽주의자로 평가하기도 합니다만, 저는 생각이 다릅니다. 계몽시대의 계몽이란 뉴턴이나 헨델 이상으로 다양한 입장을 보여주니까요. 그래서 저는 스위프트 역시 명백히 계몽의 일익을 담당한 사람으로 평가합니다. 적어도 풍자문학가로서 스위프트는 같은 시대의 시인 포프나 화가 호가스와 함께 계몽적 풍자예술의 대표자이기 때문입니다. 포프는 1714년 상류사회를 풍자한 「머리털 훔치기*The Rape of the Lock*」를 썼고, 호가스는 1735년 판화집 「어느 난봉꾼의 일생」을 출판했습니다. 잠시 호가스의 연작 판화 「근면과 게으름」을 함께 감상해볼게요.

* 독일 태생의 영국 작곡가(1685~1759). 후기 바로크 음악의 거장으로, 간명한 기법에 의하여 웅장한 곡을 작곡하였으며 런던을 중심으로 이탈리아 오페라, 오라토리오를 발표했다. 작품에 「메시아(Messiah)」, 「수상(水上)의 음악」 등이 있다.

<월리엄 호가스의 판화 「근면과 게으름」 12연작>

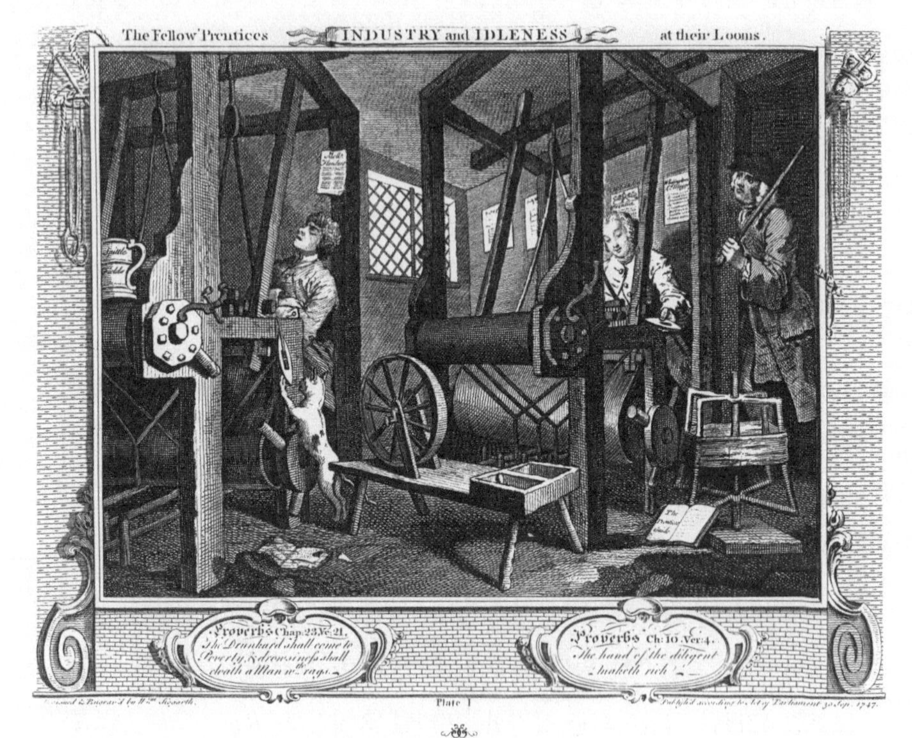

1

베틀 작업을 하고 있는 두 명의 수습공

두 명의 등장인물이 소개된다. 프랜시스(우)는 베틀 작업에 집중하고 있으나 톰(좌)은 베틀에 기대어 졸고 있다. 주인은 한 손에 회초리를 든 채 실망한 표정으로 톰을 바라보고 있다. 테두리에 두 수습공의 미래를 예측할 수 있는 상징들이 보인다(좌측: 게으른 자의 미래를 나타내는 채찍·수갑·밧줄, 우측: 근면한 자의 미래를 보여주는 지휘봉·어검·황금사슬).

게으른 수습공의 성경구절 : 잠언 23장 21절

"늘 술에 취해 있으면서 먹기만을 탐하는 사람은 재산을 탕진하게 되고, 늘 잠에 빠져 있는 사람은 누더기를 걸치게 된다."

근면한 수습공의 성경구절 : 잠언 10장 4절

"손이 게으른 사람은 가난하게 되고 손이 부지런한 사람은 부유하게 된다."

그리스도인의 의무를 다하는 근면한 수습공

근면한 프랜시스가 교회를 방문하여 주인의 딸과 함께 찬송가를 부르고 있다. 그들의 경건한 모습은 졸고 있는 남자, 우측 끝에 보이는 허영심 많은 여자와 대비된다. 이 장면은 프랜시스의 운명과 관련된 이야기들 중 첫 장면이기 때문에 더 의미가 깊은데, 그의 성공이 헌신과 함께 시작된다는 것을 보여준다.

잠언 119편 97절

"내가 주님의 법을 얼마나 사랑하는지, 온종일 그것만을 깊이 생각합니다."

3

게으른 수습공이 예배가 진행되는 동안 교회 묘지에서 노름을 하다

같은 시각, 톰은 교회 묘지에 있는 무덤 위에 앉아 돈을 걸고 속임수를 써가며 도박을 하고 있다. 무덤 주변으로 뼈와 해골이 즐비하다. 톰의 무례한 행동을 보다 못한 교구 직원이 지팡이를 치켜들고 있다. 이 그림에서는 지휘봉과 다른 물건들의 위치가 반전되어 테두리의 왼쪽에 나타난다.

잠언 19장 29절

"오만한 사람에게는 심판이 준비되어 있고, 미련한 사람의 등에는 매가 준비되어 있다.

근면한 수습공, 주인이 가장 좋아하고 믿는 사람이 되다

근면한 수습공의 성실함과 경건함이 열매를 맺는다. 그는 더 이상 베틀 작업을 하지 않고 주인의 사업을 돕는 역할을 한다(경영과 재산관리의 핵심이라 할 수 있는 '일지'를 들고 있다). 주인과 프랜시스는 매우 친밀해 보인다. 책상 위에 놓인 악수하는 모양의 장갑은 우정을 의미한다. 이는 여섯 번째 도판에 그려질 그들의 행복한 관계에 대한 복선이다.

마태복음 25장 21절

"잘했다! 착하고 신실한 종아. 네가 적은 일에 신실하였으니, 이제 내가 많은 일을 네게 맡기겠다. 와서, 주인과 함께 기쁨을 누려라."

게으른 수습공, 쫓겨나서 바다로 보내지다

게으른 톰의 행적도 마침내 열매를 맺는다. 주인은 그를 내쫓았거나 바다로 가라고 명령했을 것이다. 계약서가 좌측 하단(배가 지나간 자리)에 떠다니는 것으로 보아 어찌되었든 톰은 자유의 몸이 된 듯하다. 배에 함께 탄 동료들은 괴상한 짓거리를 하고 있고, 배가 있는 곳의 하늘은 눈에 띄게 어두워졌다.

잠언 10장 1절

"미련한 아들은 어머니의 근심거리이다."

근면한 수습공, 수습기간이 끝나고 주인의 딸과 결혼하다

프랜시스 굿 차일드는 수습기간을 잘 마치고 자유의 몸이 되었으며 직공 장인이 되었다. 사자 아래 보이는 '웨스트와 굿 차일드'라는 간판은 전 주인이 그를 파트너로 인정했다는 뜻이다. 두 번째 도판에 나왔던 주인의 딸은 이제 굿 차일드의 아내가 되었다. 이 장면은 그들이 축제를 벌이고 남은 음식을 불우한 사람들에게 나누어준 다음날로 보인다.

잠언 12장 4절

"어진 아내는 남편의 면류관이다."

바다에서 돌아온 게으른 수습공이 애인과 함께 다락방에서 지내다

게으른 톰이 육지로 돌아왔다. 규칙과 법을 무시하는 그는 돌아오자마자 노상강도 짓을 하며, 런던의 누추한 다락방에서 애인과 함께 살아간다. 깨진 술병과 잔, 침구 위에 아무렇게나 놓인 옷가지 등은 그들이 술을 먹으며 흥청망청 시간을 보내고 있음을 암시한다. 고양이가 벽돌과 함께 굴뚝에서 떨어지는 걸 보고 톰은 자신의 범법행위를 떠올리며 두려워하기 시작한다.

레위기 26장 36절

"바람에 나뭇잎 떨어지는 소리만 나도 기겁하고 달아나게 하겠다."

근면한 수습공, 부자가 되고 런던의 법관이 되다

부유하게 된 프랜시스 부부가 테이블 끝자리에 앉아 위엄을 갖추고 있다(그의 우측에는 어검이, 아내의 좌측엔 지휘봉이 보인다). 이 그림은 상당 부분 과식을 풍자하고 있는데, 특히 오른쪽 끝에 있는 두 사람을 통해 부자들도 낭비와 허영에 빠지기 쉽다는 것을 경고하고 있다. '런던 법관 프랜시스 굿 차일드에게 경의를 표하며'라 쓰인 종이가 눈에 띈다.

잠언 4장 7~8절

"네가 가진 모든 것을 다 바쳐서라도 명철을 얻어라. 지혜를 소중히 여겨라. 그것이 너를 높일 것이다. 지혜를 가슴에 품어라. 그것이 너를 존귀하게 할 것이다."

게으른 수습공, 애인에게 배신당하고 공범자와 함께 지하 선술집에 오다

톰은 노상강도 짓을 그만두고 살인강도로 업종을 바꿨다. 동료와 함께 죽은 사람의 모자에 담긴 물건들을 살펴보는 톰. 그동안 다른 남자는 바닥 덮개를 열고 사체를 은닉 중에 있다. 이들은 등불을 밝히고 계단을 내려오는 경찰과 정보 제공의 대가로 동전을 받아 챙기는 애인을 보지 못한다. 판화 배경은 그의 성격과 같이 무법과 부패가 만연한 최악의 환경을 보여주고 있다.

잠언 6장 26절

"음란한 여자는 네 귀중한 생명을 앗아간다."

10

런던의 참사회원이 된 근면한 수습공과 그의 앞에 불려나온 게으른 수습공

마침내 다시 만난 두 주인공. 이번에도 톰은 왼쪽에 있고 프랜시스는 오른쪽에 있다(테두리는 반대로 되어 있다). 공범자의 불리한 증언으로 톰은 완전히 패소했다. 내적 갈등을 겪고 있거나 넌더리를 내는 것으로 보이는 프랜시스 옆에 있는 서기가 '뉴게이트 감옥'으로 보내는 영장 허가증을 작성하고 있다.

시편 9장 16절

"악한 사람은 자기가 꾀한 일에 스스로 걸려드는구나."

레위기 19장 15절

"재판할 때에는 공정하지 못한 재판을 해서는 안 된다."

11

게으른 수습공, 타이번에서 처형되다

게으른 수습공은 중죄인으로서 교수대에서 죽음을 맞이한다. 왼쪽에서 오른쪽으로 향하는 행진에서 볼 수 있듯 사형수 호송차를 뒤따라가는 군인들과 톰은 분리되어 있다. 호송차에는 웨슬리(감리교를 의미하는)라고 적힌 책을 든 설교자가 함께 타고 있다. 뒤쪽으로 어렴풋이 교수대가 보인다. 노상강도 짓과 살인에 대한 결과로 교수형을 당하는 톰의 최후이다.

잠언 1장 27~28절

"공포가 광풍처럼 너희를 덮치며, 재앙이 폭풍처럼 너희에게 밀려오며, 고난과 고통이 너희에게 밀어닥칠 때에,
그때에야 나를 애타게 부르겠지만, 나는 대답하지 않겠고,"

12

근면한 수습공, 런던 시장이 되다

성실함과 도덕성을 겸비한 프랜시스 굿 차일드는 시장으로 선출된다. 그는 시장 마차를 타고 한 손에 어검을 들고 있다. 오른쪽 발코니에 있는 품위 있는 군중들과 도로를 마주하는 건물에 사는 사람들이 창가에 서서 그가 지나가는 것을 구경하고 있다. 마지막 판화의 테두리는 풍요를 상징하는 물건들로 둘러싸여 있다.

잠언 3장 16절

"그 오른손에는 장수가 있고, 그 왼손에는 부귀영화가 있다."

스위프트는 1719년 출판된 디포의 『로빈슨 크루소』에 자극 받아, 그리고 1721년 몽테스키외가 프랑스 제도를 풍자한 『페르시아인의 편지』에 자극 받아 1726년 『걸리버 여행기』을 썼을 거예요. 한편 영국 풍자문학에서 또 하나의 걸작으로 여겨지는 존 게이의 희곡 「거지 오페라」는 1728년 초연되었고, 헨리 필딩은 1749년 『톰 존스*Tom Jones*』를 썼습니다.

사상의 차원에서는 1690년 존 로크가 『시민정부론 재론』을 썼고, 1739년엔 데이비드 흄이 『이성론』을 썼지요. 프랑스에서는 1733년 볼테르가 『철학서한』을, 1759년엔 루소가 『과학예술론』을 썼고, 1751년에는 디드로가 『백과사전』을 간행하기 시작했습니다. 그 뒤 그들의 저술은 이어지지만 1745년 스위프트는 죽습니다. 루소와 볼테르는 모두 그 33년 뒤인 1778년에 죽었고요. 이렇게 보면 스위프트는 계몽시대 전기의 사람이라고 할 수 있을지도 모릅니다.

스위프트, 포프, 게이

18세기 영국 풍자문학의 3대 거인은 스위프트, 포프, 게이입니다. 스위프트는 나머지 두 사람에게 영감을 준 아버지 같은 존재였어요. 당시 정권을 잡은 휘그당에 반대한 토리당인 그들이 최초로 대결하고자 한 것은 프랑스와의 전쟁, 그리고 로버트 월폴의 장기집권 권력이었습니다. 월폴은 『걸리버 여행기』 제1부 소인국에 나오는 플림냅(줄타기로 재무상이 된)으로, 게이의 「거지 오페라」에 나오는 피첨(장물업자로서 판사에 저항하는)으로 풍자되었지요.

그 두 사람보다 덜 정치적이었던 포프는 스위프트보다 21년 연하로서 런던의 포목상 집안 태생이라는 점에서 스위프트와 마찬가지로 중산층 출신이었습니다. 그러나 스위프트와 달리 아버지가 가톨릭이었기 때문에 정규 교육을 받지 못하고 독학으로 고전을 익혔어요. 그의 대표작인 풍자시 「바보 열전」은 자신이 싫어한 출판업자, 시인, 학자들을 철저히 조롱한 작품입니다. 게이 역시 런던의 견직물 상점에서 일하기도 하면서 작품을 썼어요. 「거지 오페라」에 나오는 도둑과 창부는 휘그당 내각을 풍자한 것이지만, 이 작품은 동시에 당시 런던에 유행했던 정통 이탈리아 오페라에 대한 풍자*이기도 합니다. 「거지 오페라」는 상연이 금지되지 않았지만, 속편인 「폴리*Polly*」는 1729년 상연이 금지되었어요. 첫 공연은 반세기 뒤인 1777년에야 이루어집니다. 여전히 검열이 있었음을 말해주는 예이죠.

그런데 3년 전인 1726년에 출판된 『걸리버 여행기』는 도리어 검열에 걸리지 않았습니다. 이는 스위프트가 검열을 의식하여 교묘하게 쓴 탓도 있는데요. 덕분에 출판된 당시에는 어떤 정치적 영향도 미치지 못했습니다. 그가 풍자했던 월폴 내각은 전혀 동요하지 않았거든요. 따라서 적어도 정치적 영향을 미치고자 한 풍자로서는 실패작이었다고 할 수 있습니다.

문학이 등장하는 18세기

영문학사에서는 근대소설의 효시를 디포**의 『로빈슨 크루소*The Life and*

* 이러한 당시의 음악에 대한 풍자는 앞에서 말했듯이 『걸리버 여행기』에도 나타난다.

** 영국의 소설가(1660~1731). 리얼리즘의 개척으로 근대 소설의 시조로 불리며, 작품에 『로빈슨 크루소』가 있다.

Strange Surprising Adventure of Robinson Crusoe』(1719)라고 봅니다. 『걸리버 여행기』는 그 7년 뒤에 나와 원조가 되지는 못했으나 전자와 함께 최초의 소설에 속한다고 보아도 무방할 것입니다.* 두 사람의 비교는 이미 하우저에 의해 대체로 다음과 같이 제시된 바 있습니다.[9] 즉 "휘그당원인 디포가 낙관주의자라면 토리당원인 스위프트는 지독한 비관주의자이고, 디포가 세상과 하느님을 믿는 부르주아적, 퓨리탄적 생활 철학을 선언했다면, 스위프트는 사람을 미워하고 세상을 멸시하는 냉소적 우월감을 공공연히 과시했으며, 디포는 진취적 기상과 세계 지배의 꿈에 부풀었으나, 스위프트는 계몽주의 시대의 환멸을 맨 먼저 체험한 사람"이라는 것이지요.

그런데 저는 디포를 싫어하고 스위프트를 좋아합니다. 『로빈슨 크루소』는 식민지 소설의 효시이자 전형이나 『걸리버 여행기』는 그와 반대로 반식민지 소설의 효시이자 전형이라고 보기 때문입니다. 가령 『걸리버 여행기』 제3부 처음에 등장하는 하늘에 떠 있는 라퓨타 섬이 영국이고 그 아래에 있는 섬이 아일랜드임은 의문의 여지가 없습니다. 라퓨타는 군주국으로서 그 아래 섬의 도시에서 문제가 생기는 경우 다음과 같이 처리합니다.

> 만약 어떤 도시가 폭동이나 반란을 일으키거나, 격렬한 패싸움을 하거나, 일상

* 여기서 우리는 '문학'이라고 하는 말, 즉 'literature'가 영어권에서 문학이라는 독립된 영역을 뜻하게 된 것이 그 시점보다 더욱 뒤인 18세기 말임에 주의해야 한다. 즉 디포나 스위프트의 시대에는 문학이 여전히 독립적인 영역으로 다루어지지 않았고, 노래·그림·정치 등 여러 가지와 관련되었다. 그런데 역사적 사실은 디포나 스위프트보다 더욱 빠르게 여러 소설이 나왔음을 보여준다. 문제는 그 소설들이 외설적 작품이라는 점에서 문학사에서 무시되었다는 점인데, 그 외설적 표현이 당시 지배층의 부패를 풍자한 점에서 자주 발매 금지 처분을 받기도 했다는 사실이 재조명되고 있다. 여하튼 디포나 스위프트의 소설은 그런 문학사적 맥락에서 이해될 필요가 있다.

적 세금의 납부를 거부한다면, 국왕은 그들을 복종시킬 두 가지 방법이 있다. 첫째의, 그리고 가장 온건한 방법은, 그런 도시와 그 주변 지역의 상공에 섬을 정류시킴으로써, 그들로부터 햇빛과 비가 내리는 혜택을 박탈할 수 있고, 따라서 그곳 주민을 기근과 질병으로 벌할 수 있다.[10]

이것이 아일랜드에 대한 영국의 탄압을 풍자한 것임은 스위프트 시대의 독자라면 누구나 알았겠지요? 그러나 지금 우리는 이 문장만 읽고서 그 사실을 알 수 없습니다. 『걸리버 여행기』에 대한 해설이 필요한 이유이지요. 여하튼 18세기 초 1720년 전후에 소설이 등장*하는 것은 그것을 읽는 부르주아 독자층이 형성되었다는 것을 의미합니다. 그 전의 궁정 귀족은 자신들의 지위를 높이기 위해 예술가를 하인처럼 보살폈던 터이니 참된 독자라 보기엔 어렵지요. 새로운 독자층을 성장시킨 가장 유효한 문화적 수단은 18세기 초부터 간행되기 시작한 정기 잡지였습니다. 스위프트도 1710년부터 《익재미너*The Examiner*》라는 토리당 기관지를 맡아 글을 썼고 수많은 정치 팸플릿을 간행했지요.

이러한 변화와 함께 작가들의 사회적 지위도 변했으나 그것은 앞에서도 말했듯이 잠깐일 뿐이었고, 그마저 1721년 월폴의 집권으로 끝납니다. 이를 예감한 듯 스위프트는 이미 1714년에 아일랜드로 가버렸고, 다른 런던의 문인들 역시 시골로 들어가 고독하게 살았습니다.

* 1720년을 전후하여 통속적인 문예 서적이 등장하게 된 배경에는 월폴에 의한 교회의 정치화와 성공회 성직자들의 계몽주의적 활동이 있다. 디포와 스위프트의 소설은 바로 그런 배경에서 나왔다.

부르주아와 부르주아 문화의 형성

앞에서 영국 부르주아는 1680~1730년대에 형성되었다고 말했는데요. 이 시기는 바로 스위프트가 10대에서 60대를 보낸 때입니다. 즉 스위프트는 부르주아 형성기를 살았고, 그 자신 성직자라는 신분을 가진 부르주아였어요. 우리는 부르주아라 하면 흔히 자본가를 생각하지만 실은 기업가를 위시한 성직자, 법률가, 의사, 교사 등도 모두 포함됩니다. 이들 부르주아는 모두 런던에 집중되어 있었지요. 당시 런던에는 영국 전체 인구의 8%인 50만 명이 살았습니다. 런던 이외 나머지 도시 인구를 다 합쳐도 런던보다 적었어요.

대도시에 살았던 기업가들은 성공과 실패를 경험했는데, 그 바람에 성직자, 의사, 법률가의 일감도 늘었고 종사자도 늘었습니다. 특히 수많은 교회들이 신축되었지요. 그런데 주의할 점이 있습니다. 스위프트가 속한 성공회보다 비국교도가 도시에 더 큰 영향을 미쳤다는 점입니다. 1661년 찰스 2세 때에 도시자치제법(Corporation Act)이 제정되어 공식적으로는 국교도만이 도시행정에 참여할 수 있었지만 적어도 장로교도들은 공적으로 중요한 역할을 했습니다. 법률가라는 직업도 18세기의 산물입니다. 점차 상업화되는 사회에서 발생한 각종 복잡한 상거래를 법률화하는 일이 필요했기 때문이죠. 특히 1731년 재판 절차에서 영어 사용을 의무화하자 법률 서비스 수요가 크게 늘어납니다. 당시엔 성직자나 법률가보다 의사와 약사의 수입이 더 좋았습니다.

부르주아의 형성과 함께 부르주아 문화도 형성되었습니다. 1702년 런던에 최초의 일간신문이 등장했고, 18세기 중엽에는 일간지, 격주간지, 3주마다 출판되는 신문 등 12개 신문이 발행되었어요. 1700년에는 영국 전체에 주당 신문 판매 부수가 5만 부 이하였으나, 1760년에는 20만 부 이상으로 증가했지요. 이러한 부르주아는 영국의 전통적인 헌정 질서를 확고하게 수호한 점에서 결코 진보적인 입장이 아니었습니다. 휘그든 토리든 마찬가지였어요. 스위프트가 토리였다고 해서 보수적이라 할 수 없는 이유입니다.

스위프트의 성장

스위프트는 18세기 사람치고 드물게 78년이라는 긴 생애를 살았어요. 그의 생애는 세 부분으로 구분됩니다.[11] 즉 아일랜드에서 태어나 성장하는 22년, 그 후 영국에서 활동한 25년, 그리고 다시 아일랜드로 돌아가 활동하다 죽는 31년입니다.

스위프트는 1667년 11월 30일, 아일랜드 더블린에서 태어났습니다. 당시의 아일랜드는 영국의 식민지였으니 그는 일제강점기의 조선처럼 식민지에서 태어난 것입니다. 그러나 그의 부모는 그해 영국에서 온 영국인들이었으니 다시 일제강점기로 비유하자면 일본에서 조선으로 건너온 일본인 아들로 태어난 것과 같다고 볼 수 있지요?

이 점은 매우 중요합니다. 뒤에 스위프트는 영국 성공회의 사제가 되어 1699년부터 죽는 1745년까지 46년을 더블린에서 사목하는데, 그런 그의 입장은 아일랜드 민중과 영국 권력 사이의 중간자, 더욱 확실하게 말하자면 영국 편이라고 할 수 있기 때문입니다. 그가 영국의 아일랜드 탄압에 저항하며 글을 쓴 점 역시 그러한 입장에서 이해할 필요가 있어요(『걸리버 여행기』도 그 사이 1726년에 쓰였습니다).

아버지는 스위프트가 어머니 뱃속에 있을 때 죽었습니다. 어머니는 남편 사망 후 2, 3년 뒤에 영국으로 돌아갔기 때문에 어머니의 정을 느끼지 못한 스위프트는 가끔 오물취미를 가진, 또는 성관계를 멀리한 이상(異常) 성격의 소유자로 정신분석의 대상이 되기도 합니다. 그러나 오물취미는 당시 문학을 비롯한 예술의 한 경향이기도 했고, 성관계 기피는 성공회 사제인 탓에 생긴 것이라 본다면 특별히 이상 성격이라 할 문제는 아닐 것입니다.

그가 태어난 지 1년도 안 되어 스위프트를 너무나 귀여워 한 유모가 그의 가족 몰래 그를 데리고 영국으로 도망가 그곳에서 3년을 지냈고, 이를 안 어머니가 아기가 항해를 견딜 수 있을 때까지 데리고 있어도 좋다고 허락했다는 믿기 어려운 일도 생겼으나 별로 중요한 문제는 아닙니다. 이를 뒤에 스위프트가 여성을 혐오하게 된 원인의 하나로 보는 견해도 있는데, 유아에 불과했던 그가 무엇을 알았을까요?

그 뒤 그는 4세에 다시 아일랜드 더블린으로 돌아와 숙부의 도움으로 6세부터 15세까지(1673~1682) 당시 아일랜드에서 가장 좋은 학교였던 더블린의 킬케니 학교(Kilkenny Grammar School), 즉 우리의 초중등학교에 해당하는 학교를 다닙니다. 15세부터 4년간(1682~1686)은 트리니티 대학에서 공부하고요. 지금 우리와 비교하면 고등학교 없이 초중등학교만 마치고 바로 대학에 들어간 셈이지만 이는 그가 특별한 천재여서가 아닙니다. 당시에는 그런 일이 비일비재했거든요. 게다가 그는 어느 학교에서나 우등생이기는커녕 평범한 성적에 다른 아이들처럼 약간의 말썽도 피운 학생이었습니다.

스위프트의 대학 성적은 평범했습니다. 특히 신학, 철학, 수학 성적이 좋지 않았어요. 뒤에 형이상학과 추상론 및 수학을 싫어하게 된 것도 그때부터 비롯되었습니다. 그러나 고전시와 역사에는 우수했고 그리스어와 라틴어에도 능통했습니다. 대학 졸업 후 그는 석사학위를 받기 위해 더블린 대학에 머물렀지만, 학업 성적이 좋지 않았고, 소요를 주동하여 징계를 받는 등 문제가 많았을 뿐 아니라, 1689년 더블린에서 가톨릭교도들의 반란*이 터지는 바람에 영국으로 가야 했습니다. 물론 그 반란은 조기에 진압되었으나 젊은 스위프트는 결코 아일랜드에 다시 돌아가고자 하지 않았습니다.

스위프트는 20년 만에 만난 어머니의 소개로 1689년부터 영국 서리 지방의 무어 파크에서 은퇴한 정치가 윌리엄 템플**의 비서를 지내며 독서에 열중했습니다. 템플은 뒤에 『걸리버 여행기』 제2부에 나오는 거인국의 왕으로 등장할 만큼 스위프트의 존경을 받았던 사람입니다.

* 바로 한 해 전인 1688년 명예혁명으로 왕위에서 쫓겨난 제임스를 지지하여 가톨릭교도들이 반란을 일으킨 것이었다.

** 영국의 정치가(1628~1699).

스텔라의 초상

스위프트는 이때 그곳 청지기의 딸인 14세 연하의 에스터 존슨*을 만납니다. 그녀의 가정교사를 시작으로 뒤에는 평생의 연인이 되지요. 22세의 스위프트와 8세의 스텔라가 만나 스위프트가 죽기까지 40년간 서로 사랑한 것입니다. 스위프트가 그녀와 결혼했다는 소문도 있지만, 그 자신 평생 결혼을 경멸했으므로 믿기는 어려운 일입니다.

* 스위프트의 생애를 이야기할 때 언급되는 두 여인 중 한 명으로 스위프트가 스텔라라고 불렀다(1681~1728).

3장 스위프트의 초기 작품

『통 이야기』

1691년, 스위프트는 습작시를 써서 드라이든에게 보였다가 혹평을 당합니다. 이어 1692년, 그는 템플의 추천으로 성직자가 되기 위한 자격 요건인 석사학위를 옥스퍼드 대학으로부터 받습니다. 그러나 캔터베리나 웨스트민스터에서 사제가 되기를 희망했던 스위프트는 템플이 도와주지 않는다고 생각해 그를 떠나지요. 그 후 1694년, 스위프트는 성공회 부제(Deacon)로 서품되고, 이듬해엔 사제(Priest)로 임명되어 아일랜드 킬루트(Kilroot)*로 부임했습니다(그곳에서 스위프트는 친구 여동생과 사랑에 빠졌어요). 그러나 시골 사제직 생활은 그가 바라던 것과 매우 달랐습니다. 그곳에는 장로교 스코틀랜드 사람들이 많았어요. 그들의 교회도 번창했고요. 하지만 스위프트의 국교는 시들고 있었습니다. 결국 스위프트는 1696년 다시 템플의 집으로 가서 템플이 죽는 1699년까지 머물게 됩니다.

* 지금의 북아일랜드 수도인 벨파스트(Belfast) 부근.

스위프트는 템플로부터 현대 학문보다 고대 학문이 우수하다는 것을 배웠습니다. 그 영향으로 고대와 현대 사이의 갈등을 표출한 『통 이야기*A Tale of a Tub*』와 『책들의 전쟁*The Battle of the Books*』을 1697년부터 98년 사이에 집필했는데요. 발간은 1704년에 이루어집니다. 이 책들에서 그는 당시 지식층, 교황 지지자, 비국교도, 자유사상가 등을 신랄하게 풍자하는 한편 성공회를 옹호해요. 『통 이야기』는 1704년, 스위프트가 37세에 출판한 소위 처녀작입니다. 『걸리버 여행기』보다 22년 전에 쓰였거든요. 『걸리버 여행기』가 워낙 유명하여 『통 이야기』를 마치 『걸리버 여행기』의 부록처럼 간단히 설명하는 경향이 있으나 저는 이 작품이야말로 『걸리버 여행기』의 근원이라 봅니다.

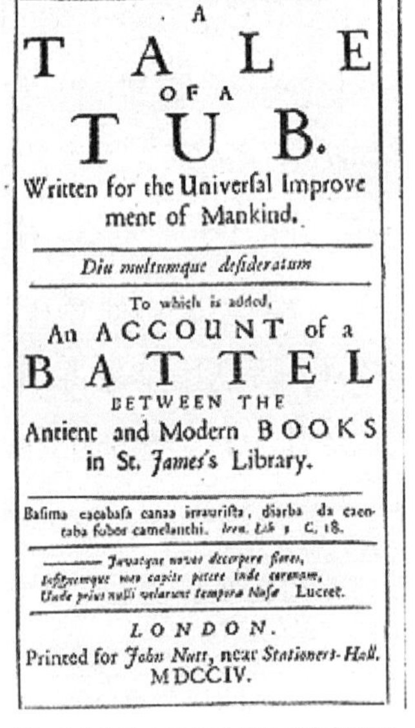

A
TALE
OF A
TUB.
Written for the Univerſal Improvement of Mankind.
Diu multumque deſideratum
To which is added,
An ACCOUNT of a
BATTEL
BETWEEN THE
Antient and Modern BOOKS
in St. *James's* Library.
Baſima eacabaſa eanaa irrauriſta, diarba da caeotaba fobor camelanthi. *Iren. Lib.* 1. *C.* 18.
——— *Juvatque novos decerpere flores,*
Inſignemque meo capiti petere inde coronam,
Unde prius nulli velarunt tempora Muſæ. Lucret.
LONDON.
Printed for *John Nutt*, near *Stationers-Hall*.
MDCCIV.

『통 이야기』의 초판본 타이틀 페이지(1704)

A
TALE
OF A
TUB.
Written for the Univerſal Improvement of Mankind.
Diu multumque deſideratum.
To which is added,
An ACCOUNT of a
BATTEL
BETWEEN THE
Antient and Modern BOOKS
in St. *James's* Library.
Baſima eacabaſa eanaa irrauriſta, diarba da caeotaba fobor camelanthi. *Iren. Lib.* 1. *C.* 18.
——— *Juvatque novos decerpere flores,*
Inſignemque meo capiti petere inde coronam,
Unde prius nulli velarunt tempora Muſæ. Lucret.
The Fifth EDITION: With the Author's Apology and Explanatory Notes. By *W. W--tt--n*, B. D. and others.
LONDON: Printed for *John Nutt*, near *Stationers-Hall*. MDCCX.

『통 이야기』의 5판본 타이틀 페이지(1710)

『통 이야기』는 그 구성이 대단히 복잡하여 난해한 작품으로 알려졌는데, 지금 우리가 보는 것은 1710년에 쓴 '작품을 위한 변론'과 함께, 1704년에 쓴 나머지, 즉 '헌정사' 등 3편의 글과 서문, 그리고 서론을 포함한 11개의 장과 결론으로 이루어졌습니다.

작품을 위한 변론

진심으로 존경하는 존 소머스 경께 바치는 헌정사

출판업자가 독자에게 드리는 글

존경하는 후손 전하께 바치는 서한

서문

1. 서론

2. 통 이야기

3. 비평가들에 관한 여담

4. 통 이야기

5. 현대 작가들에 관한 여담

6. 통 이야기

7. 여담을 찬양하기 위한 여담

8. 통 이야기

9. 영국에서의 광기의 기원, 활용, 개선에 관한 여담

10. 또 다른 여담

11. 통 이야기

결론

우선 헌정사부터 서론까지는 당시의 복잡한 서설 형식의 글쓰기를 풍자한 것으로서 그저 흉내를 내어본 것이라 보면 됩니다. 그러니 이 부분은 그냥 읽어도 좋아요. 다음 본문의 2, 4, 6, 8, 11장은 모두 '통 이야기'이고, 나머지는 '여담'인데, 그 제목들은 다르지만 농담처럼 붙여진 것에 불과합니다. '통 이야기'와 '여담'을 반복하고 있는 셈이지요. '통 이야기'는 조금 뒤에 설명할 삼 형제 이야기가 중심입니다. 즉 종교의 타락과 부패를 풍자하는 내용이지요. 반면 '여담'은 학문의 타락과 부패를 풍자합니다. 그러니까 '통 이야기'와 '여담'으로 구성된 본문은 각각 종교와 학문의 타락과 부패를 다루는 것이지요.[1]

그런데 종교 이야기는 사실 『통 이야기』 전체의 4분의 1에 불과합니다. 그마저 의상철학*이나 풍신(風神)** 숭배자들에 대한 우화가 많아서 실제 내용은 더욱 작아요. 반면 학문 이야기는 작품 전체의 절반을 차지합니다. 『통 이야기』가 종교보다 학문을 풍자하기 위한 책이라는 생각에 확신을 갖게 해주는 배경이지요. 집필 시기에 따라 종교 풍자가 1695년부터 1696년 사이 스위프트가 아일랜드에서 최초로 사제 생활을 한 시기에 쓰였고, 학문 풍자는 1697년에 템플의 집에서 쓰였다고 보는 것이 정설입니다. 『통 이야기』에 나오는 '작품을 위한 변론'에도 그렇게 명기되어 있고요.[2]

* 1833년에서 1834년 사이에 영국의 문필가인 칼라일이 지은 평론서. 가공(架空)의 독일인 대학교수 저작(著作)을 간추려 번역한 형식을 취하여, 우주를 하나의 의복으로 보고 그 비유로 지구상의 모든 것을 설명하려 했다. 자서전을 포함하여, 저자의 비판적·풍자적인 사회관과 역사관을 전개한다.

** 바람을 주관하는 신.

페르소나 비평

『통 이야기』는 1704년에 나오자마자 2, 3판을 냈고, 이듬해 4판도 나왔습니다. 스위프트는 5판이 나온 1710년에 '작품을 위한 변론'을 덧붙였는데요. 그럼에도 오해는 여전히 이어져 존슨* 같은 유명한 19세기 평론가는 '영문학사상 가장 기이한 작품 중의 하나'라 칭했고, 리비스** 같은 20세기 평론가들은 '부정적이고 허무적이며 무질서로 가득 찬 작품'이라고 비판했습니다. 그러나 존슨이나 리비스는 『통 이야기』만이 아니라 스위프트의 작품 전체, 나아가 인간성까지 부정하는 경향이 있으니 그들의 견해는 더 이상 고려할 필요가 없다고 봅니다.

그런데 다행스럽게도 『통 이야기』 속의 화자(話者)는 작자인 스위프트가 아닙니다. 도리어 작자가 공격하려는 대상이죠. 이런 수법이야말로 스위프트 풍자의 핵심이라는 것, 즉 '페르소나 수법'이라는 것이 20세기 중반에 밝혀지면서 새로운 해석이 가능해졌습니다. 이는 스위프트가 뒤에 『걸리버 여행기』 등에서도 사용한 수법이지만 그것이 처녀작 『통 이야기』에서부터 사용되었다는 점은 주목할 만합니다. 즉 『통 이야기』에서 다루어지는 3대 기독교의 분쟁(가톨릭, 루터파, 칼뱅파)과 신구(新舊) 학문의 대립에 대한 풍자에서 스위프트가 자신은 성공회 사제이자 구학문(그리스 로마 시대 학문)을 숭상하면서도, 『통 이야기』 속의 화자는 작가와 달리 신학문(18세기

* 영국의 시인·비평가(1709~1784). 대저(大著) 『영어사전』을 완성하였으며 『영국 시인전』 10권을 집필하였다. 작품에 교훈시 「욕망의 공허함」, 소설 「라셀라스」 등이 있다.

** 영국의 문예 평론가(1895~1978). 작품 평가의 기준으로서 윤리적 가치를 중시하였으며 저서에 『위대한 전통』이 있다.

학문)을 숭상하게 하여 풍자하는 것이 바로 페르소나 수법*을 적용한 것입니다.

페르소나 수법이란 풍자의 한 방법으로 매우 일반적인 기법입니다. 척 보면 알 수 있을 만큼 뻔한 것이지요. 그런데도 영문학사에서 가장 위대한 평론가로 꼽히는 자들이 이를 무시하고, 오히려 그들에 의해 스위프트의 작품과 작가 자신이 오해를 받게 되었다는 것은 참으로 아이러니한 일입니다. 우리가 주의해야 할 점은 페르소나 비평을 풍자의 분석으로 인정할 것인가 말 것인가 하는 게 아닙니다. 그보다는 오히려 스위프트가 작중 인물과 얼마나 거리를 두고 있는가에 유의해야 해요. 즉 그가 어떤 작품에서는 엄청난 거리를 두고, 다른 어떤 작품에서는 거리를 두지 않는 식으로 작품마다 거리를 달리한 게 아니라는 점에 주의해야 한다는 뜻입니다.

'작품을 위한 변론'

『통 이야기』의 처음에 나오는 '작품을 위한 변론'은 그 책이 나온 뒤 비판 논문이 두 편 나왔으나 찬양 논문은 없었기에 스스로 변명한다는 것으로 시작됩니다.[3] 스위프트는 당대 '종교와 학문 분야의 엄청난 타락과 부패들'을 풍자하기 위해 종교의 타락은 의복 알레고리로, 학문의 타락은 여담이라는 형식으로 소개했다[4]고 말합니다. 성공회 "성직자들은 광신주의와 미

* 페르소나(persona, 복수형 personas)는 "다른 사람들 눈에 비치는, 특히 그의 실제 성격과는 다른, 한 개인의 모습"이란 뜻이다. 가상의 인물이 어떤 특정한 상황과 환경 속에서 어떻게 행동할 것인가를 묘사하는 수법이다.

신의 병폐들이 이 작품에서 폭로되는 것을 보고"[5] 화를 냈는데요. 스위프트에 의하면, 이러한 폭로가 그런 병폐를 치료하고 확산을 막는 가장 가능성 높은 방식이기 때문이라고 합니다.[6] 나아가 자신은 성공회를 지지하므로 그런 화는 "추악한 명성을 날리면서 사악한 삶을 살고 있는, 파멸적인 운을 타고난 저 우둔하고 무식한 엉터리 작가들"[7]에게 내야 마땅하다고 주장합니다. 이어 구체적인 변명 사실을 나열한 뒤 그는 "인간의 본성 중에서 위트야말로 가장 고귀하고 가장 유용한 선물인 것처럼, 유머도 가장 유쾌한 것"[8]이라는 결론에 이르지요.

이어 나오는 '진심으로 존경하는 존 소머스 경께 바치는 헌정사', '출판업자가 독자에게 드리는 글', '존경하는 후손 전하께 바치는 서한'은 모두 당시의 번잡스러운 책 앞부분의 형식들을 풍자하기 위해 그것들과 유사하게 일부러 만들어 붙인 것에 불과합니다.

이에 대해 『통 이야기』의 화자는 스스로 다음과 같이 말해요. 먼저 현대 작가들은 "서문이나 헌정사라면 결코 빠뜨리지 않고 놀랍고 훌륭한 솜씨로 써댄다. 그리고 이를 통해 반드시 작품의 앞머리부터 독자들을 놀라게 하며 뒤에 나올 본 작품에 대해 황홀한 기대감을 갖도록 불을 붙인다"[9]고 합니다. 반면 고전 작가에 대해서는 "저서에 붙는 헌정사들이나 많은 아첨들은 왜 한결같이 뭔가 새로운 내용은 조금도 없이, 전부 케케묵고 곰팡내 나는 주제들과 관련된 내용뿐인가"[10]라 말함으로써 내용을 반전시킵니다. 이처럼 화자의 모순된 궤변을 통해 작가는 풍자를 하고 있는 것입니다. 심지어 풍자 자체를 비판하다가 다시 찬양하기도 해요.

서문과 서론

『통 이야기』 서문을 봅시다. 여기서 화자는 그 이상한 제목에 대해 "선원들이 바다에서 고래를 만나면 빈 나무통을 던져주는 관습*이 있는데, 이는 고래에게 흥밋거리를 제공하여 배를 공격하는 일을 예방하려는 것이 그 목적"이라고 말합니다. 즉 '화자=선원'은 '재사(才士)=고래'들이 '국가=배'를 공격하지 않도록 하기 위해 그 '책=나무통'을 법에 의해 쓰게 되었다는 것이지요.[11]

『통 이야기』에 실린 삽화.
고래가 선원들이 던져준 통을 가지고 놀고 있다(1710).

그러나 스위프트는 이런 책을 쓰는 것은 임시방편에 불과하며, 이를 위한 더욱 확실한 프로젝트는 9,743명을 수용하는 거대한 학술원을 만드는 것이라 능청을 떱니다. 당시의 영국 지식인 대부분에 해당하는 그들은 동성연애학교, 거울학교, 욕설학교, 침뱉기학교, 흔들목마학교, 장화학교, 심술학교, 도박학교 등등에 배치되는데요.[13] 이야말로 당시의 학문에 대한 가장 신랄한 비판일 터입니다. 이어 화자는 '서문'에서 자기의 사상을 이해

* 선원들이 고래에게 빈 나무통을 던져주는 관습은 16, 17세기의 문헌에도 나오는 것으로서, 특히 『통 이야기』에서도 언급된[12] 17세기 영국의 비국교도 시인인 마벨(1621-1678)의 『산문화한 리허설*The Rehearsal Transpos'd*』(1672~1673) 제2부에 나온 것이다.

하려면 집필 환경을 알아야 한다면서 그 책이 '다락방 침상'에서 '기나긴 와병 생활 중에', '금전적으로 엄청나게 빈곤한 상황에서' 쓰였다고 밝힙니다.[14] 이는 당시의 삼류문인을 풍자하는 것이자 지식인 일반의 생활을 묘사한 것이기도 했습니다.

다음 제1장 서론에서 화자는 대중을 설득하는 세 가지 연설 도구로 설교대(pulpit), 교수대(gallows), 순회용 유랑무대(theatre)가 있다고 말합니다.[15] 설교대란 '현대판 성인들의 저술', 즉 광신적 설교가들, 청교도들, 비국교도들의 저술,[16] 교수대란 '파벌과 시의 고유한 상징물',[17] 순회용 유랑무대란 '쾌락적 효용을 지닌 점에서 역시 삼류문인들의 활동무대'를 상징한다고 하면서[18] 화자는 자신이 그 문인의 하나로 인정받았기에 이 책을 쓰게 되었다고 말하지요.[19] 또 자신이 각종 사건에 연루되어 고생했다고도 말합니다.[20]

이하 『통 이야기』 전체에 나타나는 화자의 성격은 철저히 표면, 외양, 공상, 망상, 미망, 광기 등에 물든 표면 숭배자인 현대주의자이고, 종교적으로는 바로 피터(타락한 가톨릭)와 잭(광신적 캘빈주의 청교도)을 말합니다.

대중을 설득하는 세 가지 연설 도구

『통 이야기』에 나오는 삼 형제와 옷

『통 이야기』의 원제 'A tale of a tub'은 영어에서 '터무니없는 이야기'라는 의미의 숙어로 쓰일 정도로 유명하다고 하지만[21] 이는 스위프트의 작품에서 비롯된 말이 아니라 16, 17세기 영어 문헌에 빈번하게 나온 숙어였음을 주의해야 합니다. 여하튼 그런 헛소리는 제2장에서 아버지가 임종 직전 세 아들에게 하나의 천으로 만든 옷을 한 벌씩 남겨주는 것으로 시작됩니다. 아버지는 그 옷이 몸의 성장에 따라 자연스럽게 커지므로 고칠 필요 없이 영원히 입을 수 있다고 말하며 유서를 남기고, 삼 형제가 한 지붕 아래 우애 있게 살기를 당부하고 죽습니다.

삼 형제인 피터(가톨릭), 마틴(루터 교회), 잭(칼뱅파)이 아버지(하느님)의 유언을 읽고 있다.

아버지가 죽은 뒤 삼 형제는 도시로 나갑니다. 그곳에서 그들은 본래의 옷으로는 세련된 상류생활에 접근할 수 없음을 알게 되는데요. 장남 피터는 가령 '어깨장식'을 달고 싶은데 유서에 그런 말이 없으니 유서의 여러 철자를 조합하여 '어깨장식'이 유서에 담겨 있다고 강변하며 갖가지 장식을 답니다. 그런 과정에서 형제 사이에 갈등과 불화가 생겨 마침내 피터는 두 동생을 집에서 쫓아내지요. 장남 피터가 옷에 갖가지 장식을 다는 것

두 동생을 쫓아내는 만형 피터

마틴과 잭이 장식을 떼어내는 바람에 옷이 손상되었다.

은 의례가 복잡한 가톨릭을 뜻합니다.

차남 마틴은 정신을 차려 옷의 형태를 원래대로 복원하고자 합니다. 그러나 이미 갖가지 장식이 붙어 있는 터라 복원이 어렵습니다. 결국 마틴은 안전하게 제거할 수 있는 것만 떼어냅니다. 이는 성공회처럼 가톨릭과 퓨리턴의 중간에서 중도를 택함을 뜻하지요. 막내 잭이 피터에 대한 반발심에서 모든 장식을 떼어내어 옷이 넝마처럼 변하는 것은 퓨리턴을 비유합니다.

즉 삼 형제란 당시 기독교의 세 가지 주요 형태인 가톨릭, 성공회, 퓨리턴을 아버지 유산인 옷을 두고 다투는 형제에 비유한 것이었습니다. 성공회 사제인 스위프트가 성공회를 상징하는 마틴에게 호감을 보이는 것은 당연하겠지요? 따라서 스위프트가 마틴을 옹호한다고 해석되었지만 스위프트는 실제로 어떤 종교적 도그마에도 반대했습니다. 이제 제4장에 나오는 피터 경, 즉 더욱 거대하게 된 가톨릭의 사업을 소개할게요. 첫 번째는 식민지 사업입니다.

> 피터 경이 최초로 벌인 사업은, 최근 '미지의 오스트레일리아 남부 지역'이라는 곳에서 발견되었다고 알려진 큰 대륙을 구입한 일이었다. 그는 이 대륙의 발견자들(이들이 그 대륙에 가본 적도 없다고 의심하는 사람들도 있다)로부터 아주 유리한 가격으로 직접 이 넓은 땅덩어리를 구입한 후, 다시 그것을 몇 개 주로 나누어 다른 거래업자들에게 되팔아먹었다.[22]

또한 "우울증 환자나 조울증 환자들의 공익과 평안을 위하여 '속삭임실'이라는 방을 개설"[23]했습니다. 이는 즉 고해성사실을 말해요. 그곳에서 고해성사를 받는 신부는 당나귀로 풍자됩니다.

> 이 방 안에는 당나귀 머리 하나가 아주 편리하게 놓여 있었는데, 병에 걸린 당사자는 이 동물의 양쪽 귀 중 어느 하나에 자신의 입을 대고 말을 할 수 있었다. 이 귀에 대해 일정한 거리를 두고 다가서면 그는 이 동물의 양쪽 귀가 지닌 독특하고 은밀한 기능에 의해 트림이나 호흡, 구토 같은 즉각적인 혜택을 받을 수 있었다.[24]

제6장에 이르러 마틴이란 마틴 루터에서 온 이름이고, 잭이란 잭 캘빈

에서 온 이름임이 밝혀지면서 각자 나름으로 종교개혁을 했다고 묘사됩니다.[25] 제8장에는 잭과 같은 풍신 숭배자들이 등장하고,[26] 제11장에선 다시 잭의 예정조화설 등을 풍자[27]하면서 크롬웰을 교수형 집행자로 부릅니다.[28] 피터와 잭은 끊임없이 만나게 되는 운명에 처했다고 묘사되는데요. 이는 "두 사람의 광기와 울화는 서로 똑같은 원인에서 생겨난 것"[29]이고, "외모 상으로 상당히 닮아 있기" 때문입니다.[30] 즉 극단이라고 하는 점에서 가톨릭과 개신교는 서로 통한다는 비판이지요.

'여담'

다음 '여담' 쪽을 읽어볼게요. 먼저 제3장 '비평가들에 관한 여담'에서 스위프트는 화자와 다름이 없습니다. 가령 비평가들이 가장 고매한 작가에게 떼거지로 모여들거나 책을 정독할 때 잔치집의 개처럼 행동한다는 표현은 동서고금 어디에서나 인용할 만한 가치가 있을 텐데요. 특히 "그의 모든 생각과 식욕은 전적으로 손님들이 내던지는 음식에만 쏠려 있으며, 그에게 뼈다귀 몇 개만 던져주면 가장 심하게 으르렁댄다"[31]는 표현은 현대의 비평가들에게도 그대로 해당되는 이야기 아닐까요?

이어 제5장 '현대 작가들에 관한 여담'에서는 현대 작가에 대한 극도의 자화자찬과 과대망상이 펼쳐진다는 점에서 그렇게 말하는 화자는 스위프트가 아니라 그의 풍자 대상임에 분명합니다. 이어 제7장 '여담을 찬양하기 위한 여담'에서도 그런 자화자찬은 이어지는데요. 역시 스위프트에 의한 풍자이지요.

제9장 '영국에서의 광기의 기원, 활용, 개선에 관한 여담'은 『통 이야기』의 클라이맥스라 할 수 있습니다. 여기서 화자는 세계의 모든 위대한 행동과 업적이란 광인들에 의한 것이라고 주장하고,[32] 그들의 광기를 물리적으로 설명합니다.[33] 반면 말짱한 정신은 소심하고 진부하여 그런 위업을 이룰 수 없다고 주장해요. 그리고 이성적인 분석은 불필요하다고 주장하며 다음과 같은 경험을 말합니다.

광인들

지난주에 나는 한 여성의 살가죽이 벗겨지는 장면을 목격했다. 그런데 독자 여러분께서 좀처럼 못 믿으시겠지만, 그녀의 몸이 얼마나 끔찍한 모습으로 변해가던지! 또 어제 나는 한 멋쟁이 신사의 시신을 내 앞에서 껍질을 벗겨 (해부를 해)보라고 명령을 내렸다. 우리는 한 벌의 옷 속에 감추어진 뜻하지 않았던 너무나도 많은 추악한 결함들이 그의 몸에 있는 것을 보고 깜짝 놀랐다.[34]

이어 제10장 '또 다른 여담'에서는 다시금 지루한 감사의 말과 자기자랑이 이어지고, 마지막 '결론'에서는 책의 집필과 판매에 대한 천박한 걱정과 같은 이야기가 이어집니다. 화자는 여전히 스위프트의 풍자 대상이 되고요. 책을 쓴 자들에 대한 풍자로서 더 이상 가는 게 있을까요?

정치와 종교 비판

스위프트가 정치와 종교에 대해 발언하는 경우 그는 언제나 사회질서의 유지를 고려했습니다. 특히 그는 선동가를 경계했어요. 이는 청교도혁명 이래 이성에 근거한 인간의 상호 이해가 현저히 타락했다고 본 스위프트의 역사관에서 나온 것입니다.

『통 이야기』에서 야유되는 비국교파 설교자나 삼류문인들은 이 같은 타락의 증대에 기여했거나 그것에 편승한 자들로 비판됩니다. 그러한 자들과 반대되는 인간의 모습은 품격 높은 문장론을 서술한 스위프트의 『젊은 목사에게 보내는 편지*A Letter to a Young Gentleman*』(1720)에 나타납니다.

스위프트가 가톨릭보다 비국교파에게 더욱 비판적이었던 이유는 그들을 전형적인 선동가라 생각했기 때문인데요. 물론 그가 성공회 사제였기 때문에 그럴 수 있었다고 짐작되지만, 앞의 『젊은 목사에게 보내는 편지』에서 그가 존 버니언*의 『천로역정*Pilgrim's Progress*』 문체를 찬양하고 또한 『통 이야기』에서 비국교도인 마벨을 찬양한 것을 보면 이런 비판도 단순한 당파심의 발로는 아닌 듯합니다.**

* 영국의 종교 작가(1628~1688). 뱁티스트파(Baptist派)의 설교자로서 국교파(國教派)의 박해에 저항하여 활약했다. 작품에 「천로역정」이 있다.

** 마벨의 책은 성공회 우파인 파커를 야유한 것으로서 종파적 입장에서라면 결코 스위프트가 찬양할 수 없는 책이었다.

『통 이야기』가 청교도 풍자만을 목적으로 한 책이라고 오해되어 온 이유는 그들이 선동가로서 가장 뚜렷한 모습을 보여준 탓입니다. 그러나 청교도에 대한 풍자 작품은 청교도들이 생겨나면서부터, 즉 스위프트보다 1세기나 빨리 출판되었음에 주의할 필요가 있어요. 그런 초기 풍자 작품들과 『통 이야기』가 다른 점은, 스위프트가 청교도를 광신적이라고 비판하고, 그 광신주의가 하늘의 영감에서 비롯된 것이 아니라 도리어 성적 억압에서 비롯되었다고 본 점입니다. 이는 프로이트에 앞선 정신분석적 혜안이라고 할 수 있으나, 18세기에는 사회적 지탄을 면할 수 없는 이단적인 견해였지요.

『책들의 전쟁』과 『영혼의 기계적 조작에 관한 담론』

『책들의 전쟁』과 『영혼의 기계적 조작에 관한 담론』은 『통 이야기』와 함께 출판되었습니다. 『통 이야기』에서 다루어진 학문에 대한 풍자는 『책들의 전쟁』에서 고금우열 논쟁이라는 더욱 구체적인 형태로, 그리고 종교에 대한 풍자는 『영혼의 기계적 조작에 관한 담론』에서 비국교도의 광신성 분석이라는 구체적 형태로 나타납니다.

『책들의 전쟁』은 그리스 로마로 대표되는 고전과 현대문화의 우열을 가린다는 내용인데요. 이는 고전을 옹호했던 템플—스위프트가 한때 비서로 근무한—이 1690년에 발표한 「고전 및 현대 학문에 대하여」라는 논문에서 비롯된 논쟁을 풍자한 것입니다. 『책들의 전쟁』에서는 책들이 의인화되어 논쟁을 벌이고, 스위프트는 고전 편을 듭니다.

「영혼의 기계적 조작에 관한 담론」의 제1부는 비국교도의 집회를 풍자적으로 묘사하여 그 광신성이 설교자와 청중의 합작임을 지적합니다. 이어 제2부 전반에서는 비국교도 전도사들의 설교를 분석하고, 그들의 특징인 콧소리를 매독에 의한 것이라 하여 그들에 대한 생리적인 혐오감까지 보여주지요. 마지막 제2부 후반에서는 고대 이교도로부터 현대 비국교도까지의 종교적 광신의 역사를 조롱합니다.

「책들의 전쟁」에 실린 삽화(목판화)

「영혼의 기계적 조작에 관한 담론」은 『통 이야기』에서는 암시적으로 제기된 성적 억압에서 광신주의가 생겨났다는 주장이 더욱 노골적으로 제기되어 비난을 받았고, 성에 대한 논의가 더욱 억압된 19세기에는 아예 무시되었습니다. 게다가 문학적으로도 『통 이야기』이나 『책들의 전쟁』보다 못한 작품으로 평가되었고, 활발한 기지와 경묘한 유머가 없이 대체로 산만하다는 평가를 받아왔어요. 이는 스위프트가 광신주의가 인류 공통의 결함이라고 인정하면서도 현실적으로는 비국교라는 특정 종파에 적대감을 가진 탓으로 이해할 수 있습니다.

런던 생활

1699년 템플이 죽고 난 뒤 스위프트는 런던에서 대법관 버클리 경의 개인 사제 겸 비서로 지내다가 버클리 경이 아일랜드 대법원장으로 부임하자 그를 따라 더블린으로 갑니다. 그리고 1700년, 그는 라라코르(Laracor) 교구 사제이자 성 패트릭 교회의 사제가 되지만 자신이 기대했던 출세와 무관하다는 이유로 여전히 불만을 가집니다.

1699년, 명예혁명에 의해 윌리엄 3세가 영국 왕이 되자 프랑스 루이 14세와의 항쟁은 범유럽적인 것이 되었습니다. 그런데 윌리엄 3세의 여당인 휘그당 수뇌가 비밀리에 스페인 제국의 분할계승조약을 체결하여 로버트 헐리가 이끄는 야당인 토리당을 의회에서 탄핵하는 사태가 발생합니다. 이에 버클리 경은 본국에 소환되고, 그와 함께 스위프트도 런던으로 돌아오지요.

1701년 당시 휘그당을 지지했던 스위프트는 하원 다수파인 토리당의 횡포가 과거 아테네와 로마의 시민적 자유를 파괴한 원인으로 보고 그 횡포를 견제하기 위해 「아테네와 로마의 귀족·평민 사이 불화항쟁 및 그것이 양국에 미친 영향에 대해*Contents and Dissensions of the Nobles and Commons in Athens and Rome*」라는 최초의 정치 팸플릿을 간행하여 휘그당 측으로부터 환영을 받습니다.

1702년 앤 여왕이 즉위한 뒤 스위프트는 런던에서 『통 이야기』와 『책들의 전쟁』을 하나의 책으로 출판합니다. 1704년 앤 여왕은 종교개혁 이래 왕실에서 국교 성직자들에게 부과했던 교회세금(first fruits and tenth), 즉 그 최초의 수입과 그 이후 수입의 10분의 1을 세금으로 내는 제도를 면제했지만, 가난한 교회의 수입을 보조하는 하사금은 아일랜드 목사들에게 돌아가지 않았습니다.

「빗자루에 대한 명상」

스위프트의 초기 작품인 「빗자루에 대한 명상*A Meditation upon a broomstick*」(1703~1710)에는 '명예로운 로버트 보일의 명상의 문체와 양식을 따라*'라는 말이 붙습니다. 이는 보일의 「몇 가지 주제들에 대한 임시적 성찰*Occasional reflections upon several subjects*」(1665)을 개작한다는 뜻인데요. 스위프트는 빗자루를 보고, 그것이 언젠가는 죽을 수밖에 없는 인간과 같고, 빗자루처럼 인간도 거꾸로 뒤죽박죽된 창조물이라고 말합니다. 인간의 "동물적 본능은 틀림없이 그의 이성을 밟고 올라선다. 뒷발굽은 하늘을 향하고 머리는 땅을 박고 있다. 그럼에도 불구하고 많은 결점을 가진 인간은 우주의 개조자, 악습의 교정자, 그리고 슬픔의 제거자로 자처한다. 그리하여 그는 자연의 모든 타락한 구석구석을 샅샅이 뒤지며, 숨겨진 타락을 드러내며, 전에 아무것도 없었던 곳에 자욱한 먼지를 불러일으키며, 그가 일소하려고 하는 것과 똑같은 오염을 자아낸다"는 것이 이 글의 결론입니다.[35]

이 글은 종래 스위프트가 인간에 대해 갖는 비관적인 관점을 보여준 글로 이해되었습니다. 그러나 이제는 위의 인용문에서 보듯 자연을 오염시키는 존재로서 인간을 비판적으로 파악했다는 관점에 주목하고 있습니다. 스위프트를 생태주의 작가로도 평가할 수 있는 대목이지요.

* according to the style and manner of the honourable Robert Boyle's meditations

「정신의 능력에 대한 진부한 에세이」

「정신의 능력에 대한 진부한 에세이*A tritical essay upon the faculties of the mind*」(1707)에서도 스위프트는 철학을 비웃고 자연을 예찬합니다. 먼저 "비록 철학자가 관찰하였듯이 진실이 우물의 밑바닥에 존재하기 때문에 그것을 찾아내기 어렵다 하더라도 우리는 눈먼 사람처럼 환한 대낮에 더듬거릴 필요가 없다"고 하며 철학을 비웃어요.[36]

반면 "자연은 그것의 가장 사소한 구성으로도 크게 찬미할 만하며, 가장 적고 가장 하찮은 벌레에서도 자연의 예술을 훌륭하게 발견할 수 있다. 자연은 다양성으로 기쁨을 주며 언제나 예술을 능가한다"고 하면서 자연을 찬양합니다.[37] 그리고 철학은 정신에 재앙을 주고 세상을 혼란시키며 독단에 빠져 있으며 텅 빈 수레처럼 시끄럽다고 비판합니다. "기껏해야 그들은 학문 세계에서 꿀을 게걸스럽게 먹으면서 윙윙거리는 소리를 내고 있으며 그들 스스로 일하지 않는다"[38]고 하면서요.

> 그들은 우리에게 두 눈으로 보도록 하고 두 귀로 듣도록 하는 자연을 하나의 혀로 말하도록 하는 것으로 간주한다. 그러나 자연은 너무 풍부하기 때문에 지각의 운동에 대한 탐구를 오랫동안 지속해온 미술품 감정가가 그 운동을 거기에서 틀림없이 발견하게 할 정도이다.[39]

이어 스위프트는 자신이 공화정에 반대하는 이유를, 거기에서 번창하는 웅변가들이 백성을 선동해 그들의 분노를 발작적 광란으로 이끌기 때문이라고 하며, "법은 조그만 파리는 잡을 수 있지만 말벌과 나나니벌은 그대로 통과시켜주는 거미줄과 같다[40]"는 유명한 말[41]을 남깁니다. 그리고 "이제는 이익이 세상을 지배하고 있고, 인간들은 중용을 거부하고 있다"는 결론을 내립니다.[42]

「기독교 폐지 반대론」

1707년 스위프트는 아일랜드 성공회 성직자들의 청원을 대변하여 정부와 협상에 나섭니다. 그러나 휘그당이 아일랜드 성공회 성직자의 부담금 의무를 두 배로 올리고 국교 반대파에 대한 심사법(Test Act, 1673) 적용을 폐지하겠다고 나서자 그는 휘그당 지지에서 토리당 지지로 돌아서지요. 당시에 쓰인 글 중에 주목되는 것이 「기독교 폐지 반대론*An Argument against Abolishing Christianity*」입니다. 스위프트의 산문 중 「기독교 폐지 반대론」(1708~1711)은 뒤에서 보게 될 「온건한 제안」(1729)과 함께 아이러니의 걸작으로 불리며 월터 스콧*을 비롯해 많은 사람들의 찬양을 받았습니다. 그러나 최근에 와서 그것들이 과연 아이러니인지 아니면 진담인지 의심하는 견해가 늘고 있습니다.

스위프트가 1708년에 쓰고 1711년에 발표한 「기독교 폐지 반대론」은 1708년 휘그당이 심사법을 폐지하려는 데 반대하여 쓴 것입니다. 원제는 '영국에서 기독교를 폐지하는 것이 불편을 수반하게 될 것이고, 아마도 그

* 영국의 시인·소설가(1771~1832). 스코틀랜드의 민요·전설을 취재하여 역사 소설을 썼으며, 계관 시인이 되었다. 작품에 「호상(湖上)의 미인」, 「아이반호」 따위가 있다.

것에 의해 제안된 많은 훌륭한 효과가 산출되지 않을 것이라는 것을 입증하기 위한 논증'*입니다.

먼저 화자는 기독교 폐지론이 시대의 추세이지만 자신은 그것에 따르지 않는다고 비꼬며 말을 시작해요. 그런데 그가 의도하는 것은 참된 기독교의 부활이 아니라, 명목상 기독교의 유지에 불과하고 참된 기독교를 시도함은 광란을 초래하고 국가의 전복까지 이르게 된다고 말합니다. 그리고 여기서 기독교국을 자처하는 영국의 실태가 복음 정신과는 너무나 멀다고 야유하지요. 이어 화자는 기독교 폐지론자의 주장을 하나하나 반박하면서 기독교가 폐지되는 경우 예상되는 여러 가지 모순을 지적합니다. 가령 그것이 폐지되면 지금까지 기독교를 향했던 공격이 정부에게 돌아설 것이므로 그보다는 차라리 신을 모독하게 하는 게 낫지 않겠냐고 말합니다.

또한 폐지론자들은 기독교가 실생활에 거추장스럽고 금전적 이익이 없다고 주장하나, 기독교가 없으면 도리어 생활이 더 불편해지고 돈벌이도 힘들 것이니 도리어 존속시키는 편이 낫다고 주장합니다. 이런 어처구니없는 주장에 대해 그것이 진정한 기독교에 대한 성찰을 요구하는 아이러니라 보는 견해가 일반적이었으나 최근에는 그런 주장 자체가 스위프트의 본의였을지도 모른다고 보기도 해요.**

* An argument to prove, that the abolishing of Christianity in England, may, as things now stand, be attended with some inconveniencies, and perhaps, not produce those many good effects proposed thereby.

** 여하튼 나는 스콧과 달리 「기독교 폐지 반대론」을 스위프트의 대표적인 글로 보지 않는다.

토리당원 스위프트

1710년 토리당이 집권하면서부터 스위프트는 그 당수인 헐리, 그리고 볼링브루크와 가장 친한 친구가 되었습니다. 볼링브루크는 『걸리버 여행기』 제1부에서 걸리버가 취한 입장을 그대로 보여준 사람으로 알려져 있어요. 즉 제1부의 걸리버는 스위프트가 아니라 볼링브루크라는 것입니다.

볼링브루크는 1713년 스페인 왕위계승전쟁과 통상 문제를 둘러싼 프랑스와의 절충안이 이슈가 되었을 때 위트레흐트(Utrecht) 조약*을 맺는 데 공을 세운 사람입니다. 그러나 1714년 앤 여왕이 돌연사 하고 그와 적대관계에 있던 조지 1세가 즉위하자 프랑스로 도피해요. 그리고 제임스 에드워드 망명정권의 외상이 되지만 이듬해 사직하고 1723년에 귀국합니다. 이를 기반으로 『걸리버 여행기』 제1부가 쓰였다고 하지요.

TRATADO
DE PAZ,
AJUSTADO ENTRE LAS CORONAS
DE ESPAÑA,
Y DE INGLATERRA,
EN UTRECH.
Año 1713.
CON LICENCIA
DE LOS SEÑORES DEL CONSEJO DE ESTADO.

TRACTATUS
PACIS & AMICITIÆ
INTER
TREATY
OF
PEACE and FRIENDSHIP
BETWEEN
The most Serene and most Potent Princess ANNE, by the Grace of God, Queen of Great Britain, France, and Ireland, Defender of the Faith, &c. and the most Serene and most Potent Prince PHILIP the Vth, the Catholick King of Spain, Concluded at Utrecht the 2/13 Day of July, 1713.
By Her Majesties Special Command.
LONDON,
Printed by John Baskett, Printer to the Queens most Excellent Majesty, And by the Assigns of Thomas Newcomb, and Henry Hills, deceas'd. 1714.

영어, 스페인, 라틴어로 인쇄된 1713년 위트레흐트 조약의 첫 번째 판

* 1713~1715년에 위트레흐트에서 체결하여 에스파냐 계승 전쟁을 종결시킨 조약. 프랑스가 지지하는 펠리페 오세를 에스파냐 왕으로 승인하는 대가로 영국은 영토를 획득하고 브란덴부르크와 사부아는 왕국으로 승격했다.

여하튼 헐리가 수상을 지낸 1714년까지 스위프트는 토리당 기관지 《감시자》를 편집하면서 토리 정부를 옹호하는 다수의 팸플릿을 발표했습니다. 기관지에 발표한 글들은 시사적인 논평이라기보다 깊이 있는 에세이들이었어요. 1710년 11월 9일에 실은 다음 글을 보세요.

> 정치적 거짓말은 때때로 버림받은 정치꾼의 머리에서 탄생한다. 그리하여 그것은 군주들에게 전달되어 양육되고 번듯하게 만들어진다. … 나는 이제 소음으로 왕국의 반을 방해하고 있는 거짓말을 알고 있다. … 정치적 거짓말이 다른 능력과 다른 본질적인 점이 있다. 곧 거짓말쟁이는 매 시간 만나는 여러 상황에 따라 필요한 정도의 짧은 기억만을 가지고 있으면 충분하다. 그는 만나는 사람의 성향에 따라 모순의 양극단을 오가며 맹세한다. … 그는 말하는 매 순간마다 다른 다양한 말들을 쏟아낸다. 불균형의 관대함은 그가 한 말을 잊게 하며, 따라서 얼마지 않아 내놓은 말은 앞의 말과 모순된다. 그는 결코 어떤 명제가 참인지 거짓인지 심사숙고해본 적이 없다. 다만 그 명제를 인정하거나 부인하는 것 중 어느 것이 현재의 이 순간 또는 듣는 이에게 더 이로운가 아닌가만을 생각한다. … 우선은 날아다니며 진리는 그 뒤를 쫓아 절름거리며 나아갈 뿐이다. … (그래도) 나는 진리는 끝내 승리하리라는 것을 (비록 때때로 늦기는 하더라도) 굳게 믿는다.[43]

스위프트는 당시의 정치에 대한 풍자를 시로도 썼습니다. 가령 앤 여왕을 과부, 당시 대륙 원정의 실력자인 말버러*를 고양이에 비유한 「과부와 고양이에 대한 우화」(1712)가 있는데요. 말버러는 윈스턴 처칠**의 선조로 앤 여왕 밑에서 총사령관을 지내며 프랑스와의 전쟁에서 이겼으나 1711년 부패 혐의로 실각하여 망명했습니다. 그 후 1714년 다시 총사령관으로 복직했는데요. 아래 시는 그가 복직하기 전인 1712년에 쓴 것입니다.

한 과부가 사랑스런 고양이를 길렀네.
처음에는 매우 사랑스러웠던 그 고양이
자라면서 매끈매끈하게 살이 쪘다네.
새앙쥐와 큰 쥐들을 닥치는 대로 잡아먹어서.
하지만 그놈은 곧 본성을 드러냈다네.

여우와 고양이는 오랜 친구.
아무도 이제는 그놈들을 갈라놓을 수 없네.
그놈들은 밤마다 우리 속 양을 훔치려 몰래 들어가
어린양을 삼키고 양털을 팔았다네.
그래서 그 고양이 대담무쌍하게 되었네.

그놈은 주인 하녀를 할퀴고 크림을 훔쳤으며
그녀의 가장 좋은 레이스 달린 머릿수건을 찢었네.

* 제1대 말버러 공작 존 처칠(1650~1722)은 17세기 말부터 18세기 초 5명의 군주의 치세 동안 활약했던 잉글랜드의 군인이자 정치가이다.

** 영국의 정치가·저술가(1874~1965). 제1차 세계대전 때 해군 장관·군수 장관·육군 장관을 지냈으며, 제2차 세계대전 중에 연립 내각의 수상이 되어 전쟁을 승리로 이끌었다. 그림과 문필에도 뛰어나 『제2차 세계대전 회고록』으로 1953년 노벨문학상을 받았다.

고양이가 여우를 저녁에 초대할 때면
횃대에 어떤 수탉도 앉아 있을 수 없고
한 마리 병아리, 오리 새끼도 도망칠 수 없었네.

과부는 매우 현명하게 선언했다네.
고양이가 더 이상 동물들을 죽일까 두려워,
그 사악한 비열한 놈을 막으라고.
그러나 그놈은 뻔뻔한 태도로
웅변가처럼 연설했다네.

"모든 권리와 법에 어긋나게
내가 야비한 스컹크처럼 대우받아야 하나요?
그리도 오랫동안 이빨과 발톱으로
집안 쥐들을 두려움에 떨게 하고
외부 적을 방어한 저인데요!"

"당신의 황금사과와 파이를
너무나 자주 내가 지켰지요?
당신이 귀중히 여기는 머릿수건을
까불다가 찢은 것은 사실이지만
맹세코 일부러 그런 것은 아니에요."

"나는 명예스러운 고양이에요" — 잠깐,

그녀가 가로되, 더 이상 논하지 마라.

네가 전투에서 무엇을 살육했건

전쟁의 법칙에 의해 그대 먹이가 되리라.

그것을 정당하게 얻기 바란다.

이에 대해 우리는 당연히 무죄라 선언하리라.

그러나 너의 난폭한 행위에 대해서는 아니다.

말하라, 배신자!

나의 크림으로 부수입을 올리기 위해

네 급료를 올리기 위해 훔쳤지?

네 무례함은 매우 명백하고

믿음에 대한 파기는 너무나 사악하다.

네 힘과 사고력을

오랫동안 박탈하리라.

자, 개들아! — 저 놈을 처벌하라.

스위프트는 말버러를 손에 닿는 모든 것을 황금으로 바꾼 미다스로 풍자하는 「미다스의 우화」(1712)도 썼습니다. 그러나 당시 스위프트는 정당과 종파를 넘어 광범한 인물들과 교류했어요. 물론 휘그당원이자 수필가였던 에디슨이나 스틸과는 곧 헤어졌지만, 토리당원이자 극작가였던 게이, 콩그리브,* 시인 프라이어**와 포프, 의사 어버더노트*** 등과는 오랫동안 친구로 지냈습니다. 1713년 스위프트는 그들과 함께 스크리블레루스 클럽(Scriblerus Club)이라는 문학 단체도 만듭니다. 그 클럽에 모인 문인 친구들과 함께 구상한 것이 바로 『걸리버 여행기』죠.

존 게이

윌리엄 콩그리브

존 어버더노트

매튜 프라이어

그 밖에 「아침의 묘사*A Description of the Morning*」와 「도시 소낙비의 묘사 *A Description of a City Shower*」 같은 시를 썼고, 「스텔라에게 보내는 일기 편지*Journal of Stella*」와 「비커스타프 글*Bickerstaff Papers*」 등도 썼습니다.

* 영국의 극작가(1670~1729). 도회적 풍속을 밝고 가벼운 회화로 묘사한 희극을 주로 발표하였다. 작품에 「이 세상의 습속」, 「독신 노인」, 「상복 입은 신부」 등이 있다.

** 영국의 시인이자 외교관(1664~1721). 『감시자』 간행에 기여했다.

*** 스코틀랜드 출신의 내과 의사이자 풍자작가(1667~1735). 수학의 발전에 기여한 바 크며, 스크리블레루스 클럽 멤버로 유명하다.

아일랜드에서의 활동

1714년 앤 여왕이 죽고 휘그당 정부가 들어서자 스위프트는 '비참한 아일랜드에 있는 형편없는'* 더블린으로 돌아옵니다. 그러고는 실의에 빠져 6년간 오직 사제직을 수행하는 데만 몰두해요. 당시 그는 영국 본토에서 대주교나 사제가 되기를 희망했으나 1713년 그에게 부여된 자리는 더블린 성 패트릭 성당의 수석 사제직이었습니다. 그 후 1726년과 27년의 짧은 영국 여행을 제외하면 오로지 아일랜드에서 살다가 죽은 셈입니다.

1715년, 아일랜드에서 농민반란이 일어나지만 이에 대해 스위프트는 호감을 갖기는커녕 무시한 듯합니다. 이후 아일랜드의 농민반란은 스위프트가 죽은 1745년에 다시 터지는데요. 따라서 그 사이 30년은 비교적 평온한 시기였다고 할 수 있습니다. 스위프트는 그런 시기에 더블린에서 살았던 것입니다.

* 그 자신의 표현이다.

그러나 다시금 그는 아일랜드의 자유를 옹호하는 데 나섭니다. 최초의 글은 「아일랜드 국산품 사용 제안*A Proposal for the Universal use of Irish Manufacture*」이었습니다. 이 글을 통해 스위프트는 아일랜드 휘그당과 제휴하여 영국의 착취에 공동으로 대처합니다. 동시에 영국에 대한 비판도 서슴지 않았어요. 그중 하나가 1720년에 터진 '남해 거품 사건(South Sea Bubble)'을 풍자한 시 「거품*Bubble*」입니다. 1711년에 창립된 남해 회사(South Sea Company)는 제국주의적 투기사업 활동으로 번성하다가 1720년 파산하여 수많은 파산자를 낳았는데요.* 다음 시에서 우리는 스위프트가 투기 자본주의의 생리를 얼마나 정확하게 이해했는지 볼 수 있습니다.

「남해 거품 사건」을 다룬 카드

* 18세기 초 영국 남해 회사의 주가를 둘러싼 투기사건. 아프리카의 노예를 스페인령 서인도 제도에 수송하고 이익을 얻는 것을 주된 목적으로 1711년 영국에서 설립된 특권 회사가 이후 금융 회사로 변신하여 1720년에 '남해 거품 사건'을 일으킨다.

「남해 거품 사건」 에드워드 매튜 워드 작품

현명한 철학자들은 설명한다.

남해에 돈을 던졌을 때

어떤 마술이 돈을 떠오르게 하는지를

또는 이것이 우리의 눈을 속이는 마술인지를.

…

이렇게 기만당한 파산자는 외쳐대며

모든 재산을 필사적인 내기에 걸어버렸다.

그러고 나서 남해의 파도에 뛰어들어

머리와 귀를 깊이 담갔다 — 빚더미 속에.

…

더욱 큰 것이 작은 것을 삼키며

물고기가 서로에게 먹이가 되듯이

그렇게 남해에서 식사를 하지만

거대한 투기꾼들은 모든 것을 삼켜버린다.

…

바다에 출자한 불쌍한 사람들은

동시에 가라앉아 거기에 드러눕는다.

투기꾼들도 그들처럼 가라앉지만

그들의 파산은 떠오르기 위한 속임수일 뿐.

…

국가가 그들의 모든 비용과 말썽거리를 계산하고자 할 때는

이미 너무 너무 늦을 것이다.

투기꾼들은 다만 바람만 약속하고
남해는 기껏해야 거대한 물거품일 뿐.

당시 영국과 아일랜드 사회에 대한 전반적인 비판은 시 「꿈*Dream*」(1724)에서 더욱 극명하게 나타납니다.

…
꾸벅꾸벅 조는 전제군주는 그 앞잡이가 끄는 대로
애국자들의 머리를 분노로 베어버린다.
똑같은 공포로, 그러나 똑같은 양심의 가책은 없이,
살인자는 그가 뿌릴 모든 피를 꿈꾼다.

미소 짓는 병사는 과부의 외침 소리를 들으며
어머니 눈앞에서 아들을 찔러 죽인다.
같은 직업의 그 형제 도살자가
칼날로 어린양을 죽일 때 느낄 똑 같은 양심의 가책으로.

정치가는 음모를 찾아 온 시내를 샅샅이 뒤지며,
반역자에게서 몰수할 재산을 꿈꾼다.
그리고 황금을 찾아
온 시내의 오물을 모은다.

법률가들은 그 침대 주위 고아들을 보고

원고와 피고의 수수료를 챙긴다.

일을 기다리는 그 동료 소매치기는

자기 손가락이 멋쟁이 호주머니 속에 있는 것을 상상한다.

친절한 의사는 남편들의 기도를 받아들이거나

오래 기다린 후계자들에게 안식을 선사한다.

잠든 교수 집행인은 숙명의 올가미를 묶고

죽은 사람의 신발을 훔치는 데 성공한다.

이해 못 하는 구절로 혼란된 목사는

깨어 있듯이 성경 앞에서 꾸벅거린다.

교활한 야바위꾼은 장사를 하며

더 많이 벌고자 무질서한 군중에게 열변을 토한다.

현대의 고용된 의원은

메스꺼운 칭찬으로 가책 받는 거물을 더럽히고

똑같이 도덕적인 힘을 가진 도로청소부 딕은

이륜 짐차에서 월폴의 얼굴에 진흙을 던진다.

위 시에서 유일하게 구체적으로 등장시켜 찬양하는 인간은 수상 월폴의 얼굴에 진흙을 던지는 도로청소부 딕입니다. 반면 왕, 병사, 정치가, 법률가,

의사, 목사, 웅변가 등의 지배계층은 모두 비판과 풍자의 대상일 뿐이지요. 특히 왕은 살인자로 표현되었는데, 이는 스위프트가 영국의 지배자에 대해 명백히 반대했음을 보여줍니다.

1735년에 나온 타이틀 페이지.
저자는 대성당의 주임사제 의자에 앉아
아일랜드의 감사 인사를 받고 있다.

이어 1722년 스위프트는 영국 휘그당 수상 월폴이 아일랜드에서 투기업자 우드를 내세워 저질 화폐를 유통시킨 것을 비판한 「드레이피어의 편지*The Drapier's Letters*」를 1726년 익명으로 발표해 저질 화폐의 유통을 저지했습니다. 덕분에 스위프트에게 현상금이 붙었지만 그 누구의 밀고도 없었지요. 이 사건은 『걸리버 여행기』 제3부에도 나옵니다. 즉 제3부의 공중국이 식민지의 반란을 저지하고자 하나 섬 밑에 불이 붙을까 두려워하여 결국 저지하지 못하는 것으로 비유되지요. 이 사건은 아일랜드의 성공회도 일종의 아일랜드 민족주의를 과시할 수 있음을 보여준 계기가 되었습니다.

1726년 스위프트는 『걸리버 여행기』를 익명으로 발표하여 대단한 성공을 거둡니다. 출판 3주 만에 1만 부가 팔렸고, 즉각 프랑스와 네덜란드어로 번역되었지요. 그러나 앞에서도 말했듯이 그가 번 돈은 겨우 2백 파운드에 불과했습니다. 그것도 그가 평생 책을 써서 유일하게 얻은 수입이었어요. 하지만 이 책은 「드레이피어의 편지」처럼 즉각적인 효과를 나타내지 못했습니다. 그 후 1728년 스텔라가 세상을 떠나자 스위프트는 실의에 빠집니다. 40년에 걸친 긴 사랑이 끝났으니까요.

「아일랜드에 대한 간략한 견해」

1720년대에 스위프트는 아일랜드의 개혁을 촉구하는 글을 많이 썼습니다. 통렬했던 비판 중의 하나가 바로 「아일랜드에 대한 간략한 견해*A short view of the state of Ireland*」(1727)입니다. 그는 먼저 하나의 나라가 부강해지는 여러 가지 요인들을 열거한 뒤 아일랜드의 경우를 설명했는데요. 첫째, 기술과 산업의 불운은 아일랜드 자체의 결함이 아니라 침략자인 영국의 방해 때문에 생긴다고 고발합니다.

> 아일랜드는 내가 고대에 걸쳐 근대에 이르기까지 전에 들어보거나 읽어본 나라 중, 그들 자신의 왕국과 교전 중인 국가들을 제외한다면 유일하게 그 자신의 고유한 일용품과 제조품을 수출할 자유가 부인되고 있는 나라이다. 곧 지배 권력에 의해 대부분의 중요한 교역 부분에 있어서의 우리들의 교역특권이 거부되고 있다. 게다가 우리가 결코 합의해주지 않은 항해조례는 우리를 꽁꽁 묶어놓고 있으며, 엄격하게 집행되고 있다. 그리고 수많은 다른 유례없는 제약들이 언급하기에 비위에 거슬릴 정도로 우리를 슬프게 하고 있다.[1]

둘째, 아일랜드는 스스로 합의하지 않은 영국의 법률에 복종해야 한다는 점을 들어 법원이 자유와 조국을 배신했다고 규탄합니다. "그리하여 우리는 환자의 상태에 놓여있다"[2]고 말입니다. 이어 그는 세 번째로 토지의 개량도 만족스럽지 못하다고 합니다. 넷째, "우리와 함께 거주하는 왕을 갖지 못하고 있다. 심지어 총독도 그의 시간의 5분의 4를 정부에서 보내지 않는다"[3]고 비난합니다. 다섯째, 고용의 기회도 없고 정치적 고려도 받지 못할 뿐 아니라 아일랜드 소작료의 3분의 1은 영국에서 소비된다고 비판하지요. 여섯째로 그는 화폐 주조권이 없다는 사실을 지적합니다. 그리고 일곱째, "우리 모두는, 특히 여자들은 자기 나라의 직물을 입는 것을 경멸하고 혐오한다. 뿐만 아니라 맥주나 감자도 옥수수와 함께 영국에서 수입해오고 있다. 그리고 우리의 외국과의 교역은 프랑스의 포도주 수입에도 거의 못 미칠 지경이다"[4]라고 말하며 그래서 "만약 우리가 부강하려면, 한겨울에 피는 글리베리의 가시처럼 자연과 이성의 모든 법칙에 대항하여야 한다"[5]고 주장합니다.

> 주민들의 의복과 식품, 그리고 주택은 비참하며 왕국의 대부분 지역은 황폐해 있다. 모든 귀족과 기사의 오래된 의자들은 낡아빠졌으며, 아무도 그들을 대신하여 새로 부임하려 하지 않는다. 엄청난 소작료를 지불하는 농부들의 가족은 버터와 감자 찌꺼기로 뒤범벅된 불결한 곳에서 살고 있으며, 신발이나 양말을 신지 않은 채 지낸다. 집은 영국의 돼지우리만큼이나 편안하게 그들을 맞이한다. … 우리의 소작료 인상은 영국의 거지들보다 더 열악하게 살고 있는 소작인들의 피와 땀, 그리고 심장을 쥐어짜고 있습니다. … 노동자들은 할 일이 없으며 반 정도가 절대적인 실업상태에 있다.[6]

반면 자본가들이 득세한다고 스위프트는 비판했어요. "나라 간의 교역에서 필수적인 은행가들은 날로 증가하지만 우리들에게는 파멸을 주고 있다. 그들은 사적인 이익금으로 우리의 모든 은화, 그리고 우리의 금화의 3분의 1을 가져가버린다"[7]고 말입니다.

> 나는 이 왕국의 부에 대한 모순이 주로 그 훌륭한 신사양반들인 은행가들에 기인한다고 가끔 생각했었다. 이 밖에도 세관 관리들, 뜨내기들, 번창하는 압제적 대지주들, 그리고 이름 없는 사람들만이 우리들 사이에서 부유해져가는 사람들이다. 그리고 나는 매년 많은 은행가들의 목을 매달게 하는 법이 제정되어서 아일랜드의 더 나아간 파멸을 지연시키게 되기를 종종 기원하고 있다.[8]

「온건한 제안」

1729년의 「온건한 제안*A Modest Proposal*」[9]은 스위프트가 아일랜드를 위해 쓴 많은 글 중 마지막입니다. 원제가 꽤 길어요. '가난한 가정의 자녀들이 부모와 국가에 짐이 되는 일을 방지하고 전체 사회에 유용한 일원이 되게 하는 법에 대한 온건한 제안'*이거든요.

먼저 화자는 더블린의 여자 거지들이 자식을 줄줄이 달고 동냥하는 것이 딱하다며 묘안을 제시하겠다고 말합니다. 그는 아이를 낳을 수 있는 20

* 영어로 'A Modest Proposal for preventing the children of poor people from being a burthen to their parents or country, and for making them beneficial to the public'이다.

만 쌍의 부부 중에서 자녀를 제대로 양육할 수 있는 약 3만 쌍을 제외한 17만 쌍이 무력한 부모이고, 그중 조산(早産) 등을 제외하면 가난한 부모 밑의 아이가 12만 명이라고 합니다.[10] 그리고 이런저런 말수작을 벌이다가 결국 한 살 된 아기들을 식용으로 삼자는 끔찍한 제안을 내놓는데요. "약한 불에 끓이든, 불로 굽든, 찌든, 삶든, 가장 맛있고, 영양가 있고, 몸에 좋은 식품이 되고, 프리카세나 라구*에 넣으면 똑같이 훌륭한 것이란 걸 난 의심치 않는다"[11]는 것입니다. 매우 끔찍한 반어법인데요, 내용[12]을 한 번 볼까요?

> 이미 산출한 대로 12만 명의 불우한 어린이들 가운데 2만 명은 번식용으로 보존시킨다. 그리고 그중 남자아이들은 그 비중을 4분의 1로 한정한다. 이는 우리가 양이나 검은 소, 혹은 돼지 등의 가축들에게 허용하는 수컷의 할당량보다 훨씬 많은 숫자이다. 그리고 이 어린이들이 정상적인 결혼의 결실인 것은 거의 드물므로—우리 야만인은 태생에 대해 그다지 신경 쓰지 않는다— 내 생각에는 남자 아이 하나면 충분히 여자아이 네 명에게 봉사할 수 있으리라고 본다. 그리고 나머지 한 살배기 10만 명은 나라 안 상류인사나 자산가들에게 팔아넘기면 된다. 이때 어머니들에게는 반드시 마지막 한 날 동안에 아이에게 젖을 충분히 주게 해서 훌륭한 식탁에 푸짐하고도 풍성한 요리로써 제공될 수 있도록 충고해준다. 아이 하나면 친구들과의 흥겨운 식사에 적어도 요리 두 코스를 충당할 수 있고, 가족이 조촐하게 식사할 때는 수족만으로도 적당한 요리를

* 요리 이름.

즐길 수 있으며, 특히 겨울철에는 약간의 후추와 소금만으로도 나흘 째 되는 날 썩 좋은 국물 맛을 볼 수 있을 것이다.[13]

여기서 주목할 점은 스위프트가 그런 어린이 요리의 고객으로, 그 부모를 착취한 당시의 지배층을 들어 그들을 비판하고 있다는 사실입니다. 따라서 그 부모는 스스로도 착취당하고 그 자녀도 그들에게 먹임을 당하게 된다는 것이지요.

이 어린이 요리는 다소 값이 비싸므로 이미 그 부모들의 고혈을 게걸스럽게 빨아먹은 바 있는 시골 지주들이야말로 이 요리를 들 수 있는 가장 합당한 인물들이라는 것을 내가 보장한다. … 이렇게 하여 향리 양반께서는 훌륭한 지주 어른으로서 서서히 인품을 갖추게 되는 것이며 지역 주민들 사이의 인기도 높아질 것이다. … 이보다 절약 정신이 강한 사람들은—시대가 시대니 만큼 그것이 요구하는 바대로 시체의 가죽을 이용할 수도 있다. 이것을 잘만 가공하면 숙녀들에게는 썩 괜찮은 장갑으로, 신사 분들께는 여름철용 부츠로 쓸 수가 있다.[14]

그동안은 이러한 끔찍한 제안을 하는 화자의 견해와 스위프트의 본심이 당연히 다른 것으로 해석되었습니다. 즉 스위프트가 화자를 풍자하고 있다고 해석했지요. 그런데 1720년대의 설교문 「아일랜드의 비참과 현실의 원인들*Causes of the Wretched Condition of Ireland*」에서 스위프트는 거지들을 경멸하며 그 아이들을 애물단지로 보고서 아이들을 교구 자선학교에 보내 하인 교육을 시키고, 부모에게는 거지 표지를 달아 소속 교구에서만 영업하게 하며, 이에 불응하면 그들을 묶어 강제로 추방하자고 제안했습니다. 이 점에 비추어 「온건한 제안」의 작중 화자와 스위프트는 별개가 아니라 하나라고 보는 견해가 생겨난 것이지요.

그러나 앞에서 보았듯이 당시 두 명 중 한 명이 거지였다면 거지 아이에게 하인 교육을 시키는 것 등은 거지를 가능한 한 줄이기 위해 내놓은 불가피한 현실적 대안이라고 볼 수 있지 않을까요? 반면 「온건한 제안」의 경우엔 도저히 그렇게 여길 수 없는데요. 저는 절대로 스위프트가 그렇게 생각했을 리 없다고 봅니다. 정말 그랬다면 스위프트는 끔찍하게 비인간적인 전체주의자일 테지요. 오히려 저는 이 글이 스위프트의 계급의식을 가장 날카롭게 보여준 것으로서 주목해야 한다고 생각합니다.

「하인에게 주는 지침」

「하인에게 주는 지침*Directions to servants*」은 1731년에 쓴 글이나 그의 사후인 1745년에 미완성인 채로 발표되었습니다. 이 글은 하인 노릇을 해본 사람이 하인*들에게 어떻게 하면 주인에게 당당하게 맞서고 주인을 속일 것인가 조언해주는 내용입니다. 18세기 초엽 영국과 아일랜드의 풍속도를 보여주는 글이기도 한데요. 우리로서는 상상도 할 수 없는 비인간적이고 추악한 모습이 많이 나옵니다.

* 하인에는 여러 종류가 있었다. 집사, 요리사, 종복, 마부, 말구종, 관리인, 문지기, 침녀, 몸종, 식모, 우유하녀, 보모, 유모, 세탁부, 가정교사 등이다. 그 각각이 이 글의 제1~16장을 구성한다.

DIRECTIONS
TO
SERVANTS
IN GENERAL;
And in particular to

The BUTLER, COOK, FOOTMAN, COACHMAN, GROOM, HOUSE-STEWARD, and LAND-STEWARD,
PORTER, DAIRY-MAID, CHAMBER-MAID, NURSE, LAUNDRESS, HOUSE-KEEPER, TUTORESS, or GOVERNESS.

By the Reverend Dr. SWIFT, D. S. P. D.

I have a Thing in the Press, begun above twenty-eight Years ago, and almost finish'd: It will make a Four Shilling Volume; and is such a PERFECTION OF FOLLY, *that you shall never hear of it, till it is printed, and then you shall be left to guess. Nay, I have* ANOTHER OF THE SAME AGE, *which will require a long Time to perfect, and is worse than the former, in which I will serve you the same Way.* Letters to and from Dr. Swift, &c. Lett. LXI. alluding to POLITE CONVERSATION and DIRECTIONS TO SERVANTS.

LONDON:
Printed for R. DODSLEY, in *Pall-Mall*, and M. COOPER, in *Pater-Noster-Row*,
MDCCXLV.
[Price One Shilling and Six-Pence.]

1745년에 나온
「하인에게 주는 지침」 타이틀 페이지

가령 하인들은 밖에 나갔다가 늦게 돌아오면 매나 몽둥이로 맞거나 해고당하기 일쑤였습니다. 이 책은 그런 경우 어떻게 하면 벌을 피해갈 수 있는지 요령을 알려줍니다. 예를 들면 교수형을 당할 사촌을 면회했다거나, 다락 창문 곁을 지나다가 오물을 뒤집어썼다든가, 군대 징병으로 치안판사에게 세 시간 취조를 받았다든가, 채무불가능자로 오해되어 집행리에 의해 채무자 유치장에 갇혔다든가 하면서 거짓말을 해야 한다고 일러주지요.[15] 물론 그 밖에도 수많은 속임수와 나쁜 짓들, 그리고 요령이 나옵니다.[16]

문제는 이 글에서 스위프트가 하인의 부정에 대한 격렬한 분노와 추악함에 대한 증오를 보여주었다고 하는 종래의 평가 문제입니다. 우리말 번역자도 그렇게 보고 있으나[17] 앞에서 말했듯이 스위프트는 자신이 쓴 모든 글을 하인들에게 먼저 읽힐 정도로 낮은 계층의 사람들에게 남다른 사랑을 느꼈다고 하는 점에 주목해야 합니다. 따라서 저는 화자인 하인의 심정이 스위프트의 심정과 같았으며, 하인을 비인간적으로 지배하는 주인 계층에 대한 분노와 조롱을 풍자적으로 표현한 것이라고 봅니다. 즉 생활 계급투쟁의 지침인 셈이지요.

가령 이 글의 첫 문장은 주인이 하인을 부를 때 절대 대답해서는 안 되고, 잘못을 저지르면 늘 오만 불손하게 굴고, 도리어 자신이 피해자인 것처럼 해야 된다는 내용입니다.[18] 나아가 주어진 일 외에 절대로 손가락 하나 까딱해서는 안 된다[19]고 하는 저항의 방법들도 나와요. 그리고 하인방과 부엌의 걸상과 식탁의 다리가 세 개 이상이어서는 안 된다면서 그 이유로 사랑과 전쟁을 막으려 일부러 불안정하게 만들었다고 하지요.[20] 이 글의 결론은 다음 문장에 잘 드러납니다.

> 진실로 나는 하인 여러분들이 일치단결하여 한동아리가 되기를 빈다. … 당신들에게는 주인과 마님이라는, 공동의 적이 있으며 그들에 대항해야 할 대의명분이 있음을 늘 염두에 두라. 이 늙은 옹호자의 말을 믿어라. 그리하여 누구든 동료에게 악의를 가지고 주인에게 고자질을 일삼는 사람은 단합된 공모에 의해 멸망시키도록 하라.[21]

오물시

「온건한 제안」처럼 끔찍스러운 것이 '오물시(scatological poems)'라고 불리는 시들입니다. 이를 테면 「숙녀의 화장실*The Lady's Dressing Room*」(1730) 같은 것이 있겠네요. 이 시에 등장하는 아름다운 여성의 더러운 속옷이나 변기, 타구, 때가 낀 빗 등은 삶의 현실을 외면하는 낭만주의를 겨냥한 것인데요. 어쩌면 여러분은 '오물시'라는 표현을 두고 놀랄지도 모르겠어요. 대부분의 사람들이 시는 아름다운 것이라 생각하니까요. 게다가 3백 년 전 영국에서 그런 시가 쓰였다니 더욱 놀랍습니다. 물론 역겹기도 해요. 가령 스위프트가 1710년에 쓴 「도시 소나기의 묘사」[22]는 도시의 악취로 시작하여, 푸주간의 쓰레기, 진흙 묻은 썩은 생선, 죽은 고양이, 무 대가리 등 온갖 더러운 것들이 시궁창에 흘러드는 묘사로 끝나거든요.[23]

그리고 "다섯 시간을, (누가 그보다 짧을 수 있으랴?) / 건방진 실리어는 화장실에서 보냈다"로 시작되는 「숙녀의 화장실」[24]은 다른 시에서도 등장하는 스트레폰이라는 머슴이 숙녀인 실리아가 사용한 화장실에서 빗을 비롯해 모든 것이 더럽기 짝이 없고, 구석에 아름답게 장식된 변기 뚜껑을 열어보니 가득 찬 오물에서 악취가 풍겨 그 뒤 그는 미녀를 볼 때마다 코를 막는 신세가 된다는 내용입니다. 그런데 이 시는 다음과 같은 구절로 끝납니다.

> 스트레폰이 코를 막기만 한다면
> 실리아는 찬란하게 보이리.
> (도대체 누가 그처럼 완전히 역겹게
> 그녀의 연고, 향수, 지분, 크림,
> 그녀의 화장수, 구정물, 옷을 모략하랴)
> 그도 곧 나와 같이 생각을 해서,
> 혼돈 속에서 그런 질서가 생겨나고
> 똥 속에서 그런 현란한 튤립이 피는 것을 보고
> 그의 황홀해진 눈을 축복하리.[25]

이를 두고 송낙헌은 "이 더러운 세상의 삶을 즐길 수도 있다는 점을 암시하고 있을지 모른다"고 합니다.[26] 그리고 마찬가지로 『걸리버 여행기』에서 걸리버에게는 그의 배를 빼앗는 악인도 있지만, 그를 돕는 사람도 있으니 후자에 기뻐해야 했으나, 그렇지 못한 걸리버의 실수를 스위프트가 나무랐다고 해석합니다.[27] 그러나 이는 터무니없는 해석입니다. 스위프트의 오물취미는 『걸리버 여행기』에도 자주 나오는 것입니다. 이를 두고 그가 어려서부터 어머니의 정을 모르고 자랐다든가 성적인 문제가 있어서 그렇게 표현했다는 식으로 분석되었지만, 사실 스위프트가 살았던 성 패트릭 교회 주변은 매우 추악한 곳이었어요. 그는 비록 그곳의 수석 사제였지만 그런 곳에 사는 민중과의 연대감을 버릴 수 없었고요. 그런 태도가 오물시나 오물취미로 나타난 게 아닐까요?[28]

따라서 문학을 아름답고 청결하게만 표현하는 것을 거부한 스위프트의 태도는 심리적 혼란에서 비롯된 것도 아니고, 풍자적 불쾌함을 드러낸 것도 아니라고 보아야 합니다. 오히려 빈민이나 억압받는 사람들과의 연대를 표명한 사회적 급진주의의 형태였다고 보는 게 좋습니다. 물론 스위프트를 19세기나 20세기의 사회주의자, 또는 아나키스트 정도의 사회적 급진주의자로 간주하여 그가 민중의 가난에 동감한 것이라고 볼 수 없을지도 모릅니다. 그가 과연 평생 동안 더블린의 빈민층에 대해 공감했는지도 의문이니까요. 하지만 스위프트가 당시 더블린이나 런던의 가난한 민중의 추악한 생활에 대해 연민을 표현한 반면 귀족 계층의 청결한 생활 뒤에 가려진 위선적 불결을 비판했다는 점은 부정할 수 없겠지요?

성공회 사제 스위프트

1709년에 출판된 스위프트의 「신앙 향상과 풍속 개선을 위한 제안」은 18세기의 풍속 개선을 주장하는 경향의 작품으로 왕에게 신앙심이 두터운 사람을 중용하라고 권유합니다. 이렇게 하는 것이 위선을 장려하는 꼴이 될 수도 있으나 악덕보다는 낫다고 주장하는데요. 이는 위선을 혐오하는 기독교 성직자의 입장을 고려할 때 놀라운 발언임이 틀림없지만, 스위프트는 언제나 현실주의자로서의 감각을 잃지 않았기에 가능했을 것입니다.

이어 그는 「젊은 목사에게 보내는 편지」(1720)에서 설교의 목적은 첫째가 신도들에게 그들의 사회적 의무를 전하는 것이고, 둘째로 그 의무가 참으로 그들의 의무임을 납득시키는 것이라 말합니다. 스위프트는 설교할 때도 늘 사회질서의 유지를 강조했고, 언제나 정치적인 내용을 담았습니다. 영국 왕 조지 1세는 1714년 아일랜드 성직자들에게 설교에서 정치 문제를 언급하지 말도록 명했으나 스위프트의 설교는 언제나 정치적이었어요. 현존하는 11편의 설교문 중 몇 가지를 간단히 소개할게요.

「상호복종에 대해」(1718)는 몽테뉴의 『에세』를 방불케 하는 내용으로서 신 앞에서 계급제도란 중요하지 않고 모든 인간은 서로에게 필요한 존재라고 주장합니다. 이는 당대의 계급제도에 대한 준엄한 비판이었죠. 또한 「양심의 증언에 대해」에서는 성선설에 반발하여 인간은 이기적 욕망에 의해서만 행동하므로 내세의 응보 개념만이 인간을 선으로 이끈다고 주장했어요. 그리고 「삼위일체에 대하여」는 이신론에 반대한 그의 정통 신앙관을 보여줍니다.

「심판의 날」

스위프트가 죽고 30년 뒤에 출판된 시 「심판의 날*The day of judgement*」은 1732년부터 1733년 사이에 쓰였다고 추정되나 그 시기는 물론 그 시가 과연 스위프트의 작품인지도 명확하지 않습니다. 그러나 시에 나타난 비관주의 탓에 스위프트의 만년 작품일 것이라는 추측을 가능하게 했지요.

억눌린 생각의 회오리와 함께,
나는 망상에서 휴식으로 빠져든다.
무서운 환영이 내 머리를 사로잡아,
무덤이 주검을 포기함을 본다.
제우스는 공포의 갑옷을 입고 하늘을 터트려,
천둥이 치고, 번개가 날아다닌다!
놀라, 혼란되어, 운명도 모른 채,
세상은 그의 왕좌에서 떨고 있다.
창백한 죄인들이 그 머리를 매다는 동안,
제우스는 끄덕이고 하늘을 흔들고는 말했다.
본능, 관습, 학식, 맹목에 의해
죄를 범한 인간 종족이여,
의지박약으로 옆으로 물러선 너,
교만으로 결코 무릎 꿇지 않는 너,
서로 다른 파벌로 가장한 너,
모두 와서 각자에게 내린 영원의 벌을 보라.

(누구는 너에게 그렇게 말하지만 그들은

너보다 제우스의 속셈을 더욱 몰랐다.)

세상의 미친 일은 이제 끝나,

나는 더 이상 그 장난을 원망하지 않는다.

나는 나의 위트를 그런 바보에게 집중한다!

나는 그 바보를 저주한다! — 가, 가라, 너는 속았다.

위 시의 분위기는 확실히 비관적이죠? 그러나 우리는 이 비관적인 최후의 심판에 대한 예언이 종말 뒤의 새로운 천국을 전제하는 것임을 잊으면 안 됩니다. 뒤에서 함께 볼 『걸리버 여행기』에서도 마찬가지고요. 위 시는 스위프트가 죽는 날까지 즐거웠다고 쓴 마지막 시 「스위프트 사제의 죽음에 대한 시」와 함께 읽어야 합니다.

존 프랜시스 월러의 『조너선 스위프트의 생애』에 나오는 삽화로
사랑하는 사람을 잃고 슬퍼하는 스위프트의 모습을 그린 것이다(모튼 로웰 그림).

2부

걸리버 여행기

대인국에 간 걸리버가 테이블 위에서 자신을 소개하고 있다.

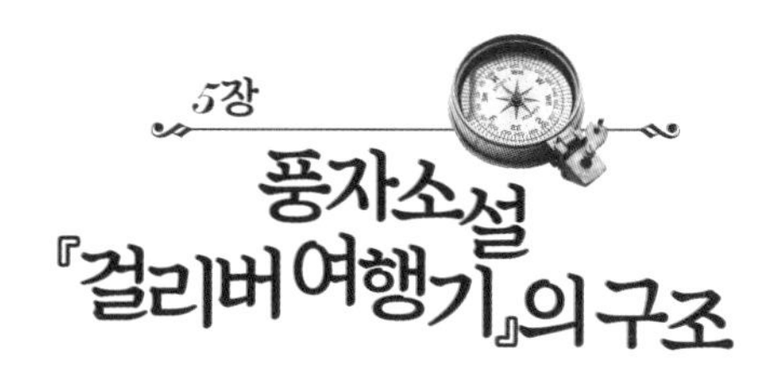

5장

풍자소설 『걸리버 여행기』의 구조

동화와 소설, 어떻게 다를까?

『걸리버 여행기』를 비롯하여 『돈키호테』, 『로빈슨 크루소』나 기타 세계 명작 소설들을 어린 시절에 동화로 읽은 뒤 청소년기 이후로 제대로 읽게 되는 건 매우 즐거운 일입니다. 독서의 묘미를 알게 해주는 과정이기도 하고요. 그런데 동화라고 해서 모두 아름답게 쓰인 것만은 아닙니다. 가령 『로빈슨 크루소』의 동화 판에는 원작에도 없는 식인종에 대한 끔찍한 묘사가 나오는데요. 이를 통해 무의식적으로 식인종 이야기가 머릿속에 각인된다면 이는 윤색자의 잘못입니다. 흑인은 식인종이라는 편견을 갖게 되니까요.

『걸리버 여행기』는 동화로 윤색될 때 보통 소인국과 대인국이라는 제1, 2부만 소개됩니다. 반쪽만 소개하는 것이죠. 나머지를 아예 생략했다는 점에서 『로빈슨 크루소』의 경우보다 원작을 더 가혹하게 다룬 경우라 할 수 있습니다. 물론 스위프트는 동화나 만화 또는 영화로 소개된다는 것을 아예 상상조차 못 했겠지만요.

제가 어린 시절 동화로 읽거나 만화영화로 본 『걸리버 여행기』를 다시 열심히 읽게 된 것은 어른이 되고 나서입니다. 앞에서 말했듯이 법을 공부하면서 그 책이 법과 정치에 대한 가장 통렬한 풍자서이자 비판서임을 알고 나서죠. 그리고 또 다시 읽게 된 것은 그 책이 당시의 정치와 제국주의에 대한 풍자와 비판의 고전이고, 그 저자인 스위프트가 스스로 식민지측 지식인이면서도 반식민주의자로서 살았다는 점을 알고 나서였습니다.

그러나 3백 년 전의 책인 만큼 문제도 많아요. 가령 그의 여성 혐오는—3백 년 전 남자에겐 당연한 것이었겠지만— 비판받아 마땅합니다. 특히 그가 주장한 잡종 결혼 반대론과 열등 인종 절멸론이 그렇지요. 즉 스위프트의 반식민주의란 어디까지나 같은 서양인인 아일랜드인의 경우에만 해당되었고, 당시 이미 상당 정도로 진행된 대영제국의 식민지 문제 전반에 대한 것은 아니었거든요. 게다가 『걸리버 여행기』 제4부에 나오는 야후, 즉 원숭이를 닮은 야수란 당시 식민지 침략에서 발견된 아시아, 아프리카 및 아메리카의 원주민을 뜻한 것이라 볼 여지가 있어요. 그렇다면 스위프트는 반식민주의자가 아니라 반대로 식민주의자가 되는 셈입니다.

그러나 적어도 걸리버는 자신이 발견한 나라들에 대한 침략을 반대합니다. 침략 자체가 쉽지 않다는 이유 외에도 그는 "군주들이 과연 분배의 정의를 실천할 것인지에 대해 나는 약간 의심을 품었다"[1]고 말하는데요. 여기서 '분배의 정의를 실천'한다는 것은 'relation to the distributive Justice'[2]의 번역이나 이는 '분배의 정의'에 관련된 것이 아니라 '정의의 확충'에 관련된 것으로 보는 게 옳습니다. 여하튼 걸리버가 '정의의 확충'에 위반되는 것으로 드는 예는 다음과 같아요.

> 가령 해적의 무리가 폭풍을 만나 어딘지 모르게 표류하다가, 마침내 돛대 위에서 한 소년이 육지를 발견하게 되면, 해적들은 노략질하기 위해서 상륙한다. 그런데 거기서 평화로운 원주민을 만나서 극진한 대접을 받고, 그 나라에 새 이름을 붙여, 국왕을 대신하여 정식으로 접수한다. 그리고 그 표시로 썩어빠진 판자대기나 돌을 세워놓고, 수십 명의 원주민을 살해하고, 견본으로서 또 다른 원주민을 강제로 끌고 귀국하여 이제까지의 죄에 대한 사면을 받는다. 이렇게 해서 신권으로 획득한 새로운 영토가 시작하는 것이다.[3]

이상의 설명은 제국주의 침략의 시작에 대한 비판으로서 완벽하지 않나요? 여기서 해적이란 사실 콜럼버스를 포함한 모든 위대한 항해자를 말한다고 해도 무리가 아닙니다. 그들이 평화로운 원주민들로부터 환대를 받았고, 그럼에도 불구하고 원주민들을 대량으로 살해했으며, 원주민을 노예로 삼아 귀국한 것도 역사적인 사실이고요. 스위프트의 식민지 고발은 계속됩니다.

> 그러면 어떤 기회가 생기자마자 함대가 파견되고, 원주민들은 쫓겨나거나 학살되며, 그들의 왕은 금이 있는 곳을 밝히라고 고문당한다. 아무리 비인간적이고 탐욕스런 짓을 저질러도 공공연히 묵과되고, 땅은 원주민들이 흘리는 피로 뒤덮인다. 이렇게 경건한 원정대로 파견되어 극악무도한 짓을 저지르는 일당들이, 우상을 숭배하고 야만스런 원주민을 개종시키고 문명의 빛으로 계몽하도록 파견된 현대적 이주민에 다름 아닌 것이다.[4]

위에서 '현대적 이주민'이라고 번역된 부분은 'a modern Colony'[5]의 번역인데 이는 '현대 식민(침략)자'라 번역하는 게 옳습니다. 그런데 스위프트는 이러한 비판이 현실적으로 문제를 야기할 수 있음을 알고 걸리버로 하여금 다음과 같이 덧붙이게 하지요.

> 그러나 이와 같은 이야기는 결코 영국민을 지칭하는 것이 아니라는 것을 확실히 말해둔다. 영국민은 식민지 개척에 있어서, 지혜롭고 세심하고 공정하다는 점에서 전 세계의 모범이라고 본다.[6]

더 나아가 스위프트는 이런 말을 하는 걸리버를 아예 미쳤을지도 모른다고 표현함으로써 현실적으로 어떤 문제도 일어나지 않게끔 미리 방어합니다. 여하튼 스위프트가 원주민=야만인 신화를 믿었는지는 모르나, 위에서 보듯이 식민지 침략이 부당하다고 비난한 점은 분명합니다.*

대단한 거짓말

너무나 아름답거나 황당한 공상을 우리는 흔히 '동화 같은 이야기'라 이릅니다. 동화 『걸리버 여행기』도 어쩌면 너무나도 황당한 공상이라고 볼 수 있지요. 그래서 원저의 속표지에 그려진 걸리버 초상 밑에 '대단한 거짓말

* 이 문제는 대단히 중요하고도 심각한 문제이므로 이 책의 마지막 제9장에서 『걸리버 여행기』 제4부를 설명하며 다시 상세히 언급할 것이다.

쟁이'라는 말이 붙어 있나 봅니다. 그러나 이를 본 독자라면 누구나 그 책이 거짓말이 아니고, 작가가 일부러 거꾸로 한 말이라고 생각할 게 틀림없습니다. 세상에 자기 책을 거짓말이라고 처음부터 말할 작가는 없을 테니까요. 물론 지금은 『걸리버 여행기』에서 그 말을 찾아볼 수 없지만, 책을 펼치고 몇 쪽 읽지 않아 등장하는 소인국부터 독자는 거짓말인 것을 알게 되는데요. 걸리버는 거짓말이 아니라고 열심히 말하지만 아무리 어린아이라 해도 속을 리 없습니다.

어린 시절에는 『걸리버 여행기』를 그런 재미나 호기심만으로 읽어도 충분했어요.* 그러나 어른으로서 읽으면 스위프트가 무엇을 어떻게 말하려고 했는지에 신경이 쓰이게 마련입니다. 물론 우리는 걸리버와 스위프트의 관계에 대한 학자들의 논쟁까지 신경 쓸 필요가 없어요. 분명한 점은 스위프트가 대체로 걸리버를 자신이라고 전제하지만, 자신까지 풍자하는 경우도 있다는 것입니다. 즉 대체로 나쁜 나라로 그려지는 제1, 3부에서는 풍자 대상은 그 나라들이지만, 반대로 그려지는 제2, 4부에서는 걸리버 자신이 풍자 대상이 되거든요. 이처럼 걸리버 자신을 풍자 대상으로 삼기도 한다는 점이 이 책의 가장 큰 매력이자 장점입니다.

『걸리버 여행기』는 스위프트의 시대에 유행한 수많은 여행기를 패러디한 것입니다. 당시의 수많은 여행기를 모방하여 나름의 상상 여행기를 만들어 풍자의 목적과 효과를 달성하고자 한 것이지요. 걸리버가 자신의 사촌

* 사실 아동용 동화 판 『걸리버 여행기』에 어떤 교훈적인 측면이 있는지도 의문이다. 소인국이나 대인국의 이야기 속에 나오는 풍자를 제외하고 그 이야기 자체만을 볼 때 교훈성이란 거의 없다.

이라고 책의 처음7에서 소개하는 탐험가 댐피어*의 『새로운 세계일주 여행 *New Voyage Round the World*』(1697)도 그중 하나입니다. 사실 그 책은 『걸리버 여행기』의 모델로도 여겨졌어요.

댐피어의 『새로운 세계일주 여행』에 나오는 지도

책을 들고 있는 댐피어

댐피어의 여행기는 사실에 근거한 것인데요. 이 책은 당시 여행기들이 식인종이라든가, 곰인간, 새인간, 여우인간, 거위인간, 벌레인간, 곤충인간 등을 내세워 흥미 위주로 가공한 것과 달랐습니다. 그러나 걸리버가 여행하는 소인국, 대인국, 공중국, 마인국을 실제로 존재하는 세계라고 믿을 사람은 아무도 없지요. 그럼에도 불구하고 걸리버는 제2부 마지막에서 다음과 같이 말합니다.

* 영국의 항해가(1652~1715). 1699~1701년에 오스트레일리아, 뉴기니, 뉴브리튼 섬의 탐험에 나서 댐피어 제도와 두 개의 댐피어 해협을 발견했다.

우리나라에는 여행에 관한 책이 이미 너무 많으며, 따라서 아주 기상천외한 것이 아니면 통하지 않고, 그런 이야기에서는 저자가 진실이 아니라, 허영심과 이해관계에 좌우되고, 무식한 독자를 즐기게 하는 데만 열을 올리고 있는 것이 아닌가 하는 것이었다. 또한 나의 이야기에는 일상적인 일밖에는 별로 없고, 대개의 여행담에 넘쳐흐르는, 이상한 식물, 나무, 새 및 기타 동물들, 또는 미개인들의 야만적 관습과 우상숭배에 관한 화려한 묘사 같은 것은 없다.[8]

풍자로서의 『걸리버 여행기』

『걸리버 여행기』를 (우리가 흔히 말하는) 소설이라 부를 수 있는가에 대해서는 의문의 여지가 있어요. 여하튼 문학으로서 그 범주를 굳이 만든다면 '유토피아문학'에 포함시킬 수 있다고 저는 생각합니다. 유토피아문학이라는 장르가 반드시 있는지 없는지는 모르지만, 그 편이 우리가 흔히 '공상문학'이라 부르는 범주보다 좋지 않을까 싶어요.

유토피아문학이란 『유토피아』를 쓴 모어에서 비롯되고 더욱 멀리 거슬러 가면 플라톤의 『국가』에까지 이릅니다. 또한 스위프트 이후에는 모리스의 『에코토피아 뉴스』, 오웰의 『1984년』에까지 이르지요. 그런데 그것들이 모두 하나

모리스의 『에코토피아 뉴스』 권두 삽화

의 유토피아나 반유토피아인 디스토피아를 보여주는 반면 스위프트는 『걸리버 여행기』에서 네 개의 나라라는 복수의 유토피아 또는 디스토피아를 통해 다양하게 접근합니다. 이 점이 매우 특이하지요.

문제는 스위프트가 결국 국가를 부정한다는 점에서 권위주의적이고 국가주의적인 플라톤이나 모어와 달리 아나키즘에 이른다는 것입니다. 이는 단적으로 위에서 본 식민지 침략에 대한 부정에서 드러나지요. 또한 영국 아나키스트 고드윈*이 모든 정치제도는 전적으로 타락한다는 스위프트의 주장을 지지하여 『걸리버 여행기』의 제4부를 들고 있다는 데서도 알 수 있습니다.

그러나 가장 일반적인 분류는 풍자문학이라는 범주에 포함시키는 것입니다. 고대 그리스의 아리스토파네스에서 비롯되는 풍자문학은 스위프트를 거쳐 20세기 독일의 브레히트**까지 이어집니다. 그리고 그 사이에 프랑스 근대의 라블레***와 몰리에르****를 비롯한 각 시대, 각 나라의 다양한 표현들이 있고, 우리 민중문학에서도 뚜렷이 나타나는 하나의 문학 전통을 형

* 영국의 사상가(1756~1836). 이론적 무정부주의의 선구자로 인간성을 억압하는 국가의 절멸을 주장했다. 저서에 『정치적 정의론』이 있다.

** 독일의 극작가 · 시인(1898~1956). 1922년 희곡 「밤의 북」으로 클라이스트상을 받았고 「서푼짜리 오페라」로 세계적인 명성을 떨쳤다. 1933년 미국으로 망명하였다가 제2차 세계대전 후 귀국했다. 서사극, 소외효과 등의 독자적 연극론과 그 실천 운동을 주창했다.

*** 프랑스의 작가(?1483~1553). 그의 『가르강튀아와 팡타그뤼엘』 5권은 르네상스 시기의 최대 걸작이다.

**** 프랑스의 극작가 · 배우(1622~1673). 본명은 장 밥티스트 포클랭(Jean Baptiste Poquelin). 코르네유, 라신과 함께 프랑스 고전극을 대표하는 인물로 여러 가지 복잡한 성격을 묘사함으로써 프랑스 희극을 시대의 합리적 정신에 합치되는 순수 예술로 끌어올렸다. 작품에 「타르튀프」, 「동 쥐앙」, 「인간 혐오」, 「수전노(守錢奴)」 등이 있다.

성하고 있습니다. 스위프트는 문학 선배인 라블레를 특히 좋아했어요.[9]

프랑수아 라블레

이 같은 풍자문학으로 창조된 풍자가 중에서 걸리버만큼 알려진 작중 인물은 없습니다. 모든 풍자문학의 주인공이 다 그렇듯 작가나 독자는 그 주인공들에게 기대어 세상에 대한 자신의 비판적이고 공격적인 감정을 해소합니다. 한편 작가는 풍자 행위에 내재하는 근원성이 문명사회에 맞지 않음을 알기 때문에 작중 인물로부터 일보 후퇴하여 그들을 결국은 아이러니하게, 즉 자신의 풍자로 인해 사람들로부터 고립되어 패배하는 인물로 풍자하게 되지요. 즉 '풍자되는 풍자가의 모습으로 풍자하는' 것인데요. 이는 걸리버에게서 전형적으로 나타나는 특징입니다. 스위프트는 이러한 풍자적인 인물을 창조하여 현실에 대한 자신의 절망을 초월하고 있는 것입니다.

풍자의 핵심

스위프트는 풍자가입니다. 『걸리버 여행기』는 풍자문학의 대표작이고요. 풍자란 국어사전에 의하면 '잘못이나 모순 등을 빗대어 비웃으면서 폭로하고 공격하는 것'을 말해요. 그러나 풍자의 영원한 주제는 뭐니 뭐니 해도 '모순된 인간'의 '덧없는 인생살이'일 것입니다. 먼저 '모순된 인간'이란 주제어는 우리가 흔히 '인간은 이성적인 동물'이라고 표현하는 데서 쉽게 확인할 수 있지요. 딱 봐도 이성과 동물은 모순되잖아요? 그런데 『걸리버 여행기』 제4부에서는 인간을 완전한 이성의 동물인 휴이넘보다 못한 비이성적 야수인 야후의 일종으로 취급합니다. 대단한 풍자지요. '덧없는 인생살이'의 경우는 어떨까요? 인간의 일생은 사실 대단히 짧습니다. 그런데도 인간은 더욱 더 오래, 심지어 영원히 살고자 합니다. 이런 덧없는 욕망을 스위프트는 『걸리버 여행기』 제3부에 묘사합니다. 인간이 죽지 않고 영원히 살아가는 나라를 방문한 걸리버가 그곳에서 허무함을 깨닫는 과정을 통해서요.

인간은 정신적, 육체적으로 유약하고 왜소하기 짝이 없지만 그 정신적, 육체적인 욕망은 끝이 없나 봅니다. 『걸리버 여행기』 제1부에서 걸리버는 그 욕망을 거대한 거인의 모습으로 한껏 발휘하지만, 다시 제2부에서는 극도로 왜소한 자신의 모습을 보게 되지요. 제1부에서 걸리버는 거대하게 되고자 하는 욕망을 성취하지만 그렇게 하면 할수록 불쾌한 결과가 따르게 된다는 것을 제1부의 끝에서 잘 보여줍니다.

풍자는 비판적이고 공격적인 인간의 본성에서 나오는 것입니다. 스위프트는 이를 『걸리버 여행기』 제4부에서 야후를 통해 보여줍니다. "야후들은 자연이 만들어낸 동물 중에서 가장 더럽고 역겹고 못생긴 동물이어서, 가장 반항적이고 불순하며, 해코지만 하고 심술궂다"[10]고 말하지요. 스위프트나 걸리버는 풍자가인 자신의 풍자가 그 '반항, 불순, 해코지, 심술'에서 나온다고는 말하지 않지만, 풍자란 무릇 그런 인간성에서 나오는 것임에 틀림없습니다.

그러나 그 '반항, 불순, 해코지, 심술' 자체가 풍자문학인 것은 물론 아니에요. 아무리 격렬하게 쓰인 규탄이라고 해도 그 자체가 바로 문학일 수는 없습니다. 풍자는 세상의 비참한 문제에 관심을 갖고 어떤 식으로든 관련

제임스 길레이*의 정치풍자화 「위험에 처한 자두 푸딩」.
피트(영국)와 나폴레옹의 야욕을 신랄하게 풍자한 그림이다.

될 때 성립하는 것이지만, 동시에 세상에 대해 충분한 거리를 두고 '추상화'할 때 비로소 문학으로서의 가치를 얻게 됩니다.

추상화의 가장 중요한 요소는 환상입니다. 풍자가는 그가 표현하고자 하는 악을 객관적으로 그리려 하지 않아요. 순수한 리얼리즘으로 표현하는 데엔 커다란 고통이 따르기 때문입니다. 대신 풍자는 비참한 상황을 웃음의 그림인 캐리커처로 변화시켜요. 이는 독자를 현실에 향하게 함과 동

* 영국의 풍자화가(1757~1815). 동시대 화가 중 가장 신랄한 비판의식을 가진 화가로 인정되며, 생동감 넘치는 정치 및 사회풍자화를 많이 그렸다.

시에 현실에서 도피할 수 있게 해줍니다. 따라서 모든 뛰어난 풍자는 격렬한 공격적 요소와 함께 변형된 세계라는 환상적 비전의 요소를 포함한다고 볼 수 있어요. 이 두 가지 요소가 『걸리버 여행기』의 핵심적 구조임은 두말할 필요가 없습니다.

풍자의 형식

풍자작가들은 자신이 옳지 않다고 생각한 인간의 습관을 공격할 뿐만 아니라 현실 세계를 환상적으로 역전시키거나 희화하는 꿈의 세계를 창조하는 데 공상적인 여행기라는 형식을 취합니다. 『걸리버 여행기』만큼 이를 잘 보여주는 예도 없어요. 물론 스위프트가 최초는 아닙니다. 가령 루키아노스*는 『진짜 이야기*Alethes Historia*』에서 완전한 인간의 세계를 추구하여 사실은 가짜 이야기인 고래 배 속에 이르는 부조리한 여행을 묘사했고, 이는 라블레의 『가르강티아와 팡타그뤼엘*La Vie inestimable du Grand Gargantua, Pére de Pantagruel*』(1534) 「제4의 책」을 거쳐 스위프트에 의해 모방**되었습니다.

* 고대 로마의 문인(?120~?180). 풍자 작가로 작품에 「신들의 대화」, 「진짜 이야기」 따위가 있다.

** 그 역사를 상세히 검토하기엔 우리의 자료가 너무 빈약하여 무의미한 일로 보일 수도 있지만 최소한의 지식은 살펴보는 게 좋을 것이다. 고대 로마 시대의 그리스 풍자작가인 루키아노스는 오랜 방랑 경험을 통해 당대의 종교, 정치, 철학과 사회의 어리석음(결함)을 풍자하여 르네상스의 에라스무스와 모어, 그리고 라블레와 스위프트에게 영향을 미쳤다. 몽테뉴와 함께 16세기 르네상스 문학의 대표인 라블레는 1534년 『제1의 서 가르강튀아』에서 르네상스라는 인간성 회복 시대에 적합한 장대하고도 우스꽝스러운 풍자의 세계를 구축했으나 금서 처분을 받는다. 1552년에 나온 『선량한 팡타그뤼엘의 무용(武勇) 언행록 제4의 책*Le Quart Livre*』도 마찬가지 처분을 받았다.

여행은 상상의 나라를 찾아가게 합니다. 상상의 나라는 아리스토파네스의 『새』에 나오는 왕국을 필두로 여성이 의회를 좌우하는 그의 『여성의 평화』로 이어지지만, 『걸리버 여행기』에서 가장 다양하게 나타납니다. 즉 제1부의 소인국, 제2부의 대인국, 제3부의 공중국, 제4부의 마인국으로요. 그중 제2, 4부는 유토피아이고 제1, 3부는 디스토피아지만, 최상의 이상사회는 제4부의 말(휴이넘)의 나라입니다. 풍자에는 동물우화가 활용되는데요. 이는 대개 민화의 마술적 세계를 이용한 것입니다. 이솝우화로부터 오웰의 『동물농장』에 이르는 장구한 전통을 형성하지요.

풍자문학의 또 다른 특징은 외설과 무관하지 않다는 점입니다. 특히 오물취미를 보이는 경우가 많아요. 오물취미의 대가는 아리스토파네스와 라블레인데, 스위프트도 그들 못지않게 『걸리버 여행기』를 비롯한 여러 작품에서 끝없이 대소변 이야기를 함으로써 고상한 독자들을 실망시킵니다. 스위프트는 배설에 대한 지극히 박식하고 정신병리학적인 연구논문까지 썼을 정도로 그 분야에 전문가였어요.

풍자의 주제_정치와 여성

풍자의 주제 중 가장 중요한 것은 역시 정치입니다. 스위프트의 경우 특히 그러하죠. 이를 살펴보기 전에 또 하나의 주제인 여성에 대해 간단히 언급할까 합니다. 물론 『걸리버 여행기』는 여성을 주된 풍자의 대상으로 삼은 작품이 아닙니다. 하지만 그런 묘사가 자주 나오는 바람에 페미니스트들의 심사를 긁는 점이 분명히 있어요. 이는 스위프트가 성공회 사제라는 종교적 인물이었다는 개인의 성향은 물론 당시 여성이나 성에 대해 중세적인 기독교 도덕주의에 젖은 사회적 분위기를 고려하여 평가되어야 할 문제입니다. 이에 대해서는 뒤에서 다시 언급할게요.

정치를 풍자의 가장 중요한 대상으로 삼는 것은 매우 당연한 현상입니다. 정치는 인간의 생활에서 가장 중요한 것이니까요. 최근 우리나라 문학이나 예술에서는 정치를 주된 주제로 다루지 않는데요. 적어도 풍자만큼은 정치와 직결*됩니다. 그러나 정치나 풍자나 사람들에게 결코 좋은 인상을 주는 것은 아니에요. 지금 우리나라만이 아니라 언제 어디에서도 정치나 정치가는 인기가 없었고, 입이 험한 정치풍자가도 사람들에게 반드시 좋은 인상을 주지 못했거든요. 제가 보기에 이 둘은 필요악(必要惡)인 듯합니다. 언제 어디서나 개혁은 필요하고, 그 개혁을 이룰 수 있는 유일한 수단은 정치이며, 개혁을 방해하는 정신 상태를 타파할 수 있는 자극을 부여하는 유일한 것이 풍자이기 때문입니다.

따라서 위대한 풍자가란 당연히 정치에 관심을 갖게 마련이고, 특히 그 대부분은 당대의 정치권력에 반대하게 마련이지요. 역사적으로 풍자를 가장 싫어한 정치 세력은 전제정권과 지방호족이었습니다. 독재 치하에서 풍자문학이 있을 수 없고, 전통적인 지방 질서를 숭상하는 곳에서도 풍자문학은 있을 수 없기 때문입니다. 그러므로 정치적 풍자문학이 성립하려면 어느 정도 표현의 자유가 있어야 하고, 도시라는 배경이 필요합니다. 또한

* 풍자는 정치문학의 가장 일반적인 형식이다. 그리고 문학이 시민의 행동에 영향을 미치고자 하는 한 모든 문학 중에서 가장 정치적인 것은 풍자이다.

독자들은 정치 과정을 어느 정도 이해할 수 있어야 하며, 작가는 유머를 통해 현실 정치로부터 어느 정도 초월하는 태도를 갖추어야 해요.

이런 조건이 완전히 갖추어진 시기는 놀랍게도 기원전 5세기의 아테네였습니다. 그때 소크라테스나 플라톤과 함께 아리스토파네스 같은 풍자작가가 탄생했지요. 로마 시대엔 전무하다시피 했고요.* 서양문학사에서 18세기 영국의 스위프트와 프랑스의 볼테르라는 위대한 정치적 풍자작가가 나타난 것은, 그것에 필요한 최소한의 표현의 자유가 사회적으로 허용된 덕분입니다. 1695년 출판물 검열법이 폐지된 것이 그 중요한 계기였고요. 물론 그 시대를 표현의 자유가 허용된 민주주의 시대라 칭할 수는 없습니다. 그러나 표현의 자유란 반드시 당대의 정권이 허용해서가 아니라, 정치적 반대자를 탄압할 힘을 상실한 경우에도 어느 정도 가능**한 게 아닐까요?

풍자의 기법_환원법

풍자의 기본적인 기법은 환원법(還元法)입니다. 이는 스위프트의 『걸리버 여행기』에서 전형적으로 나타나요. 즉 권위를 환원법에 의해 실추시킨 것

* 풍자문학에 반드시 필요한 최소한의 표현의 자유가 고대 그리스 시대보다 로마 시대에는 적었고, 로마제국에서 풍자문학은 위험한 것으로 취급되어 풍자작가들은 끊임없이 중상, 추방, 투옥, 처형의 위험에 처해졌다. 앞서 말한 루키아누스를 제외하면 로마 시대엔 풍자가가 없었다.

** 어쩌면 작가에게 검열관을 속일 정도의 능력이 있기 때문이라 해야 할지도 모른다. 오스트리아 최고의 풍자작가 크라우스(1874-1936)가 "검열관에게 이해될 정도의 풍자는 금지되는 것이 당연하다"고 말했듯이 스위프트나 볼테르는 검열관에게 검열 당하지 않을 지혜를 발휘했다. 그러나 그런 경우조차 최소한의 양식 있는 검열관을 낳을 수 있는 사회적 교양이 필요하다. 우리의 군사독재 시절처럼 전혀 그렇지 못한 시대도 있었기 때문이다.

입니다(플롯의 차원만이 아니라 스타일이나 언어 차원에서도 나타납니다). 스위프트는 먼저 제1부 소인국을 통해 영국의 정치를 묘사하고, 이어 제2부에서 대인국 왕에게 영국민을 "대자연이 이제까지 이 지구상에 기어 다니도록 허용해준 작고 역겨운 벌레 중에서도 가장 고약한 족속이라고 결론지을 수밖에 없"게 한다[11]고 말하는데요. 이처럼 인간과 세계를 실물보다 훨씬 작게 또는 훨씬 크게 만들거나 정밀한 치수를 가지고 표현하는 스위프트의 방식은 그야말로 완벽한 환원법으로서 그 후 누구도 모방하지 못했습니다. 이러한 점에서도 『걸리버 여행기』의 독창성은 충분히 인정할 만하지요.

물론 환원법만이 유일한 풍자 기법은 아닙니다. 풍자가는 희생자를 환원시키기 위해 그가 의지하는 모든 신분이나 지위—그 가장 단순한 보기는 옷이다—를 뺏으려고 합니다. 모든 호화로운 옷 밑에 숨겨져 있는 것은 바로 알몸인데요. 옷을 풍자의 기법으로 삼았다는 점에서 스위프트는 역시 선구자입니다. 가령 그는 앞에서 본 초기 작품 『통 이야기』에서 기독교의 세 가지 중요 형태,* 즉 가톨릭, 성공회, 퓨리턴을 아버지 유산인 옷을 두고 다투는 형제에 비유했잖아요?**

* 우리나라에서는 기독교라면 가톨릭과 개신교를 말하고, 세계적으로는 그것에 그리스정교가 붙는 것이 보통이지만, 18세기 영국의 스위프트에게는 그 셋이었음을 이해해야 할 것이다.

** 『통 이야기』에서 장남 피터가 옷에 갖가지 장식을 다는 것은 가톨릭을 비유한다. 차남 마틴이 안전하게 제거할 수 없는 것은 남겨두고 나머지 장식을 제거한 것은 성공회처럼 가톨릭과 퓨리턴의 중간을 보여준다. 삼남 잭은 피터에 대한 반발심에서 모든 장식을 떼어내어 옷을 넝마처럼 만든다. 그런데 재미있는 것은 멀리서 보면 피터와 잭이 흡사해 보인다는 점이다. 그들은 또한 마틴을 함께 미워했다. 성공회 사제인 스위프트가 성공회를 상징하는 마틴에게 호감을 보이는 것은 당연하고, 따라서 스위프트가 마틴을 옹호했다고 해석되어온 점, 그러나 스위프트는 어떤 도그마에도 반대했다는 점은 이미 앞에서도 지적했다.

옷을 벗긴 상태를 뜻하는 나체 또는 알몸(naked)이란 인간의 이상화된 신체를 뜻하는 누드(nude)와 다릅니다.[12] 아담과 이브는 타락하기 전에는 누드였으나 타락한 뒤에는 나체가 됩니다. 나체는 인간을 신의 모습에서 동물로 환원시키는 계기로 작용하죠. 그래서 나체는 풍자의 대상이 되고 누드는 회화의 대상이 되는 것입니다.

동물의 세계도 풍자의 단골 메뉴입니다. 풍자작가는 인간이 동물에 불과하다고 말하면서 인간의 모든 것을 동물적 본능으로 환원시키길 좋아해요. 『걸리버 여행기』에도 여러 동물이 등장하여 인간을 풍자합니다. 패러디도 문학을 풍자하는 기반이 된다는 것은 『걸리버 여행기』가 당대의 수많은 여행기를 풍자했다는 점에서 전형적으로 드러나지요.

환원법의 마지막 사례는 상징의 파괴입니다. 정치적 또는 종교적 상징에 의해 살아가는 인간의 모든 상징을 파괴하는 것은 스위프트의 『통 이야기』에서 보듯 가장 유효한 공격 방법입니다. 상징 파괴자인 풍자가는 자신의 대변자를 창안하거나 가면을 쓰게 되지요. 스위프트의 걸리버가 바로 그 대변자입니다.

풍자의 일반적인 경향은 모든 것을 단순하게 만드는 것입니다. 이는 『걸리버 여행기』의 거인국이나 휴이넘의 언어와 문장이 언제나 단순한 언어로 표상되는 데서 잘 나타납니다. 그 단순함의 극치가 독설일 테지요. 가령 스위프트가 아일랜드 경제 위기의 해결책으로서 영국인에게 아일랜드 아이들을 잡아먹으라고 말한 것처럼요.

영국 근대의 풍자문학

셰익스피어의 작품에도 풍자의 요소가 없는 건 아닙니다. 하지만 풍자문학이 가능해진 세속화(世俗化) 과정에서 최초의 클라이맥스를 보여준 책은 1651년에 나온 홉스의 『리바이어던*Leviathan*』입니다. 정치와 법의 체계와 인간성에 대한 사실적인 연구를 포함한 이 책은, 특히 종래의 왕권신수설에 대한 불신을 조장하고 논리성과 이해득실의 고려에 근거한 정치개혁 논의를 불러일으켜야 한다고 장려했어요. 이는 계몽주의로 알려진 합리주의와 자유사상 운동의 일부로서, 계몽주의는 그 후 2세기의 문학을 지배하고 특히 풍자문학에 영향을 끼칩니다.

이러한 지적인 변화와 함께 앞서 말한 표현의 자유, 정치 변화의 광범한 경험, 자국과 외국의 정치에 대한 대중적 관심과 그것에 대한 불만과 환멸의 일반화 등도 풍자문학의 형성에 중요한 요인들로 작용했습니다. 그 결과 1665년 전후부터 영국의 정치풍자가 황금시대*를 누리게 되지요. 그 후 스위프트까지 반세기에 이르는 영국 근대 풍자문학의 중요한 작가나 작품들을 검토하여 스위프트가 받은 영향을 검토하는 것도 중요한 일이지만 이 책에서 그것들을 상세히 볼 필요는 없습니다. 여기서는 그 양이 엄청났다는 정도만 지적하겠습니다. 즉 1660년부터 1714년까지 일반적으로 '국사(國事, Affairs of State)'에 관한 시로 알려진 풍자작품들이 지금도 3천 편 이상 남아 6권의 책에 수록되어 있습니다.[13]

* 그 전에, 결국은 처형된 국왕 찰스 1세(1600~1649)와 청교도 혁명의 크롬웰의 시대에는 표현의 자유가 결여되어 풍자문학이 생길 수 없었다.

『걸리버 여행기』의 구조

『걸리버 여행기』는—화자인 걸리버가 말하는 바에 따르면— 16년 7개월간의 여행기*입니다.[14] 그가 여행한 곳은 일본 등 잠깐 들린 곳들을 빼면 네 나라에 불과합니다. 이들은 각각 여행기의 제1~4부에 걸쳐 소인국, 대인국, 공중국, 마인국으로 등장합니다. 아주 단순하게 비교하면 나쁜 나라와 좋은 나라가 반복되는 꼴입니다. 즉 소인국과 공중국은 나쁜 나라, 대인국과 마인국은 좋은 나라로요. 그중에서 가장 좋은 나라는 마인국이고, 다음이 대인국입니다. 따라서 스위프트의 이상국가를 대인국이라 보는 견해[15]는 잘못된 것입니다.

앞에서도 말했듯이 소인국이란 당시의 영국, 즉 스위프트가 반대하는 휘그당이 다스리는 영국이고, 소인국과 전쟁을 하는 블레프스큐는 프랑스

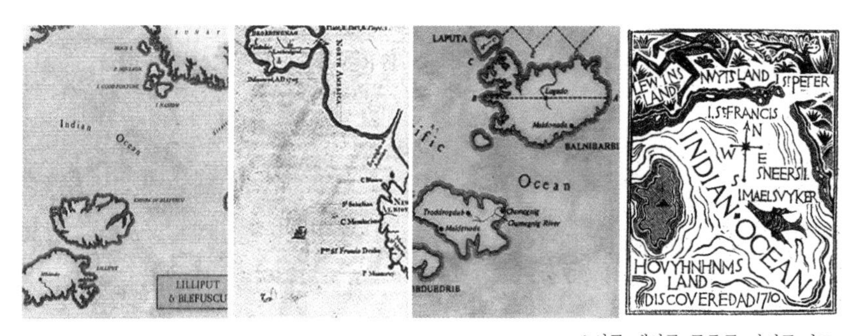

소인국, 대인국, 공중국, 마인국 지도

* 스위프트는 세계여행을 한 적이 없다. 그러나 『걸리버 여행기』 제1부 소인국을 읽어보면 우리가 후진국을 도는 기분이 들고, 제2부 대인국을 읽어보면 선진국을 도는 기분이 든다. 또한 제3부를 읽다보면 조선시대 주자학에 젖은 사람들이나 지금도 황당한 유교 또는 반공 또는 주체사상 등의 절대적인 관념에 젖은 사람들을 생각하게 된다. 그리고 마지막 제4부를 읽다보면 아나키즘적 유토피아를 생각하게 된다. 하지만 스위프트는 그 어느 나라도 이상국가로 생각하지 않았다. 물론 그가 제4부의 왕이 없는 자치사회를 다른 사회보다는 이상적으로 생각한 것 같지만 당시로서는 꿈같은 이야기에 불과했을 터다.

를 말합니다. 다음 거인국이란 스위프트가 지지하는 토리당이 집권한 미래의 영국이지요. 미래의 영국은 가장 이상적인 마인국은 아니어도 대인국 정도는 될 수 있다는 게 스위프트의 생각이었고요. 스위프트가 그리는 거인국의 왕은 그가 젊은 시절 비서로 일할 때 모셨던 템플이 모델입니다.

그동안 이 네 나라는 스위프트의 상상력에 의해 창조된 것으로 여겨졌지만, 실은 스위프트 당대의 민중오락에서 힌트를 얻어 쓰인 것임이 최근의 연구에 따라 밝혀지고 있는데요. 그런 짐작을 할 수 있는 부분이 소설 여기저기에 등장합니다. 가령 제1부 마지막에서 걸리버는 소인국에서 가져온 실제보다 12분의 1 크기의 작은 "가축을 상류계급 및 기타 사람들에게 구경을 시켜서 상당한 수입을 얻었다"[16]고 합니다. 구경을 시킨다는 이 아이디어는 제2부에 바로 나옵니다. 즉 "주인이 나를 이용해서 굉장한 돈을 벌 수 있다는 것을 알고서, 나를 그 나라의 대도시로 데리고 다니기로 마음먹었다." 이어 온갖 동네를 거쳐 수도까지 구경거리로 간다는 것이지요.[17]

걸리버는 정말 미쳤을까?

『걸리버 여행기』에는 충격적인 장면이 많습니다. 그중 가장 충격적인 것은 마지막 제4부 제11장인데요. 마인국 여행에서 돌아온 걸리버가 가족에 대해 말하는 다음 부분입니다.

> 그들을 보고 오히려 나는 미움과 혐오와 멸시로 가득 찼고, 그들이 나의 혈족이라고 생각하니 더욱 그랬다. … 그리고 내가 야후족의 한 마리와 교미해서 더 많

은 야후족을 낳은 애비가 된 것을 생각하니, 극도의 창피와 당황과 공포에 사로잡혔다.[18]

그리고 오랜만에 보는 아내가 그에게 반갑게 키스하자 그는 화답하기는 커녕 다음과 같이 불쾌감을 느낍니다. 이후 완전한 별거생활을 하고요.

> 그러자 나는 기절하여 거의 한 시간 동안 정신을 잃었다. 너무나 오랫동안 저 역겨운 동물과 접촉하는 데에 익숙지 못했기 때문이었다. 내가 이 글을 쓰고 있는 지금은 영국에 돌아온 지 5년이 지난 때인데, 첫 해에는 처자들과 자리를 같이할 수 없었다. 그들의 냄새조차 견딜 수 없었고, 하물며 같은 방에서 그들과 식사는 할 수 없었다. 이 순간에도 그들은 감히 나의 빵에 손을 대거나, 내가 마시는 컵으로 마시지 못한다. 또한 나의 식구의 아무에게도 내 손을 잡게 시키지 못한다.[19]

대신 걸리버는 두 마리의 젊은 수말을 사서 마구간에서 키웁니다. 그들이야말로 걸리버가 세상에서 가장 좋아하는 벗이 되지요. "나는 적어도 네 시간 동안 그들과 대화한다. 그들에게는 말고삐나 안장 같은 것은 절대 사용하지 않고, 나와 매우 친밀하게 지내며 서로 사이좋게 살고 있다."[20]

송낙헌은 이 장면에서 희극을 느낀다고 하나,[21] 저는 오히려 비극을 느낍니다. 이 지독한 인간 혐오는 도저히 희극일 수 없어요. 따라서 말이 이성과 양식의 상징이고, 그것을 동경한 걸리버를 이성인으로 보는 견해에도 저는 찬성하지 않습니다. 그의 아내는 분명 그가 미쳤다고 생각했을 거예요. 실제로 스위프트가 쓴 시에도 그런 시가 있습니다. 그중에는 "우리 남편은 이상해"라는 구절도 있고요. 하지만 정말 걸리버가 미쳤다면 『걸리버 여행기』도 믿을 수 없는 이야기*가 되지 않을까요?

물론 『걸리버 여행기』는 믿을 수 있는 이야기가 될 수도 있습니다. 대부분의 독자나 평론가들은 그렇게 볼 것입니다. 그렇지 않다면 독서나 평론 자체가 불가능하니까요. 그러나 저는 걸리버가 미쳤다는 전제 아래, 또는 서서히 미쳐갔다는 전제 아래 스위프트가 이 책을 썼다고 생각합니다. 특히 제4부를 쓸 때 스위프트는 걸리버의 정신상태가 상당히 어지러운 상태라는 것을 전제했을 겁니다.

물론 이를 과학적으로 정확하게 추리하기는 어려워요. 거의 동시기에 쓴 하나의 소설을, 제1부에서 제4부까지 쓰는 과정에서 서서히 미쳐갔다는 추리가 불가능하다고 생각되니까요. 이런 식의 추리가 좀 더 근거 있게 되려면, 각 부의 여행을 마칠 때마다 각 부의 여행기를 썼다는 사실을 입증해야 합니다. 그래야만 거의 20년에 걸쳐 서서히 미쳐갔다는 이야기가 성립되지요.

하지만 분명한 사실이 있습니다. 작가 스위프트는 전혀 미치지 않았다는 것이지요. 앞에서 말한 것처럼 스위프트에 대해서도 미쳤다는 소문이 난무했지만 지금은 전혀 근거 없는 것으로 밝혀졌습니다. 여하튼 걸리버가 그 여행기를 쓰면서 처음부터 미쳐 있었는가, 아니면 서서히 미쳐갔는가,

* 걸리버가 미쳤다고 해서 1년 내내, 하루 종일 미쳐 있는 것은 아니다. 정신이 들 때도 있었을 것이다. 『걸리버 여행기』도 마찬가지다. 어떤 부분은 멀쩡할 때, 어떤 부분은 미쳤을 때 쓴 것일지 모른다. 어느 부분이 그중 어떤 것인가는 독자가 판단할 문제다.

혹은 언제나 정상이었는가 하는 점은 독자가 판단할 문제라고 봅니다.

여행기란 상식적으로 그 여행의 시점에서 기록되는 것입니다. 그러므로 걸리버도 여행을 하면서 각각의 여행기를 기록했을 테지요. 어쩌면 제4부는 여행 마지막에 거의 미쳐가며 썼을지도 모릅니다. 작가인 스위프트는 걸리버의 그런 광기를 전제하여—제4부에 나오는 것처럼— 미친 현실을 거리낌 없이 비판할 수 있었을 것입니다. 따라서 저는 걸리버의 광기란 스위프트의 교묘한 장치에 불과하다고 봅니다.

스위프트의 인간관

스위프트는 인간이라는 동물은 싫어하지만 그 구체적인 한 사람 한 사람은 사랑했습니다. 이는 그가 친구 포프에게 보낸 다음과 같은 편지 속에 잘 드러납니다.

> 나의 모든 작업에서 스스로에게 제기하는 중요 목표는 세상을 즐겁게 하는 것이 아니라 화나게 하는 것이다… 나는 언제나 모든 국가나 직업이나 사회를 미워했고 나의 모든 사랑은 개인에게 향해졌다. 가령 나는 법률가 족속을 싫어하지만, 어떤 변호사나 어떤 판사는 좋아한다. 이는 의사(내 직업은 생략하고), 군인, 영국인, 스코틀랜드인, 프랑스인에 대해서도 마찬가지이다. 나는 인간이라는 동물을 싫어하지만 존, 피터, 토마스 등은 진심으로 사랑한다. 나는 (인간이) '이성적인 동물'이라는 정의가 거짓임을 증명하고, 그것은 다만 '이성의 능력을 갖춘 동물'이라고 논증할 자료를 가지고 있다. 이 거대한 인간 혐오의 바탕 위에 나의

『걸리버 여행기』라는 건물이 세워졌다.[22]

위 편지에 대해 '개인 개인은 사랑하지만 종족 전체, 인간 전체를 미워한다는 것이 정확히 무슨 뜻인지 알기 쉽지 않다'고 보는 견해가 있습니다.[23] 그러나 그 뜻을 알기란 그리 어렵지 않아요. 우리는 누구나 주변의 친구에 대해서는 애정을 느끼게 마련입니다. 그러나 동시에 가령 전쟁을 일으키는 인간이라는 족속에 대해서는 회의할 수 있으니까요.

6장 소인국

두 통의 편지

『걸리버 여행기』에는 먼저 두 통의 편지*가 나옵니다. 첫 편지 「걸리버 선장이 사촌 심프슨에게 보내는 편지」[1]의 내용은 1726년의 초판이 사실은 자신의 글과는 무관하게 많이 생략되고 첨가된 것이었다고 밝히는 것인데요. 이에 대한 상세한 설명을 간단히 정리해 보면 다음과 같습니다. 즉 1726년 초판은 본래 런던에서 출판하고자 한 것으로서, 스위프트는 이를 위해 그가 런던에서 더블린으로 떠난 지 12년 만인 그해 8월에 다시 런던을

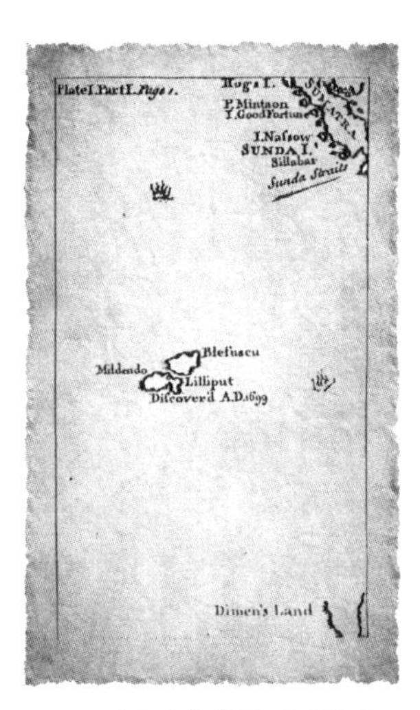

1726년 초판에 나오는 소인국 지도

* 이를 영어로 읽는 경우 모든 명사들이 대문자로 쓰인 데 놀랄지도 모른다. 이는 18세기 영어 쓰기의 특징이다.

제1부 '소인국' 편의 시작을 보여주는 삽화(그랑빌)

방문합니다. 그리고 모트라는 출판인에게 원고를 주고 더블린으로 돌아오지요. 편지에는 스위프트가 걸리버의 사촌 심프슨이라는 가공의 인물로 나옵니다.

모트는 3개월 만에 책을 출판했는데요. 검열에 걸릴 만한 부분은 다 빼고 대신 앤 여왕에 대한 찬사를 집어넣었습니다. 분노한 스위프트는 친구 포드를 시켜 모트에게 항의하지요. 이에 모트는 개정판을 냈으나 그 내용은 크게 달라지지 않았습니다. 모트가 그렇게 생략한 이유를 명예훼손에 걸릴 우려 때문이라고 말하자 스위프트는 이렇게 반론합니다. 한번 읽어볼게요.

> 그러나 내가 벌써 여러 해 전에, 5천 해리나 떨어진 먼 곳에서, 그리고 다른 통치자 밑에서 한 말이, 대중들을 지금 통치한다는 야후들에게 도대체 어떻게 해당된다는 말이요? 특히 나는 그때 불행하게도 그들의 통치를 받을 생각도, 또 염려도 하지 않았는데 말이요. 마치 휴이넘들이 짐승이고, 야후들이 이성적인 존재인 것처럼, 휴이넘들이 야후들을 수레에 태우고 운반하는 것을 볼 때 내가 얼마나 분통이 터지겠소.[2]

1726년 판의 내용을 굳이 검토할 필요는 없을 터이니, 여기서는 1735년 판이 나오고서도 명예훼손 소송은 없었음을 지적하는 것으로 그치겠습니다. 보다 중요한 것은 위 글에 이어 걸리버가 자기 책에서 이루어진 비판이 제대로 효과를 내지 못했다고 말한 부분인데요. 이 부분은 저자의 말에서 인용한 바 있지만 다시 읽어보겠습니다.

> 당파와 패 짓기가 언제 그쳤는지, 판사들이 유식해지고 정직해졌는지, 변호사는 정직, 겸허하고 약간의 상식이나마 갖추게 되었는지, 스밋필드에 법률 책을 쌓아올려 불사르고 있는지, 젊은 귀족들의 교육이 완전히 바뀌었는지, 암 야후들은 미덕과 명예와 진실과 양식으로 차 있는지, 궁정과 고관들의 접견실에서 잡초들을 뽑아 없앴는지, 현명하고 유능하고 학식 있는 사람이 대우받고 있는지, 창피스런 산문과 시로 출판계를 더럽히는 자들은 모두 자신의 종이만으로 요기를 하고, 자신의 잉크로 목을 축이도록 선고받고 있는지.[3]

앞에서도 말했지만 289년 전 스위프트가 기대한 바는 지금까지 거의 이루어지지 못했습니다.* 위 편지에 이어 나오는 두 번째 편지는 「출판인이 독자에게」 보내는 것인데요. 특별한 내용은 없습니다. 여하튼 1726년 초판 출판 후 스위프트의 친구 포드는 초판 책에 스위프트의 원고대로 손으로 교정사항을 적어 넣었습니다. 이것이 1735년 더블린의 출판인 포크너가 다시 출판할 때 근거로 삼은 것이지요. 우리가 『걸리버 여행기』라고 함은 바로 이 1735년 판을 말합니다.

* 당파 싸움, 특히 학연이니 지연이니 하는 것에 따른 파벌 싸움은 여전하다. 아니 옛날보다 더 심해졌다. 대중은 그중 판사들은 그래도 '유식해지고 정직해졌다'고 믿는 듯하지만 반드시 그렇지도 않다. 물론 그런 사람도 있다. 그러나 지난 수십 년간의 재판을 보면 악법도 법이라는 논리에 따라, 아니 권력의 의지가 법이라는 법리 아닌 법리에 따라 사건을 다룬 경우도 많았다. 변호사 역시 '정직, 겸허하고 약간의 상식이나마 갖추었다'고 보기 어렵다. 변호사는 무슨 사건이나 돈이 되면 맡고, 치밀한 법리가 아니라 사건 담당 판검사와의 인간관계나 전관예우로 사건을 해결하고자 하는 경향이 있다. 그래야 사건에서 이기기 때문이다. 따라서 처음부터 '변호사는 정직, 겸허하고 약간의 상식이나마 갖추기'가 어려울 터다. 이어 스위프트는 복잡한 법률책은 불필요하니 불살라야 한다고 주장했다. 그러나 이는 법조인들이 정직해지는 것보다 더욱 어려운 일이고, 아니 사실은 어느 시대, 어느 나라에서나 불가능한 일이 아닐까?

걸리버의 이력서

『걸리버 여행기』 제1부 제1장이란 표제 바로 밑에는 내용이 요약되어 있습니다. 18세기 영국에서는 이처럼 각 장 앞에 요약을 미리 쓰는 것은 일반적인 추세였어요. 지금보다 훨씬 친절했지요? 제1부 제1장의 첫 문장을 봅시다.

> 나의 아버지는 노팅엄셔에 작은 토지가 있었고, 나는 다섯 형제 중 셋째였다. 열네 살 때 아버지가 나를 캠브리지의 이마뉴엘 대학에 보내주어서 그곳에서 3년간 살면서 열심히 공부했다.[4]

노팅엄셔는 영국 본토 잉글랜드의 중앙에 위치하는 시골이고, 셋째 아들이란 자리도 5형제 중에서는 가운데입니다. 노팅엄셔라는 시골에 작은 소유지를 가진 중류층 아버지가 아들의 출세를 위해 보내고자 했던 곳은 캠브리지이고요. 사실 위에 적힌 걸리버의 이력은 스위프트 자신의 이력입니다. 스위프트도 14세에 더블린의 트리니티 칼리지에서 4년 동안 공부했잖아요?

위 첫 문장은 걸리버나 스위프트가 중도적이고 객관적인 생각을 가진 사람임을 말하는 것이라고 보는 견해도 있지만 도리어 저는 그들이 중산층 출신임을 강조하는 것이라고 생각합니다. 하지만 지금 한국에서 이것을 읽는 경우 그런 느낌을 바로 받을 수 있는지 의문이에요. 도리어 캠브리지라 하니 대단한 명문 출신이라고 느껴지고, 더구나 14세에 그곳에 입학하여 3년 만에 졸업했다고 하니 특별한 영재처럼 느껴집니다. 캠브리지대학은 24개의 기숙사 칼리지로 구성되는데 그중 하나인 이마뉴엘 칼리지는

1584년 가톨릭에 대항하기 위해 청교도가 만든 대학입니다. 거기서 걸리버가 교육을 받았다는 것은 그가 신교도이고 휘그당에 가까운 정치적 견해를 가진 사람임을 암시합니다.

스위프트는 위 문장에 이어 런던과 라이덴(네덜란드 도시)에서의 생활에 대해 적고 있지만, 문제는 그 어디에도 어머니에 대한 이야기 없이 아버지와 삼촌을 비롯한 남성 친척만 등장한다는 점입니다. 아마도 자신을 버린 어머니를 싫어했기에 그런 게 아닐까요? 여하튼 걸리버는 런던에서 의사 견습공으로 4년간 일하다가 다시 라이덴에서 2년 7개월 물리학을 공부하고 런던에 돌아와 외과의사가 됩니다.*

그 후 외과의사로서 3년 반 동안 항해를 하고 런던에 돌아온 걸리버는 메리 버튼과 결혼합니다. 그녀는 원문에서 'Hosier'[5]의 딸이라고 하는데, 이는 '양말 장사'[6] 또는 '메리야스 상인'[7]으로 번역되는 중산층입니다. 그러나 2년 만에 병원 형편이 기울자 걸리버는 의사로서 6년간 배를 타게 되는데요. 그마저 시들해져 3년을 다시 딴 일로 보내다가 1699년 5월에 다시 배를 탑니다. 그리고 11월 5일, 암초에 부딪혀 소인국에 도착하게 되지요. 이 같은 경력을 대충 계산해보면 처음으로 소인국에 표류한 시기의 나이는 40세 전후가 됩니다. 따라서 어렸을 적 만화영화나 동화에서 보았던 소년 걸리버는 물론 청년 걸리버도 소설의 걸리버와는 맞지 않습니다. 소설에 나오는 걸리버는 40세 전후의 늙수그레한 중년이고, 당시의 수명으로 보면

* 여기서 4년 의학 견습으로 외과의사가 되었다든가, 외과의사라고 하는 직업 자체도 18세기 영국에서는 중류계급의 전형이었다는 점들이, 지금 한국 독자들에게는 앞에서 말한 캠브리지 이상으로 상류층의 이미지를 풍기게 하는 것일 수 있다. 하지만 이는 오해이다.

노년에 해당하는 나이거든요. 『걸리버 여행기』에는 네 나라가 등장합니다. 즉 소인국, 대인국, 공중국, 그리고 마인국이지요. 이제 우리는 그 첫 나라, 소인국에 갈 거예요. 흔히 소인국은 재미있는 나라로 동화적인 차원에서 이해되었지만, 저는 당시 영국이란 나라를 풍자한 것으로 봅니다.

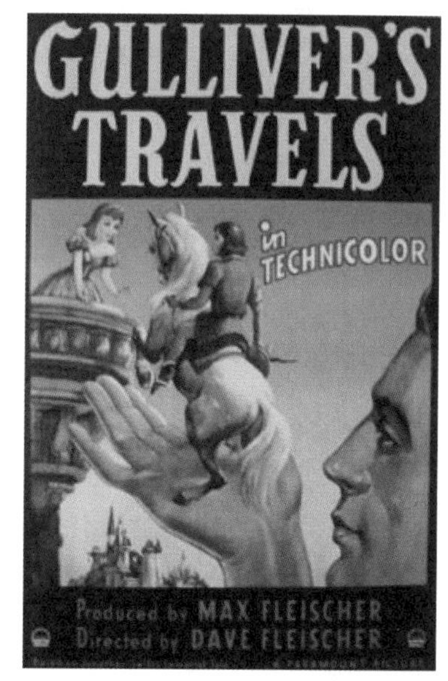

1939년에 개봉한 「걸리버 여행기」.*
월트 디즈니의 「백설공주와 일곱 난쟁이」(1937)에 대항마로 파라마운트가 내놓은 장편만화영화이다.

영국을 풍자하다

걸리버가 소인국(릴리퍼트, Lilliput)에 표류하여 소인들에게 포박 당한 채 깨어나는 장면부터 수도로 이송되기까지 제1장의 여러 장면은 제 어린 시절 동화·만화·영화 어디에서나 가장 흥미로운 부분이었습니다. 그러나 성인이 된 뒤에는 정치가들이 줄 위에서 춤을 잘 추어야 출세한다는 제3장의 이야기를 비롯한 현실풍자에 마음이 더 끌립니다. 그 이야기를 하기 전에 흥미로운 세 장면부터 살펴보려 합니다. 첫째는 그의 포박에 대한 것이고, 둘째는 걸리버가 머물게 된 신전에 대한 것이며, 셋째는 조금 불결하기는 하지만, 대소변에 대한 묘사입니다.

* http://publicdomainreview.org/collections/gullivers-travels-1939 참조.

프랑스 화가 장 조르주 비베르가 그린 「걸리버와 릴리퍼트 사람들」

『걸리버 여행기』 프랑스판에 실린 삽화(1727)

일본인이 소인으로 그려진 삽화

첫째, 표류된 걸리버를 발견한 릴리퍼트 사람들은 즉시 황제에게 이 사실을 보고합니다. 곧 어전회의가 열리고 걸리버를 포박하기로 결정하지요. 이를 두고 걸리버는 '유럽의 왕이라면 그런 경우에 그 누구도 그렇게 하지 않'을 '매우 대담하고 위험하게 보일지 모르'는 것이나 '극히 너그럽기도 하고 신중한 결정'이라고 말합니다.[8] 그리고 그들은 '수학에 굉장히 뛰어난 사람들'이어서 대단히 과학적으로 포박이 이루어진다고도 말해요.[9] 걸리버의 근엄한 표현에 대해 독자들은 웃을 수밖에 없겠지요? 굳이 '수학에 굉장히 뛰어난 사람들'이란 표현을 사용한 것은 당시 가장 유명한 인물이었던 뉴턴을 비웃는 것임에 틀림없어 보입니다.

여하튼 스위프트는 소인국을 '제국'이라 일컬으며 그 우두머리를 '황제(Emperor)'로 칭하지만 유럽에서는 '왕(Prince)'이라 불렀다는 데 주목할 필요가 있습니다. 우리는 소인국이 바로 당시의 영국을 말하는 것임을 『걸리버 여행기』 전체에서 볼 수 있는데요. 여기서도 영국을 제국이나 왕국(Kingdom)이라 부르고, 유럽 다른 나라를 영국보다 낮은 나라 정도로 보는 당시 영국인의 일반적인 제국주의적 태도를 읽을 수 있습니다.

이처럼 스위프트는 유럽 어느 나라보다 영국이 뛰어나다는 것을 전제한 다음, 그런 영국을 소인국이라 경멸하여 부름으로써 다중적인 풍자의 묘미를 살리는데요. 그 때문에 독자들은 이를 스위프트의 영국에 대한 존중이나 대영제국주의로 이해해야 하는지, 아니면 그런 영국을 풍자한 것으로 이해해야 하는지 헷갈리게 됩니다. 물론 저는 스위프트가 영국을 풍자했다고 생각합니다.

둘째, 걸리버가 묵게 된 신전 문제를 봅시다. 이에 대해 다음과 같은 묘사가 나와요.

> 수레가 멈춘 곳에는 오래된 신전이 있었다. 그 건물은 왕국에서 제일 큰 건물이었는데, 수년 전에 어떤 부당한 살인사건의 피로 더렵혀졌다. 신앙심 깊은 국민들의 신성 모독된 장소로 간주하여, 모든 장식과 가구를 치워 없애고 일상적인 용도로 사용되어 왔다.[10]

이 신전은 런던의 웨스트민스터 홀*을 뜻한다고 보는 견해가 일반적인데요. 송낙헌은 “걸리버가 들어갈 수 있을 만한 빈 건물이 있어야 하기 때문에 이것을 설정했을지 모른다”[11]고 합니다. 그러나 걸리버가 들어갈 수 있을 만한 빈 건물은 런던에 웨스트민스터 홀 외에도 많았을 터입니다. 문제는 ‘어떤 부당한 살인사건의 피로 더렵혀’진 곳이라는 점을 콕 집어 웨스트민스터 홀을 지적했다는 점이에요. 웨스트민스터 홀은 1649년 찰스 1세가 처형**당한 곳입니다. 사제였던 스위프트는 설교에서 그 사건을 다루면서

* 현 국회의사당의 일부로서 가로 7미터, 세로 20미터의 거대한 홀이다.

** 찰스 1세는 왕권신수설을 주장하여 의회폐지·중과세·종교정책 실패로 청교도 혁명을 야기했고, 결국 국민의 적으로 몰려 처형되었다.

콕스 곤잘레스의 작품인 「찰스 1세의 처형」

'살인'이라는 말을 여덟 번이나 썼어요. 이 일을 비판적으로 바라보았던 것이죠. 따라서 위 문장은 영국 성공회의 사제이자 왕당파였던 스위프트가 왕의 처형을 비판적으로 바라보았음을 보여주는 것이라 생각합니다.

여하튼 그 신전의 의미에 대해서는 지금도 여전히 불분명하지만, 대소변에 대한 묘사는 너무나도 명확하므로 부정할 수 없습니다. 게다가 어린 시절에 읽었던 동화 『걸리버 여행기』에서는 전혀 본 적 없는 다음과 같은 장면들이 소설에서는 버젓이 나와 충격을 줍니다.

> 그래서 이제는 오른쪽으로 누울 수 있게 되고 시원히 소변을 보게 되었다. 그 양이 너무 많아서 사람들이 크게 놀라고, 나의 거동으로 내가 무엇을 하려 하는지

를 이미 알고서 요란하고 사납게 분출하는 격류를 피하려고 그 쪽의 좌우로 흩어졌다.[12]

위 번역문에서 '소변'이란 'making Water'[13]의 번역입니다. 당연한 번역인데도 원서에서 에둘러한 말을 직역하니 너무 건조한 느낌이 들어요. 원서에서는 소변 냄새가 나지 않는데 번역에서는 확실하게 그 냄새가 난다는 차이겠지요? 몇 쪽 뒤에는 다음과 같은 대변의 묘사가 나옵니다.

나는 오랫동안 몹시 변을 보고 싶었는데, 그것은 당연한 일이었다. 뒤를 본 지가 거의 이틀이나 되었던 것이다. 나는 한편 급하기도 하고 한편으로는 창피하기도 해서 진퇴양난에 빠졌다. 내가 생각할 수 있는 제일 좋은 방법은 집 안에 기어 들어가는 것밖에 없어서, 그렇게 하고는 대문을 닫고서 쇠사슬의 길이가 허용하는 데까지 깊이 들어가서 그 불편한 짐을 몸에서 배설했다. 그러나 내가 그렇게 더러운 일을 한 것은 그때 한 번뿐이었다. 여기에 대해서 공정한 독자는 내가 처한 곤경과 고통을 너그럽고 공평하게 고려하여 참작해주기를 바라는 바이다. 그 후로는 아침에 일어나자마자 쇠사슬의 한도까지 밖으로 나가서 그 일을 보는 것을 일과로 삼았다. 그리고 사람들이 오기 전에, 그 일을 하도록 임명된 두 인부가 손수레에 그 냄새나는 물건을 실어가도록 주의를 기울였다.[14]

위 문장 첫줄에서 '변'이라 한 것도 원서에서는 둘러서 'had disburthened myself'[15]로 표현했습니다. 'disburthened'란 현대 영어의 'disburdened'인데, 역시 우리말로 '홀가분해지다' 정도의 뜻입니다. '냄새나는 물건'이란 것도

'offensive Matter'[16]의 번역으로 마찬가지 느낌을 주고요. 여하튼 이러한 대소변에 대한 직접적인 묘사는 당시의 판화를 비롯한 서민예술에서 흔히 나오는 것이므로 이를 불쾌하게 생각할 필요는 없을 터입니다.*

스위프트 시대의 잡지《코벤트 가든 매거진》에 나오는 소변 삽화

위에서 살펴본 세 가지 흥미로운 묘사들은 모두 영국에 대한 풍자라 할 수 있습니다. 즉 스위프트는 영국의 교만한 제국주의를 비판한 동시에 그것을 상징하는 왕이 살해된 웨스트민스터 홀에서 대변을 보는 걸리버를 통해 영국을 풍자한 것입니다.

* 이런 묘사들이 지금 우리에게는 그다지 별난 느낌을 주지 않는다. 하지만 저 '집 안'이라는 곳이 웨스트민스터 홀 안임을 아는 영국인이라면 대단히 불결한 느낌을 받았을 것이다. 그곳은 우리나라로 치면 조선시대의 종묘나 지금의 명동성당처럼 성스러운 곳이기 때문이다. 스위프트의 이 같은 대소변 묘사를 두고 정신분석적으로 이해하는 견해도 있었다(그와 어머니와의 단절 관계, 혹은 스위프트의 성 문제 등). 그러나 앞에서 말했듯이 이는 스위프트만이 아니라 서민예술 일반에 공통적으로 나타난 표현 방식이었을 뿐이다. 나아가 그것은 유베나리우스나 오비디우스와 같은 로마 시대 시인들로부터 내려온 풍자문학의 전통이기도 하다.

황제와 황실을 조롱하는 걸리버

『걸리버 여행기』 제1부 제3장의 본격적인 정치풍자를 보기 전에 제2장에 나오는 소인국의 황실에 대한 풍자를 좀 더 맛봅시다. 첫째, 황제에 대한 묘사를 볼게요. 그는 "궁정에서 키가 제일 큰 신하보다도 키가 거의 내 손톱만큼이나 더 컸는데, 그것만 하더라도 보는 사람에게 경외감을 일으키기에 충분했"고[17] "아래 입술은 오스트리아 사람의 것처럼 크"다[18]고 말합니다. 이는 스위프트가 『걸리버 여행기』를 쓸 당시의 황제인 조지 1세*가 덩치는 컸지만 인간적인 매력이 전혀 없었고, 당시 오스트리아 제국(지금은 독일 북부에 속한)의 하노버 선제후의 아들로 태어나 영국 왕이 되었지만 영어를 몰라 하노버에 칩거하는 일이 많았음을 풍자한 것입니다.

소인국 황제를 만난 걸리버. 1912년 미국에서 출간된 어린이용 동화에 수록된 삽화이다.

* 조지 1세(1660~1727)는 영국 하노버 왕가의 시조로, 1714년 8월 1일부터 1727년 6월 11일까지 재위했다.

둘째, 걸리버에 대한 소문이 나자 "돈 많고, 할 일 없고, 호기심 많은 소인들"이 걸리버를 보려고 달려와 마을이 텅텅 비게 되어 황제의 허가 없이 걸리버를 보러 와서는 안 된다는 법을 내리고, "그 허가를 내주는 요금으로 국무대신들이 톡톡히 재미를 보았던 것이다"라는 묘사[19]에 주목해보세요. 이 역시 당시 구경거리를 제공하여 민중의 불만을 무마하고, 그것으로 장사하는 정부를 비판한 것입니다.

셋째, 걸리버에게 드는 돈은 황제의 재무부에서 지불했는데, "황제는 아주 급한 경우가 아니면 좀처럼 신하에게 보조금을 징수하지 않고, 주로 자신의 영지의 수입으로 생활했기 때문이다"라는 묘사[20]입니다. 이는 당시의 영국 황실 사정과 반대되는 묘사로서 역시 현실에 대한 풍자라 할 수 있습니다.

넷째, 걸리버가 처음 배운 말이 '자유롭게 해달라'[21]인 점 역시 당대의 억압 상황을 비판한 것이라고 볼 수 있어요.

다섯째, 황제의 명령에 따라 걸리버의 몸을 수색한 뒤 상세한 보고서가 작성되는데요.[22] 이는 1715년 스위프트의 친구인 토리당 당수인 헐리와 볼링브루크가 휘그당 사람들에 의해 수색 당한 것을 비유하여 풍자한 것입니다.

줄타기를 잘하면 출세한다고?

이제 제3장에 나오는 최초의 본격적인 정치풍자를 보겠습니다. 소인국 이야기에서 가장 흥미로운 부분, 즉 높은 자리에 오르고자 하는 정치가들이 줄 위에서 교묘하게 춤을 잘 추어 출세하는 곡예는 다음과 같이 묘사됩니다.

이 곡예는 궁정에서 높은 관직과 황제의 총애를 얻고자 하는 지원자만이 연출한다. 이런 사람들은 어릴 때부터 그 기술의 훈련을 받으며, 반드시 귀족 출신이나 고등교육을 받은 사람에 한정하는 것은 아니다. 어떤 높은 관직이 사망이나 황제의 총애의 상실(이것은 자주 있는 일이다) 때문에 공석이 되면, 그 자리를 지망하는 사람 5, 6명이 줄타기 춤으로 황제와 궁정의 고관들을 즐겁게 해드리겠다고 폐하에게 청원을 내어, 줄 위에서 떨어지지 않고 제일 높이 뛰는 사람이 그 자리를 계승하는 것이다. 심지어 대신들 자신도 재주를 보여주고, 황제에게 그들의 재주가 여전하다는 것을 납득시키는 일도 매우 빈번했다. 재무 대신인 플림냅은 보다 더 가느다란 실에서, 그것도 어떤 이 나라의 어떤 귀족보다 적어도 1인치 더 높게 뛸 수 있다고 인정받고 있다. 영국의 보통 노끈보다 굵지도 않은 줄 위에 놓인 나무접시 위에서 연거푸 재주넘는 것을 나도 보았다. 궁내대신이며 나와 친한 친구인 렐드레살은 나의 편견이 아니라면, 내 생각으로는 재무대신 다음가는 재주꾼이다. 기타 고관들은 실력이 서로 비슷하다.[23]

위 문장을 읽으면 누구나 웃게 됩니다. 그러나 우리는 웃음으로만 끝내면 안 되겠지요. 먼저 소인국은 나름의 관습과 법이라는 제도를 갖는 대단한 문명국가임을 자랑한다는 점을 이해해야 해요. 즉 궁정 대신은 5, 6명의 후보자 중에서 춤으로 뽑히는데, 그 후보는 반드시 귀족이나 고등교육을 받은 사람들이 아니었습니다. 말하자면 썩 괜찮은 시스템을 가진 나라임을 은연중 드러내는 것이지요. 그런 것이 법이라는 이름으로 버젓이 통하는 명색이 법치국가라고 말입니다.

사실 이 곡예 장면은 스위프트 당대의 영국 왕인 조지 1세의 궁정을

그랑빌이 그린 소인국 궁정 대신들의 줄 타기 모습

풍자한 것입니다. 그리고 재무 대신 플림냅이란 1715~1717년, 1721~1742년까지 휘그당 내각의 수상을 오랫동안 지낸 당시 실력자 로버트 월폴을 빗댄 이름이지요. 또한 렐드레살은 1717년 월폴을 계승한 후계자를 빗댄*이름이고요.

스위프트는 당시의 왕궁과 수상 월폴을 풍자하기 위해 위 글을 썼고, 당시 왕국 관계자나 월폴은 분명히 위 글을 읽고 그것이 자신들을 풍자한 것임을 알고 화를 냈을 것입니다. 따라서 그것은 너무나도 위험한 정치문서였지요. 하지만 대부분의 독자는 스위프트에 동조하여 실컷 웃으면서 정부를 비판했을 겁니다. 계속해서 이어지는 풍자를 볼게요.

> 이런 여흥에는 자주 생명이 위험한 사고가 수반되고, 그런 사고가 많이 기록되어 있다. 나 자신도 두세 명의 지원자의 팔다리가 부러지는 것을 본 일이 있다.

* 조선시대는 말할 것도 없이, 박정희나 전두환 시대는 두말 할 것도 없이, 지금 정권에 대해서도 저렇게 풍자한다면 당장 불쾌한 반응이 따를 것이다. 박정희나 전두환 시대에는 판금은 물론 구속과 같은 조치가 뒤따랐을 것이고, 조선시대였다면 처형을 면치 못했을 것이다. 현재 우리로서는 이런 정도의 느낌으로 위 문장, 나아가 『걸리버 여행기』 전체를 읽을 필요가 있다. 그래야 제대로 읽는 맛이 나지 않을까?

> 그러나 대신들 자신이 어명에 의하여 재주를 보여줄 때 위험이 훨씬 더하다. 왜냐 하니, 자신의 실력과 동료들의 재간을 능가하려고 애쓰는 나머지, 떨어지지 않는 사람은 거의 없고, 그중에는 두 번, 세 번이나 떨어지기도 한다. 내가 이 나라에 오기 1, 2년 전에, 플림냅이 목을 부러뜨릴 뻔했는데, 다행히도 우연히 땅에 임금님의 방석이 하나 놓여 있어서, 떨어지는 힘을 약화시켜 위기를 모면했다고 나는 전해 듣고 있다.[24]

임금님의 방석이란 조지 1세의 애첩 가운데 한 명인 켄달 백작부인을 가리키는 것인데요. 월폴이 1717년 실각한 뒤 그녀의 도움을 받아 1721년 권력에 복귀한 것을 풍자한 것입니다.

이어 스위프트는 신·구세계 어느 나라에서도 보지 못한[25] 또 다른 재주부리기 장면을 묘사해요. 즉 황제가 두 손으로 든 막대기를 움직이면 신하들이 그에 따라 막대기를 뛰어넘거나 아래로 기어가는 장면인데요. 이 동작을 가장 빨리, 그리고 가장 오래 한 순서대로 1등에겐 상으로 푸른색 비단실을, 2등에겐 붉은 실을, 3등에겐 녹색 실을 주는 것입니다. "그들은 그것을 허리에 두 번 감아 착용한다. 그래서 이 궁중에서는 이 비단실 허리띠 중의 하나라도 차지 않는 고관은 거의 볼 수 없다."[26] 이는 신하들에게 내리는 각종 훈장을 풍자한 것*입니다.

* 스위프트는 이를 세계 어느 나라에서도 볼 수 없는 장면이라 했으나 만일 그가 당시 조선에 와보았다면 어땠을까? 신하들이 파란 비단옷, 빨간 비단옷, 초록 비단옷을 입고 있는 것을 보고서 모르긴 해도 그 같은 놀이를 해서 각각 1, 2, 3등으로 구분되었다고 생각했을 것이다.

군대와 정부를 비웃어주자

위에서 설명한 놀이들 다음에 나오는 것이 바로 걸리버에게 발을 최대한 벌리게 하고 그의 다리 아래로 군대를 행진시키는 것입니다. 이 장면은 만화나 영화에도 나오는 대단히 인기 있는 광경이며, 소설에서도 빠지지 않고 삽화로 등장하는 유명한 모습이죠. 그런데 어느 경우에나 걸리버가 완벽한 복장을 갖추고 등장하는 게 정말이지 이상합니다. 걸리버는 난파당한 선원이므로 복장도 갈가리 찢어지고 더러운 쪽이 더 자연스럽지 않을까요? 스위프트도 소설에서 다음과 같이 묘사합니다.

> 폐하는 이 행진에 참가하는 모든 군인은 나의 신체에 대해서 조금이라도 불경스러운 일을 해서는 안 되며, 이를 위반시는 사형에 처한다는 엄명을 내렸다. 그럼에도 불구하고, 젊은 장교 중에서는 내 사타구니 밑을 지나갈 때 쳐다보는 자가 없지 않았다. 그리고 솔직히 말하면, 그 때에 나의 바지는 이미 다 헤어져서 쳐다보는 자들에게 우스움과 놀라움을 자아낼 상태에 있었다는 것이 사실이다.[27]

앞에서 본 대소변 장면처럼 사뭇 외설적인 장면이죠? 그러나 스위프트는 그것을 꽤나 근엄하게 묘사하여 독자들에게 웃음을 선사합니다. 여기서 중요한 점은 소인국이 황제가 명령하는 정규 군대를 거느리고 있다는 사실이고, 스위프트는 그 군대를 풍자한다는 점입니다.

위 장면 다음에 행정부에 대한 묘사가 나옵니다. "나는 자유롭게 해달라는 청원서와 탄원서를 수없이 올렸기 때문에, 폐하께서는 드디어 이 안건을 우선 각의에, 다음으로는 전체회의에 내놓았다."[28] 여기서 각의와 전

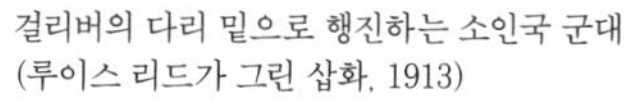
걸리버의 다리 밑으로 행진하는 소인국 군대
(루이스 리드가 그린 삽화, 1913)

걸리버와 소인국 군인들의 행진(그랑빌의 판화, 1838)

체회의라고 번역한 부분은 각각 'Cabinet'과 'a full Council'[29]인데요. 전자는 대신회의, 후자는 왕궁전체회의 정도로 이해하면 됩니다. 이런 절차가 있다니, 소인국은 역시 법치국가임이 명백합니다.

그러나 스위프트는 그 법치국가의 과도한 형식주의를 비웃어요. 먼저 선서방식에 대해 "왼손으로 오른발을 잡고, 오른손의 가운뎃손가락을 머리꼭대기에 놓고, 엄지손가락을 오른쪽 귀 끝에 갖다 대는 것"[30]으로 묘사하는데요. 지금 당장 그런 포즈를 취해보면 알겠지만 이는 거의 불가능합니다. 요가나 서커스를 하는 사람이라도 불가능해요. 그러니 다시 한 번 웃을 수밖에 없습니다.

이어 정부 법률문서의 처음에 나오는 다음과 같은 부분에서도 역시 웃음이 터집니다.

> 가장 강대한 릴리퍼트 황제인 나, 골바스토 모마렌 에블레임 가알딜로 셰핀 물리 울리 규는 전 우주의 기쁨과 공포이며, 나의 통치력은 지구의 끝까지 이르는 5,000 블라스트럭의 영토에 미치고, 왕 중의 왕이며, 모든 인간보다 키가 크고, 발의 압력은 땅의 중심까지 미치며, 머리는 태양과 부딪친다. 고개를 끄덕이면 이 땅의 모든 왕이 무릎을 떨고, 봄처럼 상쾌하고 여름처럼 편안하며 가을처럼 풍성하고 겨울처럼 준엄하다. 이 가장 숭고하신 황제는, 근자에 우리 천국 같은 나라에 도래한 인간 산악에게, 다음의 조항을 제안하고 엄숙히 서약하고 반드시 실천할 것을 요구한다.
>
> 첫째, 인간 산악은 나의 옥새로 날인한 허가서 없이는 이 나라를 떠나서는 안 된다.
>
> 둘째, 인간 산악은, 특별 명령 없이는, 감히 수도에 들어와서는 안 된다. 그런 경우에는 주민에게 집 안에 머물러 있도록, 두 시간 전에 경고해야 한다.
>
> 셋째, 전기한 인간 산악은 주요 도로에 한해서만 보행이 허용되며, 목초지나 보리밭을 걷거나 거기에 드러누워서는 안 된다.[31]

이처럼 인간 산악이라는 걸리버의 행동을 규제하고자 하는, 참으로 어이없는 내용의 복잡한 법조문이 제9조까지 이어집니다. 물론 당시 영국의 번잡한 법률을 풍자한 것이겠지요? 소인국은 법치국가로서 복잡한 법률을 가지고 있지만, 스위프트는 그런 법치국가 자체를 비웃었습니다.

지긋지긋한 당파 싸움은 이제 그만

제4장은 자유의 몸이 된 걸리버가 소인국의 수도 밀텐도의 거리를 걷는 장면으로 시작됩니다. 괴물처럼 보이는 거대한 인간이 도시를 뚜벅뚜벅 걷는 이 장면은 마치 SF 영화의 효시 같아요. 밀텐도는 인구 50만 명의 도시[32]로 스위프트 생존 당시의 런던과 비슷한 규모입니다. 그 다음은 걸리버 집에 황제의 비서실장이 찾아와 국내의 당파 싸움과 전쟁을 설명하는 장면으로 이어집니다.

소인국의 수도 밀텐도에 들어온 걸리버(그랑빌)

걸리버가 소인국 비서실장의 이야기를 듣고 있다
(1900년 포르투갈에서 출판된 『걸리버 여행기』 삽화).

소설에 등장하는 당파싸움의 주체인 트라멕산 당과 슬라멕산 당이란 "그들이 서로를 식별하기 위해서 신고 있는 신발의 높은 굽과 낮은 굽에서 유래한 것"[33]이나 정치적으로는 토리당과 휘그당, 종교적으로는 고교회(High Church) 당과 저교회(Low Church) 당을 비유한 것입니다. "이 양 당파 간의 적개심은 대단해서, 절대로 같이 먹지도, 마시지도 않고, 같이 걷지도 않으려 한다."[34] 이 말을 하는 비서실장은 휘그당이고, 스위프트는 토리당이었으나 본질적인 차이는 없었습니다.

> 높은 굽 쪽이 우리의 오랜 헌법에 가장 적합하다고 일반적으로 일컬어지기는 하지만, 그것은 어떻든 간에 문제는 폐하께서는 정부의 행정기관에서나, 폐하께서 부여하는 모든 관직에서, 오로지 낮은 굽만을 임용하기로 하셨다… 왕위계승자인 황태자가 높은 굽 당 쪽으로 기울어지는 것이 염려되기는 하지만 적어도 그의 한 쪽 발의 굽이 다른 쪽보다 높아서, 걸을 때 절룩거리는 것을 분명히 볼 수 있다.[35]

여기서 말하는 헌법이란 'Constitution'[36]의 번역인데, 이를 '제도'라 번역하기도 합니다.[37] 헌법이란 개념을 프랑스 혁명 이후 생긴 것으로 본다면 '제도'라고 보는 것이 옳을 터입니다. 폐하란 휘그당에 호의적이었던 조지 1세를 말하고, 황태자란 조지 1세의 뒤를 이어 왕이 된 조지 2세*를 말합니다. 조지 2세는 황태자 시절엔 토리당에 호의적이었으나 왕이 된 뒤로는

* 조지 2세(1683~1760, 재위기간 1727~1760)는 재위하는 동안 1727년 6월 11일부터 1730년 5월 15일까지 친정했고, 1730년 5월 15일부터 1742년 2월 11일까지 로버트 월폴 총리가 대리청정 하였으며, 1742년 2월 11일부터 1760년 10월 25일 서거할 때까지 다시 친정하였다.

휘그당을 지지하여 월폴을 중용한 인물입니다.

앞에서 설명한 바와 같이 토리당은 왕당파 또는 보수파, 휘그당은 민권파 또는 자유파로 불립니다. 토리당은 1668년 제임스 2세를 옹호하여 혁명에 반대하고 국교도를 옹호했으며 19세기에 지금의 보수당이 되었습니다. 휘그당은 17, 18세기에 대두한 민권당으로 토리당에 반대해 민중의 권리와 의회의 우월을 주장했고, 비국교도를 옹호했지요.

여기서 우리는 당시 현실에 비판적이었던 스위프트가 왕당파였다는 사실*에 실망하고 의문을 가질 수 있습니다. 그러나 스위프트 자신이 토리당과 휘그당의 차이를 별게 아니라고 보았고, 실제로도 그러했으므로 우리는 스위프트가 토리당을 지지한 것에 대해서 크게 유감을 가질 필요가 없습니다. 스위프트가 말한 것처럼 정치 집단의 차이란 '구두 굽 높이의 차이' 정도만 지니는 게 아닐까요?

전쟁을 풍자하다

이어지는 전쟁 장면을 보겠습니다. 이 전쟁은 블레프스큐 섬과 치른 것인

* 스위프트는 1699년부터 1710년 사이에 아일랜드 성공회의 재정 임무를 맡게 되어 당시 집권당인 휘그당과 만나면서 정계에 들어갔으나 결국 그들로부터 재정 지원을 얻는 것에 실패했고, 그 뒤 1710년 토리당이 집권하자 교회 재정문제를 해결해주겠다고 약속한 토리당에 합류하여 일신의 영달을 꾀한 변신이라는 비난을 받기도 했다. 그러나 교회 재정문제는 성공회 사제인 스위프트에게 개인적 영달의 문제가 아니라 종교적 신념과 관련된 문제였다. 그리고 그는 1688년 명예혁명의 정신을, 1710년에 와서는 휘그당보다 더 넓은 사회적 기반을 가진 온건한 토리당이 대중에게 더 잘 수용될 것이라 믿었다. 특히 프랑스와의 전쟁에서 토리당은 조속한 종전을 요구했으나 휘그당은 프랑스에 더욱 가혹한 조건을 부과할 때까지 전쟁을 계속하기를 주장함에 따라 스위프트는 자연스레 토리당의 관용을 지지하게 되었다.

데요. "그 나라는 이 우주의 또 하나의 거대한 제국으로서, 크기와 국력에 있어서 거의 우리나라와 맞먹는다"[38]고 묘사됩니다. 앞[39]에서 보았듯이 걸리버는 영국만이 제국이고 유럽의 다른 나라는 제국이 아니라고 했으나, 유럽 중에서 영국에 맞먹는 또 하나의 제국이 있음을 여기서 인정한 것이지요. 이를 섬이라 표현했으나 실은 프랑스를 의미합니다.

그리고 전쟁의 원인으로는, 계란을 깨는 방법이 '큰 쪽 끝'을 먼저 깨는 것인데, 현 황제의 할아버지*가 그렇게 깨려다가 손가락을 다쳐 계란의 '작은 쪽 끝'을 깨야 한다고 법으로 명령했으나, 이에 반대한 반란이 6회나 발생했고, 그 와중에 한 황제가 죽고,** 다른 한 황제는 쫓겨***났으며, 블레프스큐 황제들의 사주로 인한 소요 때마다 1만 1천 명씩이나 죽어 결국 전쟁이 터졌다는 식으로 설명합니다.[40]

이는 당시 영국이 프랑스와 스페인에 맞서 벌인 스페인 왕위 계승전쟁****을 말해요. 즉 스페인 왕 카를로스 2세*****가 죽고 프랑스 왕 루이 14세의 손자인 펠리페 5세가 즉위하자, 그 왕위 계승권을 주장한 오스트리아와 신대륙 무역 확보를 위해 프랑스와 스페인의 제휴에 반대한 영국과 네덜란드

* 1534년 영국 종교개혁을 주도한 헨리 8세(1491~1547).

** 청교도혁명 시에 처형당한 찰스 1세(1600~1649).

*** 명예혁명 시 프랑스로 망명한 제임스 2세(1633~1701).

**** 스페인 왕 카를로스 2세 이후 왕손이 끊기게 되자 유럽 주요국들 사이에 왕위 계승권을 둘러싸고 일어난 전쟁이다(1701~1714).

***** 펠리페 4세의 아들(1661~1700, 재위 1665~1700). 네 살 때 어머니 마리아나 데 아우스트리아 섭정 아래 즉위했다. 대동맹에 참가하여 프랑스 왕 루이 14세와 교전(1697)했지만 아들이 없었기 때문에 그의 사망 후 스페인 왕위 계승 전쟁이 일어난다.

가 동맹을 맺어 스페인과 프랑스에 전쟁을 일으킨 것입니다.

그런데 『걸리버 여행기』에 나오는 비서실장은 이 전쟁의 대립을 종교개혁으로 인한 신구교의 대립으로 설명해요. 즉 계란의 '큰 쪽 끝'을 먼저 깬다는 것은 구교를 뜻하고, '작은 쪽 끝'을 깬다는 것은 신교를 뜻합니다. 신·구교 대립의 원인이 그야말로 사소한 것이라고 본 스위프트의 비판 의식이 그대로 드러난 부분이지요.

『걸리버 여행기』의 비서실장은 다시 '큰 쪽 깨기'파의 책은 오래 전에 금지되고 그 사람들은 법에 의해 공직 취임도 금지되었다고 말합니다.[41] 여기서 말하는 법이란 1673년의 심사법으로서, 그 법에 의해 공직 취임자는 모두 영국국교 의식을 치르도록 의무화되어 가톨릭교도와 비국교도들은 공직 취임이 금지되었던 것을 말해요. 그런데 1714년 앤 여왕이 죽고 정권이 휘그 쪽으로 기울자 여왕 밑에서 보수적 정책을 실시한 볼링브루크라는 귀족이 프랑스로 망명하는 일이 벌어집니다. 스위프트는 친구인 이 귀족을 존경했기 때문에 그가 프랑스로 망명한 것을 안타까워하며 제1부를 썼다고 합니다.

성공회와 가톨릭의 대립

여기서 우리에게는 잘 알려져 있지 않은 성공회에 대한 약간의 설명이 필요할 것 같습니다. 영국의 종교개혁은 여러 가지 이유로 발생했지만, 표면적으로는 헨리 8세가 왕비와의 사이에 아들이 없어 왕비와 이혼하고 새 왕비를 맞으려 교황에게 이혼을 허락해줄 것을 요청했으나, 교황이 이를 거절하여 헨리 8세가 새 왕비를 맞아들인 후 로마와의 관계를 청산하고 1534년 '영국 교회'의 우두머리가 된 것입니다. 이 영국교회를 한국에서는 일본에서처럼 성공회라 부르지만 왕의 사적인 이혼을 위해 만든 새 교회를 성스러운 공의 종교라 하니 우습습니다.

그 후 종교박해로 외국에 갔던 사람들이 칼뱅파의 영향을 받고 1558년 엘리자베스 여왕의 즉위와 함께 돌아와 성공회의 의식을 간단하게 고치고 교회에 감독이나 주교 같은 것 없이 장로들이 의사를 결정하는 장로제로 바꾼 청교도를 만들었는데요. 스코틀랜드에서는 칼뱅파인 존 녹스*의 지도로 장로파가 국교가 되었습니다.

청교도들은 크롬웰의 지도로 청교도혁명을 일으키는 등 우여곡절 끝에 1640년 정권을 잡은 뒤 12년간 영국을 청교도 국가로 바꾸고, 교회를 청결하게 하기 위한 엄격한 행동 강령을 강제했어요. 그러나 1660년 찰스 2세가 왕위에 오르고 성공회를 회복시킨 다음 2년 뒤 '일치법'을 제정해 청교도를 성공회에서 추방합니다. 이 추방된 청교도에서 조합교, 침례교, 퀘이커교, 장로교, 유니테리언교 등이 나왔지요.

성공회는 흔히 극단적인 그리스도교와 가톨릭 사이에 중도를 걷는다고 합니다. 그러나 가장 큰 특징은 복음을 전하려는 왕성한 전도 의욕과 학문에 대한 존중, 교회의 토착화 정신을 중시한다는 점입니다. 이는 물론 긍정적인 성격을 갖기도 하지만 그것이 제국주의와 결부되어 부정적인 영향

* 스코틀랜드의 종교 개혁가(?1513~1572). 1559년 칼뱅주의에 의한 장로파 교회를 창시하고, 가톨릭과 대립하였다.

을 초래했다는 점도 간과할 수 없어요. 사실 성공회는 대영제국의 세계 침략에서 그런 역할을 맡았거든요.

영국과 프랑스

『걸리버 여행기』 제4장에 나오는 블레프스큐가 프랑스라고 하는 점은 제5장에서 그 나라와 릴리퍼트가 "겨우 8백 야드 넓이의 해협을 사이에 두고 있다"[42]는 설명에서 분명해집니다. 제5장은 걸리버가 거인으로서 그 해협을 마치 개울 건너듯이 건너가고 배를 장난감같이 끌어 프랑스군을 무찌르는 장면을 묘사해 어린 시절 우리를 열광하게 했지요. 우리는 영국인이

걸리버가 8백 야드 폭의 해협을 성큼 성큼 건너고 있다
(1900년 포르투갈에서 출판된 『걸리버 여행기』 삽화).

소인국을 침략한 배들을 한 손으로 끌어당기는 걸리버(그랑빌)

아니면서도 영국 편에 박수를 친 셈이었습니다. 그런데 전쟁을 승리로 이끈 걸리버는 그것으로 만족하나, 황제는 그렇지 않다는 점에서 문제가 발생합니다.

> 황제의 야망이라는 것은 끝이 없는 것이어서 이 황제도 블레프스큐 제국 전체를 자기 나라에 예속시켜 총독으로 통치하고 전 세계의 유일한 군주가 되기 위해서 그 나라에 망명한 큰 쪽 끝 파 사람들을 모조리 죽이고 그 나라 사람들에게 작은 쪽 끝으로 계란을 깨도록 강요하지 않고서는 만족하지 못하는 것 같았다.[43]

이 말은 권력의 본질, 특히 세계 침략을 목표로 삼는 제국주의의 본질을 가장 잘 보여주는 것입니다. 끝없는 침략 욕구에 불타는 당시 영국 황제를 비판한 것이라 할 수 있어요. 걸리버는 영국과 프랑스 두 나라의 관계를 다음과 같이 설명합니다.

> 두 나라의 말은 유럽의 어떤 두 나라의 말보다도 서로 달라 두 나라 다 각기 자기 나라 말의 전통과 아름다움과 힘을 자랑하고 다른 나라의 말에 대해서는 노골적으로 멸시했던 것이다. 그러나 우리 황제는 그들의 함대를 나포했다는 유리한 입장에서 신임장의 제시와 사용 언어를 릴리퍼트 말로 하도록 강요했다.[44]

그러면서도 두 나라는 무역과 상업상의 교류를 통해 서로 긴밀하게 교섭한 상업국들이라고 묘사[45]되는데요. 앞에서 말했듯이 두 나라는 모두 법치국가이기도 했습니다. 그러나 정작 걸리버는 양국의 전쟁보다는 평화를 희망했어요. 이는 동시에 스위프트의 희망이었겠지요? 실제로 스위프트는 양국의 평화를 바랐던 토리당에 찬성했습니다.

> 나는 정의와 정책적인 면에서 여러 가지를 따져서 그러한 야망은 버리도록 황제에게 설득하려 했다. 자유롭고 용감한 국민을 노예로 삼는 데 나는 결코 협력하지 않겠노라고 분명히 선언했다.[46]

이에 대해 황제는 불만을 갖지만 평화조약이 체결됩니다.[47] 여기서 말하는 평화조약이란 1713년 체결된 영국과 프랑스 사이의 위트레흐트 조약을 말해요. 이 조약의 체결에 주도적인 역할을 했던 토리당은 그 후 휘그당으로부터 프랑스에 관대했다는 비판을 받아 박해를 당하지요. 그러나 이러한 스위프트의 희망은 당시 영국과 프랑스 사이의 관계가 아니라 영국과 그 식민지인 아일랜드의 관계에서 제기된 것이기도 해요. 사실 8백 야드 넓이의 해협이란 프랑스보다 아일랜드를 말한다고 볼 수 있는 가능성 더 크기 때문입니다.

소변으로 궁정의 불을 끄고 있는 걸리버(그랑빌)

그런데 걸리버는 다시금 앞에서 이미 본 저 엄청난 방뇨로—그것도 이번에는 사원이 아니라 궁정에서 하게 되어— 국가의 법을 위반하게 됩니다. 걸리버로서는 궁정의 화재를 진화하기 위한 불가피한 행동이었으나 "어떠한 신분의 사람이라도 궁정의 경내에서 소변을 보면 사형에 처하게 되어"[48] 있었기에 처벌을 피해가기 힘들어집니다. 이 점 역시 영국 황실에 대한 비판임에 틀림없지요.

이는 앞에서 본 스위프트의 초기 작품인 『통 이야기』를 읽은 앤 여왕이 그에 대해 불쾌하게 생각해 출세를 방해한 것을 위시하여 왕실에 대한 스위프트의 불만을 표시한 것이기도 했습니다. 여하튼 그는 영국이 소변을 이유로 처형시킬 정도의 관료주의적인 법치국가임을 풍자하고 있습니다.

영국의 풍습에 대한 풍자

『걸리버 여행기』 제6장은 소인국의 풍습 묘사를 통해 영국의 풍습을 풍자합니다. 가령 그곳 사람들은 글을 "영국 여성들처럼 지면의 한 구석에서 반대편 구석으로 경사지게 쓴"다고 합니다. 또한 시체는 머리를 아래로 두고 묻는데, 그 이유가 1천 년 정도 지나 부활할 때 지구가 뒤집어져 있다고 믿기 때문[49]이라고 해요. 이는 당시의 미신과 같은 종교를 비판한 것입니다.

그 밖에도 기타 특이한 법들이 소개됩니다. 무고한 밀고에 대한 처벌과 보상을 중시한다든가, 절도보다 사기를 더 큰 범죄로 여긴다든가 하는 부분에서 스위프트는 명백히 당시 영국 형법의 문제점을 풍자하고 있는 게 드러납니다.[50]

또한 소인국에 설치된 정의의 여신상을 다음과 같이 묘사하여 소인국의 법치주의가 영국의 처벌 중심 법치주의와는 명백히 다름을 보여주지요.

이들의 재판소에 있는 정의의 여신상에는 눈이, 앞에 둘, 뒤에 둘, 그리고 양옆에 하나씩, 합해서 여섯 개가 있어서, 법의 조심성을 상징하고 있다. 또한 오른 손에는 열려진 황금 주머니를 들고, 왼손에는 칼집에 든 칼을 들고 있어서, 법의 여신은 그 성격이 벌보다 상주기에 기운다는 것을 나타낸다.[51]

재판소에 있는 정의의 여신상(그랑빌)

직장에서 사람을 선택하는 기준이 능력 자체가 아니라 도덕성이라 묘사하는 부분도 당시 영국의 관료주의에 대한 비판으로 읽힙니다. 보통의 인간에게는 알맞은 자리가 반드시 있게 마련이잖아요? 스위프트는 천재만이 이해하도록 공무 수행을 신비로운 것으로 만들 필요도 없고, 지능이 높다 한들 덕망이 없는 사람에게 공직을 맡기는 것은 위험하다고 주장[52]하는 것입니다.

한편 그곳 사람들은 부모의 은혜를 인정하지 않으며, 부모에게 자녀의 교육도 맡기지 않고, 아이가 태어나 20개월이 되면 보육원으로 보낸다고 묘사[53]되는데요. 이를 이상하게 생각할 동방예의지국의 부모가 있을지 모르나 영국에서는 오랫동안 자녀를 부모와 격리시키는 교육을 이상으로 생각해왔고, 스위프트도 그것에 찬성했을 뿐입니다.

또한 늙고 병든 사람들은 요양시설에서 부양 받고 거지라는 직업은 없다

54[54]는 묘사도 나옵니다. 이는 당시 만연한 빈곤과 거지를 풍자한 것으로 스위프트가 사회복지에 대해 선견지명을 가졌음을 보여주는 정책적 대안이기도 해요.

이처럼 스위프트는 소인국을 한편으로 영국의 실정을 그대로 갖는 나라로 표현하여 영국을 비판하는가 하면, 다른 한편으로는 영국으로서도 이룰 수 없는 이상적인 국가로 표현하여 최소한의 유토피아처럼 보이게 했습니다. 따라서 소인국이란 기본적으로 당대의 영국을 빗댄 것이지만, 그렇다고 해서 영국 그 자체는 아니고 그것보다 수준이 높은 이상국가의 수준까지 보여주는 것이라 할 수 있겠지요.

소인국을 떠나다

걸리버는 해전에서 대승을 거둡니다. 하지만 호사다마(好事多魔)라 했나요? 그를 시기하고 미워한 해군 제독 일당 때문에 걸리버는 도리어 반역죄로 탄핵 당합니다. 이를 걸리버의 엄청난 식사량 때문이라고 보는 견해도 있으나,[55] 사유는 앞에서 말한 궁정 방뇨 사건, 블레프스큐에 대한 승리 이후 황제의 야망 실현을 거부한 것, 블레프스큐 대사들에게 호의를 베푼 것, 그리고 블레프스큐 방문 건이었어요.[56]

걸리버에 대한 처벌 방법도 여러 가지로 논의됩니다. 결국 그에게 내려진 형벌은 두 눈을 빼고 굶겨 죽인다는 것으로 결정되는데요. 그것도 황제의 자비심에 대한 찬사와 동시에 부과되지요. 이 역시 지독한 풍자가 아닐 수 없어요.[57] "폐하의 자비심에 대한 찬사만큼 국민을 떨게 한 것도 없었다.

왜냐 하면 그 찬사가 과장되고 강조될수록 그 처벌은 비인도적이며, 희생자가 무죄라는 것을 나타내기 때문이다."[58]

그러나 고백하건대, 저는 출생 신분으로나 교육으로나 궁정인이 될 팔자가 못 되어 그런지 걸리버가 왜 그 선고를 너그럽고 호의적인 것으로 받아들였는지[59] 이해할 수가 없습니다. 저는 은혜롭기보다 가혹하다고 느낍니다.

걸리버는 정상 참작의 여지가 있을 터이니 재판을 받아보겠다고 생각합니다. "그러나 이제까지 많은 재판 기록을 정독해본 결과, 판결은 결국 판사가 지시하는 대로 난다는 것을 알고서, 나는 이렇게 중대한 때에 그렇게 막강한 적에 대항해서 재판 받을 그런 위험한 결정에 의존할 수 없었다."[60] 이는 두말할 필요 없이 당시의 법원과 재판에 대한 풍자라 보아야겠죠.

그런데 위 번역에도 문제가 있습니다. 위에서 '재판 기록'이라 함은 'State-Tryals'[61]의 번역인데, 이는 '국사범 재판'[62]으로 번역하는 게 옳습니다. 또한 '재판 받을 그런 위험한 결정'은 'so dangerous a Decision'의 번역이므로 역시 '그렇게 위험한 판결'이라고 하는 게 옳습니다.

걸리버는 결국 블레스프큐로 떠납니다. 릴리퍼트 황제가 블레스프큐 황제에게 범죄인의 인도를 요구하지만 거절당하자 걸리버는 다시 그곳을 떠나 고국으로 돌아갑니다. 출발일은 1701년 9월 24일이어서[63] 표류한 1699년 11월 5일[64] 이후 1년 10개월 만이었지요. 그리고 이틀 만에 일본으로부터 북태평양과 남태평양을 거쳐 귀국하는 영국 상선을 만나게 됩니다.[65] 이 장면에서 저는 어린 시절 눈시울을 붉히곤 했어요. 또한 걸리버가 상선 사람들에게 '검정 색 소와 양을 호주머니에서 꺼내니까 대경실색'[66]하는 장면에서 즐거워했던 기억도 여전히 선명합니다.

런던에 도착한 것은 1702년 4월 13일[67]. 그러나 두 달 뒤에 걸리버는 다시 항해에 나서 대인국으로 갑니다.[68] 이상 소인국 여행은 사실상 당시의 영국 국내 여행과 같은 것으로 걸리버는 영국 비판을 가장 중요한 내용으로 담고 있습니다. 그리고 대인국은 그런 소인배의 나라 영국과 대조적인 대인의 나라로 묘사되는데요. 소인국이 영국을 모델로 삼은 것과는 대조적으로 대인국의 모델은 없었습니다.

소인국을 떠나는 걸리버

7장 대인국

대인국에 가다

1702년 6월 20일, 걸리버는 두 번째 항해 길에 오릅니다.[1] 제2부 제1장은 선원인 걸리버의 전문성을 자랑하는 듯 항해 전문 용어로 덮여 있어서 이를 이해하지 못하는 일반 독자에게는 대인국(브로브딩낵, Brobdingnag) 여행이 진짜인 것처럼 보여요. 그러나 스위프트 자신도 실제로 항해를 한 적이 없으므로 그런 전문 용어는 몰랐을 터입니다. 아마도 당시 18세기 1백 년간 2천 권이나 출판되었던 항해기 일부를 그대로 사용한 게 아니었을까요?

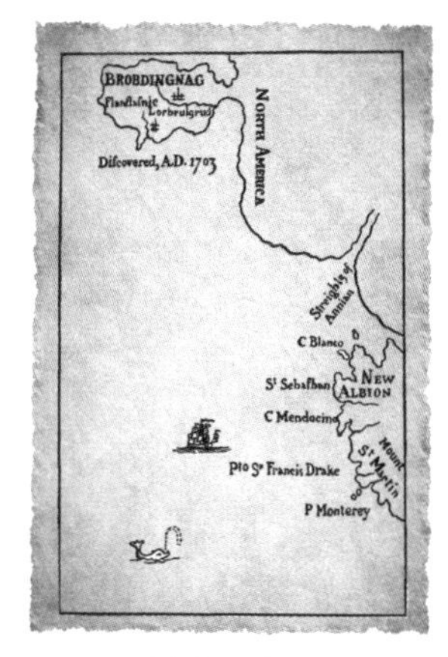

1726년에 발간된 『걸리버 여행기』 초판본에 나오는 대인국 지도

당시에는 『걸리버 여행기』 같은 공상 이야기가 2백 권도 넘게 출판되었습니다. 책이 아닌 팸플릿 등을 합하면 그 수는 더욱 엄청났을 거예요. 걸리버 자신 제2부 마지막에서 다음과 같이 말했음을 우리는 앞에서 이미 보았으나 다시 한 번 읽어보겠습니다.

제2부 '대인국' 편의 시작을 알리는 삽화(그랑빌)

> 우리나라에는 여행에 관한 책이 이미 너무 많으며, 따라서 아주 기상천외한 것이 아니면 통하지 않고, 그런 이야기에서는 저자가 진실이 아니라, 허영심과 이해관계에 좌우되고, 무식한 독자를 즐기게 하는 데만 열을 올리고 있는 것이 아닌가 하는 것이었다. 또한 나의 이야기에는 일상적인 일밖에는 별로 없고, 대개의 여행담에 넘쳐흐르는, 이상한 식물, 나무, 새 및 기타 동물들, 또는 미개인들의 야만적 관습과 우상숭배에 관한 화려한 묘사 같은 것은 없다.[2]

이러한 비판에 『걸리버 여행기』만큼 적절한 책이 또 있을까요? 1703년 6월 16일, 출발한 지 1년 만에 육지를 발견하고 "한 거대한 인간이 그들을 향해 온 힘을 다해 바다를 걸어가는 것을 보았다"[3]는 문장에 이어 거인국의 정경이 펼쳐집니다.

> 그리고는 가파른 언덕을 기어 올라가 보니, 그 나라의 전망이 어느 정도 눈에 들어왔다. 땅이 완전히 경작되어 있었다.[4]

그 뒤로 농사에 대한 묘사가 이어집니다. 여기서 우리는 곧바로 대인국이 농업국임을 알 수 있어요. 소인국 같은 상업국과 대조적인 나라죠. 특히 두 나라의 대조적인 묘사는 가족에 대한 것인데요. 소인국에서는 그다지 중시되지 않았던 가족 개념이 농업국인 대인국에서는 모든 사회의 기본 단위로 묘사되고 있습니다. 또한 이 농업국에서는 싸움이 벌어지는 법 없이 평화롭다는 점도 소인국과 다릅니다. 따라서 대인국은 스위프트의 이상국가임을 쉽게 짐작할 수 있어요.

소인국 사람의 크기는 걸리버의 12분의 1이었는데, 대인국 사람은 걸리버보다 12배나 컸습니다. 걸리버는 소인국에 가보고 대인국에 온 터라 최소한의 비교가 가능했을 것입니다. 하지만 소인국의 소인이 대인국에 오거나 그 반대라고 하면 비교조차 불가능할지 몰라요. 소인국에서 별안간 대인국으로 바뀌어 걸리버가 그곳 풍경과 사람들을 보고 놀라는 장면도 어린 시절에는 대단한 흥밋거리였습니다. 그런데 어린 시절 읽은 동화에는 다음과 같은 묘사가 없었던 것 같아요.

> 나는 고생 때문에 완전히 기진맥진하여 자포자기의 심정으로 두 두둑 사이에 드러누워서, 거기서 내 인생이 끝나기를 진심으로 원했다. 나는 과부가 될 나의 아내와 고아가 될 아이들을 생각하며 슬퍼했다.[5]

> 나는 약 두 시간 정도 자면서 고향에서 아내와 아이들과 함께 있는 꿈을 꾸었다. 깨어나서 내가 홀로 거대한 방에 있는 것을 깨달을 때는 그 꿈 때문에 오히려 슬픔이 더했다.[6]

이처럼 가족을 생각하는 장면은 제1부의 소인국에서는 나온 적이 없습니다.* 가족에 대한 이 같은 묘사는 공중국에서 또다시 없어집니다. 그랬

* 소인국에서는 대인국에서보다 걸리버의 생활이 즐거웠던 게 그 하나의 이유라고도 짐작될 수 있으나, 외국에서 갖는 가족에 대한 그리움이야 본능적인 것이니 소인국 묘사에서 일부러 생략한 것이 아닌가 하는 생각도 든다. 또한 대인국은 가족을 중심으로 이루어진 사회로 묘사되는 만큼 걸리버 개인의 가족 생각도 더해 그 묘사를 강조한 것이라고도 볼 수 있다.

다가 마인국 편에서는 가족에 대한 그리움은커녕 경멸과 소원으로 나타나지요. 사실 평생 가족을 가져보지 못한 스위프트로서는 가족 관계를 제대로 묘사하기가 가장 어려웠을지도 모릅니다.

구경거리가 된 걸리버

걸리버는 대인국에 도착한 뒤 어느 일꾼에게 잡혀 그의 주인인 농부에게 건네집니다.[7] 그리고 식탁 위에서 걸리버가 자신의 작은 나이프와 포크를 꺼내어 대인들 사이에서 식사를 하는 기이한 모습이 이어지죠. 그 뒤로 걸리버가 열 살 난 아이,[8] 고양이, 개,[9] 아기,[10] 쥐[11] 등에게 위협을 당하는 재미있는 장면들이 이어집니다. 어린 시절에는 재미있게 읽었던 부분들이지만 지금은 그렇지 않습니다. 인간의 나약함에 대한 통렬한 풍자로 느껴지기 때문이에요.

그런데 별안간 여성의 거대한 가슴에 대한 묘사가 나오는 바람에 저는 깜짝 놀랐습니다. 앞에서 말한 대소변 묘사처럼 외설 시비를 불러일으킬 수 있는 부분이니까요.

> 그 높이는 6피트나 솟아올랐고 그 둘레는 족히 16피트는 되었다. 젖꼭지는 내 머리의 반만 한 크기이고 젖꼭지와 젖통의 색깔은 반점과 여드름과 주근깨로 얼룩져 있어서 그렇게 구역질나는 것을 본 적이 없었다.[12]

이를 여성 혐오라고 볼 수도 있겠으나 전체적인 맥락에서 보면 웃을 수 걸리버를 발견한 일꾼들이 놀라고 있다(그랑빌).

주인 농부에게 걸리버를 건네는 모습(그랑빌)

침대에 누운 걸리버를 위협하는 쥐(그랑빌)

고양이를 보고 놀라는 걸리버(그랑빌)

풀잎 사이에 몸을 숨기고 용변을 보는 걸리버(그랑빌)

아기가 걸리버를 입안에 넣고 있다(그랑빌).

밖에 없지요.* 걸리버는 이런 묘사에 이어 영국의 여인이라도 확대경으로 보면 마찬가지일 터라고 말합니다. 그리고 침대에서 쥐의 습격을 받는 장면이 나온 뒤 다시금 용변을 보는 장면이 등장해요.

> 나는 정원의 한쪽을 약 200야드 달려가서, 그녀에게 더 이상 돌보거나 따라오지 말아달라고 손짓하고, 나뭇잎 두 장 사이에 몸을 숨기고 거기서 생리의 수요를 충족시켰다.[13]

아홉 살 난 여자 아이가 이때 걸리버를 돕습니다. "그녀는 매우 마음이 착했고 나이에 비해 작은 편이어서 키가 40피트도 못 되었다."[14] 그리고 제2장에서는 걸리버가 대인국 사람들의 구경거리가 되는 장면이 묘사됩니다.[15]

제3장에서 걸리버는 궁정에 불려갔다가 왕비에게 팔려 왕에게 헌납되는데요. 걸리버를 두고 궁정 학자들 사이에 뜨거운 논쟁이 벌어집니다.[16] 가령 어느 학자는 걸리버가 태아 또는 유산된 아기라고 주장하고,[17] 다른 학자들은 이에 반대합니다. 그러나 왕은 걸리버에 대해 다음과 같이 말해요.

> 이 존재들도 그 나름의 명예를 나타내는 칭호와 작위제도가 있을 것이며, 작은 둥지와 소굴을 지어 집과 도시라 부르고 화려한 옷과 마차로 자신을 과시하며 연애하고, 싸우고, 논쟁하고, 속이고, 배신하겠지.[18]

* 스위프트는 단지 웃음을 유발하고자 당시 작법에 따라 여성의 몸을 그렇게 묘사했을 뿐이라고 보는 견해가 일반적이지만, 페미니즘의 입장에서는 여성의 몸을 웃음의 대상으로 삼는 것 자체를 차별 의식의 발로라 볼 수 있을 터이다.

걸리버를 두고 학자들 간에 격렬한 논쟁이 벌어지다(그랑빌).

대인국 왕비에게 헌납된 걸리버(그랑빌)

왕비의 난장이가 걸리버를 괴롭히고 있다(그랑빌)

자신을 멸시하는 말에 걸리버는 처음엔 화를 냅니다. 그러나 곧 "영국의 신사 숙녀들의 한 무리가 화려한 의상과 국왕 탄생일 축하의 예복을 입고 가장 궁정인다운 폼을 내며 걷고 절하고 지껄이는 모습을 보았다면 솔직히 말해서 이 나라 국왕과 고관들이 나를 보고 웃는 것과 꼭 마찬가지로 나도 웃을 유혹을 강하게 받았을 것"이라고 말합니다.[19] 이어 제가 어렸을 적에 웃으며 즐겼던 왕비의 난장이와 다투는 장면이 나옵니다.[20]

대인국의 이모저모

제4~5장은 대인국의 이모저모와 걸리버의 재미있는 모험을 보여줍니다. 어린 시절로 되돌아가게 해주지요.[21] 그러다가 제5장에서 별안간 외설적인 장면이 다시 나와 놀라게 됩니다.

> 왕비의 시녀들은, 글럼덜클릿치를 자주 그들의 거처로 초대하고, 나를 같이 데려오라고 부탁했는데, 그것은 나를 구경도 하고 만져보는 재미를 보기 위한 것이었다. 그들은 자주 나를 머리부터 발끝까지 발가벗기고, 나의 전신을 그들의 품안에 껴안았다. 나는 그것이 매우 역겨웠다. 그 까닭은, 솔직히 말해서, 그들의 피부로부터 매우 고약한 냄새가 났기 때문이다.[22]

글럼덜클릿치는 앞에서 소개한, 걸리버가 대인국에서 처음 만난 농부의 딸로서 그가 왕궁에 팔릴 때 걸리버를 돌보기 위해 따라온 소녀입니다. 위에서 '그들의 품'이란 'in their Bosmos'[23]의 번역으로서 사실은 유방 사이를 말합니다. 시녀들은 걸리버를 나체로 만들었을 뿐만 아니라 걸리버 앞에서 자신들도 똑같이 나체가 되어 다시 한 번 독자를 놀래게 해요.

> 그들은 내가 보는 바로 앞에서 옷을 다 벗어 알몸을 드러내고 속옷을 입는 것이었다. 나는 그동안 화장대 위에 놓여서 그들의 나체가 바로 내 눈앞에 있었는데, 그것은 나에게는 전혀 유혹적인 광경이 아니고, 분명히 공포와 혐오감 외는 아무 감정도 일으키지 못했다. 그들의 피부는 가까이에서 보았을 때, 매우 거칠고 울퉁불퉁하며, 색깔이 다양하고, 여기저기에 쟁반만 한 넓이의 반점이 박혀 있고, 노끈보다 더 굵은 털이 매달려 있었다. 그러니 그들의 몸의 다른 부분에 대해서는 더 이상 말할 필요도 없는 것이다. 또한 그들은 내가 바로 옆에 있는데도 그들이 마셨던 것을 오줌으로 방출하기를 주저하지 않았다. 그 분량도 엄청나서, 큰 술통 3개를 합쳐놓은 것보다 더 큰 용기에, 술통 2개에 가득할 만큼이나 되는 양을 쏟아냈다. 그중에서 가장 예쁜 시녀이며, 나이가 16살 되는 상냥하고 장난기 어린 소녀가 이따금 가다가, 나를 자기 젖꼭지에 걸터앉혀 놓는 것이었다. 그 소녀는 다른 장난도 여러 가지 쳤는데, 그것을 자세히 설명하지 못하는 것에 대하여 독자의 양해를 구하는 바이다.[24]

궁정 시녀들의 장난감이 된 걸리버(그랑빌)

그러나 이처럼 다분히 외설적이며 묘한 분위기는 다음 문장에서 급변합니다. 별안간 사형집행 장면이 나오거든요. "사형집행용으로 세워진 처형대 위에 놓인 의자에 죄인이 묶여 있다가, 약 40피트 길이의 칼로 그의 목이 단번에 잘려나갔다"[25]는 묘사를 시작으로 더욱 상세한 묘사가 이어집니다.

스위프트가 살았던 18세기에는 사형이 공개적으로 집행되어 민중의 오락처럼 여겨졌는데요. 런던에서는 이러한 공개 처형이 1868년까지 이어졌습니다. 호가스의 판화 「타이번 광장에서 처형되는 남자」는 이를 생생하게 보여주지요. 그림 중앙에서 약간 우측으로 보이는 것이 처형대인데, 그 위를 보면 담배를 피우는 사람이 앉아 있습니다. 그는 사형수가 빨리 죽지 않을 경우 뛰어내려 숨을 끊는 역할을 하는 자입니다. 중앙에서 좌측의 마차를 보세요. 관이 놓여 있죠? 그 앞에 탄 사람은 설교사입니다.

「타이번 광장에서 처형되는 남자」(호가스)

이어 제5장에서는 배를 만들어 타다가 위험에 빠지는 이야기[26]와 원숭이 이야기[27]가 나옵니다. 모두 인간의 오만과 나약함을 비웃는 이야기로 흥미롭게 전개되다가 다시 똥 이야기로 끝나지요.

배를 타던 걸리버가 개구리를 만나 위험에 처한다(그랑빌)

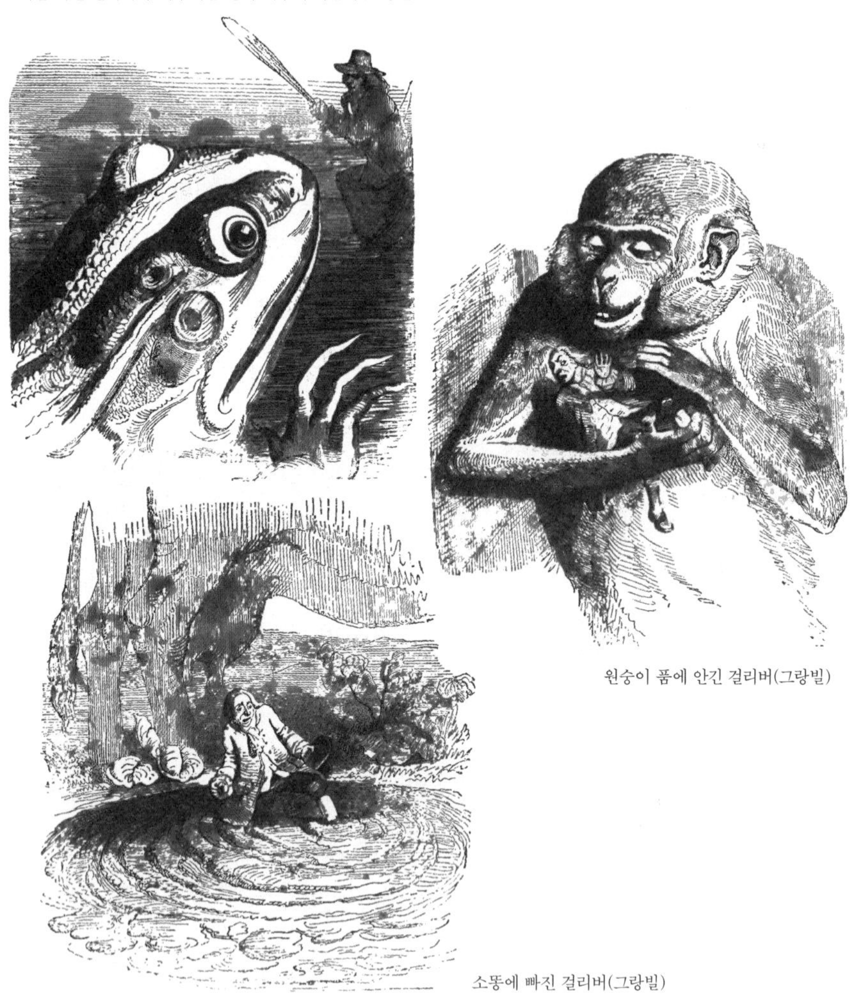

원숭이 품에 안긴 걸리버(그랑빌)

소똥에 빠진 걸리버(그랑빌)

> 나는 냅다 달려서 뛰었지만 불행하게도 넘지 못하고 소똥 한가운데 떨어져 무릎까지 빠져버렸다. 나는 힘겹게 걸어서 빠져 나왔다. 그러자 하인 중의 한 사람이 손수건으로 할 수 있는 대로 깨끗이 닦아주었다. 나는 그 더러운 것으로 뒤범벅이 되었던 것이다.[28]

이를 두고 걸리버는 풍자 대상의 인물이 아니라 희극적 인물이라는 견해도 있으나 역시 인간의 나약함과 오만에 대한 풍자이기도 합니다. 제6장도 왕궁에서 벌어지는 이런저런 이야기들을 다룹니다.[29] 이런 이야기들은 당연히 어린이용 동화나 만화 영화의 소재가 되기엔 충분하지만 여기서는 생략하겠습니다.

영국의 정치를 비판하다

제6장에서 걸리버는 영국 정치에 대해 국왕과 토론합니다. 주의할 점은 작가 스위프트가 주인공 걸리버를 통해 자신의 생각을 그대로 드러내는 것이 아니라, 걸리버까지도 풍자하면서 스위프트 자신의 생각을 드러낸다는 점입니다. 가령 국왕의 영국 비판에 대해 걸리버가 오해라고 생각하는 부분은 사실 스위프트 본인의 생각이 아니고, 도리어 스위프트는 걸리버를 비웃고 있는 것이지요. 즉 스위프트는 걸리버의 영국 찬양과 왕의 비판을 대조시키면서 결국 독자를 왕의 견해로 접근시켜 자신의 정치개혁에 대한 비전 제시라는 목적을 달성하는 거예요.

영국 정치에 대한 모든 토론의 내용을 재론할 필요는 없으므로 지금 우

대인국의 왕과 걸리버.
풍자화가 길레이의 작품으로 영국 왕 조지 3세를 대인국의 왕으로,
당시 프랑스 장군이었던 나폴레옹을 걸리버로 묘사했다.

리에게 시사점이 있는 몇 가지 내용만 살펴보겠습니다.

첫째, 의원 선거와 관련하여 "지갑에 돈을 잔뜩 가진 자가 외부에서 와서, 일반 선거인들을 돈으로 움직여서 그들의 지주나, 그 지방에서 가장 덕이 많은 신사를 제치고 당선되는 일은 없는지", "당선하고 나면, 공공의 이익을 저버리고 연약하고 고약한 군주의 비위에 영합하고, 썩어빠진 내각과 공모하여, 선거 당시 들였던 비용과 노고를 되찾으려는 의도를 가질 수 없는지"[30] 국왕이 묻는 부분입니다.

돈으로 선거인을 매수하는 정치인(그랑빌)

둘째, 재판과 관련하여 "옳고 그른 것을 판가름하는 데에 보통 시간이 얼마나 걸리는지, 또 어느 정도의 비용이 걸리는지", "게다가 변호인과 고소인은, 분명히 부당하고, 소권 남용적이고 고압적이라고 알려져 있는 소송 사건의 재판에서도 당당히 변명할 자유가 있는지", "법조계는 부유한 집단인지, 가난한 집단인지, 변론을 하건, 판결을 내리건, 그에 대해서 그들은 어떤 금전적 보수를 받는지"[31]에 대해서도 국왕이 질문합니다.

셋째, 종교와 정치적 종파와 관련해 "사회에 대해서 편파적인 의견을 가진 사람에게 그것을 바꾸라고 강요할 이유가 무엇이며, 그것을 혼자만 가지고 있으라고 강요 못 할 이유는 무엇인지", "어떤 정부라 할지라도, 의견을 바꾸라고 강요하는 것은 독재"가 아닌지 국왕이 물어봅니다.[32]

제6장 마지막에서 국왕은 걸리버에게 다음과 같이 총정리를 해줍니다.

> 너는 이제까지 너의 조국에 대해서 아주 훌륭한 찬사를 보냈다. 입법자가 되기 위한 자격의 적절한 요소는, 무식과 게으름과 악덕이라는 것을, 너는 명백히 증명했다. 또한 법률을 왜곡하고 애매모호하게 만들고 피하는 데 관심과 능력이 있는 자들이 법을 가장 잘 해설하고, 해석하며 이용한다는 것도 증명했다.[33]

그리고 왕은 마지막 결론을 내립니다. 걸리버의 나라 사람들이야말로 '대자연이 이제까지 이 지구상에 기어 다니도록 허락해준 작고 역겨운 벌레 중에서도 가장 고약한 족속'이라는 것이지요.[34]

"너희 나라 사람들은 대자연이 이제까지 지구상에 기어 다니도록 허락해준 작고 역겨운 벌레 중 가장 고약한 족속이다."
(그랑빌)

이상국가

제7장에서 걸리버는 국왕에게 폭탄 제조를 제안하지만 거부당합니다.[35] 이 점도 작가인 스위프트가 걸리버를 풍자하여 독자를 왕에게 접근시키는 수법이라 할 수 있어요.

걸리버, 폭탄 제조를 제안했다가 거부당하다(그랑빌).

> 나와 같이 힘없고 땅에 기어 다니는 벌레(그는 정말 그렇게 표현했다)가 어떻게 그런 비인간적인 생각을 할 수 있으며, 내가 묘사한 그런 파괴적인 기계의 일상적인 결과, 즉 모든 유혈과 파괴의 장면을 아주 태연하게 다반사로 말할 수 있는지 그는 매우 놀라워했다.[36]

그러나 걸리버는 이를 나름으로는 '편협한 원칙과 짧은 생각의 기묘한 결과'[37]로 보고, '존경과 사랑과 찬사를 받을 모든 자질을 지니고, 훌륭한 재능과 큰 지혜와, 심오한 학식을 갖추었으며, 찬탄할 통치 능력으로 모든 신하의 사랑을 받는' 왕이 '유럽에서는 그런 개념조차 있을 수 없는 부질없는 사소한 염려 때문에, 그의 국민의 생명과 재산을 완전히 지배할 수 있는 기회를 놓치고 만 것'을 아쉬워합니다. 그리고 그 원인이 무식, 즉 정치를 학문화하지 못한 탓으로 보지요.[38] 여기서도 스위프트는 걸리버를 조롱의 대상으로 삼고 있습니다.

> 나는 지금도 기억하고 있거니와, 어느 날 국왕과 대화하는 중에, 우리에게는 정치의 기술에 관해 쓴 책이 수천 권이나 있다고 말했을 때, 국왕은 (나의 의도와는 정반대로) 우리의 머리가 매우 나쁘다는 의견을 피력했다. 그는 군주나 장관이 비법이니, 세련된 술수니, 음모 따위를 운운하는 것을 증오하기도 하고 멸시한다고 공언하기도 했다.[39]

정치의 기술에 관한
뛰어난 책이 있음을 피력하다(그랑빌).

스위프트가 이런 식으로 걸리버를 풍자했어도 독자들은 여전히 대인국에 대한 묘사가 제1부 소인국의 묘사와 대조적이라는 것을 알 수 있어요. 소인국과 달리 대인국은 스위프트가 이상국가로 삼는 곳이니까요. 즉 스위프트는 중심에 뛰어난 왕이 있고, 군대와 농업, 그리고 가족을 통해 제 기능을 다하는 국가를 찬양한 것입니다. 특히 그는 정치가에게 비법, 술수, 음모가 없음을 강조합니다.

> 적국이나 경쟁국에 관계된 것이 아니라면, 내가 말하는 국가의 기밀이란 무슨 뜻인지 모르겠다고 했다. 국왕은 통치에 관한 지식을 극히 좁은 범위, 즉 상식과 이성, 정의와 관용, 민사 및 형사소송의 신속한 판결, 그리고 언급할 만한 일도 못 되는 기타 몇 가지 사항에 국한시키고 있었다.[40]

특히 왕은 농업 기술을 발전시키는 자가 모든 정치꾼들을 합한 것보다 인류에게 소중하다고 말하는데요. 이는 곧 스위프트 자신의 이상을 표현한 것으로 볼 수 있습니다.

> 전에는 하나의 보리 이삭, 또는 한 개의 풀잎이 자라던 땅에, 두 개의 보리 이삭, 또는 풀잎을 자라게 하는 사람이 있다면, 그는 모든 정치꾼들을 합한 것보다, 인류에게 소중하고, 조국에게 본질적인 봉사를 하는 사람이라는 것이 그의 생각이라고 토로했다.[41]

나아가 학문은 윤리, 역사, 시학 및 수학으로만 발전하고 수학은 생활에 유용한 경우에만 적용되고 '개념이라든지, 존재, 추상적 관념 및 초월적 존재 같은 개념'은 없다고 말합니다. 또한 도서관도 큰 것이 별로 없었다고 묘사되는데요.[42] 이는 스위프트가 당시 영국의 실용적이지 못하고 관념적인 학문을 비판한 것입니다.

그다음으로 법률 조문 역시 22개 단어를 초과하지 못하고 실제로 그렇게 긴 조문도 없다고 말함으로써 당대의 복잡한 법률을 풍자합니다.

> 그것은 모두 간단명료한 말로 표현되어 있고, 그들은 하나 이상의 해석을 발견할 만큼 머리가 잘 돌지도 않는다. 그리고 어떤 법조문에 대해서도 해설을 붙인다는 것은 사형에 처해지는 범죄행위이다.[43]

이는 제1부에 나온 소인국의 복잡하고 긴 법조문에 대조되는 설명인데요. 법조문만이 아니라 "그들의 문체는 명석하고, 남성적이고 유창했다. 그

소인국의 복잡하고 긴 법조문과 대조되는 대인국의 법조문(그랑빌)

렇다고 해서 화려하지는 않았다. 왜냐하니 그들은 쓸데없는 말을 되풀이하거나 같은 소리를 이리저리 바꿔 표현하는 것을 가장 기피했기 때문이다"[44] 라고 평가합니다. 이러한 문체를 스위프트가 특히 좋아했음은 주지의 사실이지요.

그런데 그런 대인국에조차 인간의 약점에 대한 책이 있음을 보고, 즉 "인간과 자연 사이에 생기는 싸움으로부터, 도덕적 교훈, 아니 그보다, 불만과 불평거리를 이끌어내는 재간이 얼마나 넓게 세상에 확산되어 있는가를 보고 감회에 빠지지 않을 수 없었다. 그리고 엄밀히 따지고 보면 그런 싸움이 있다고 하는 것은, 그 사람들에게나 우리에게나, 근거 없는 말이라고 나는 믿는다"고 말합니다.[45]

걸리버는 대인국에서도 '귀족들은 빈번히 권력을 얻으려고, 국민은 자유를, 왕은 절대 지배력을 얻으려'[46] 한다고 비판합니다. 이는 스위프트가 국가를 생각할 때 왕을 축으로 하여 귀족과 인민을 두었고, 귀족과 인민이 구성하는 의회에서 왕을 선출하고, 의회에 의해 왕의 권력을 규제하는 정치를 이상적으로 보았음을 뜻합니다. 그러나 이는 대인국이라는 제한된 이상국가에서나 가능할 뿐이었어요. 제4부에 나오는 휴이넘 나라에서는 왕이 없는 의회국가가 이상국가로 구상되거든요.

그 전에 우리는 공중국에 잠깐 들르기 위해 다시 영국으로 돌아가는 걸리버를 보게 되는데요. 즉 대인국을 떠난 지 9개월 뒤인 1706년 6월 3일 그는 영국에 도착합니다.[47]

> 길을 가는 도중에, 집과 나무와 가축과 사람들이 모두 왜소하게 보여서, 내가 어느새 릴리퍼트의 나라에 왔다고 착각했다. 나는 지나가는 모든 사람을 짓밟을까 봐 겁이 나서, 내 앞을 비켜서라고 여러 번 소리쳤다. 그 소리가 너무 오만하게 들려서, 나는 하마터면 여러 번 머리를 얻어맞을 뻔했다.[48]

이 장면은 제1부 끝에서 소인국으로부터 돌아와 걸리버가 장사까지 하면서 행복해하는 장면과 너무나도 대조적인데요. 그야말로 '불행한 항해'의 끝을 보여줍니다. 스위프트 자신 이를 '습관과 편견의 영향력이 얼마나 큰가를 보여주는' 것이라고 말하지요.[49]

걸리버와 이별하게 되어
눈물 흘리는 글림덜클릿치(그랑빌)

대인국을 떠나는 걸리버(그랑빌)

이처럼 대인국 여행은 소인국으로 묘사된 영국에 대한 비판을 그 반대의 나라 모습으로 보여준 것이라 볼 수 있습니다. 따라서 대인국은 영국을 반면교사 삼은 것으로서 그 부분 역시 영국 국내 여행이라는 느낌을 줍니다. 말하자면 영국은 소인배의 나라로서 대인의 나라가 아니고, 대인이라면 살 만한 곳이 못 된다는 것이지요. 그리고 이제 다시 떠나는 공중국도 사실은 허황된 영국을 겨냥한 것입니다.

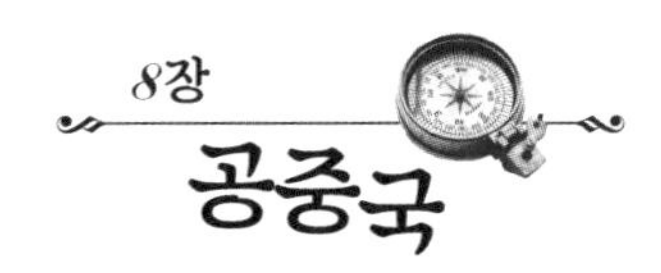

8장 공중국

걸리버, 공중국을 발견하다

대인국에서 돌아온 지 열흘도 되지 않아 걸리버는 항해선의 전속 의사로 채용되어 다시 항해에 나섭니다.[1] 그러나 일본인이 선장으로 있는 해적선에게 끌려가 표류하게 되지요.[2] 그 뒤 어느 섬에 도착했다가 "한 거대한, 불투명한 물체가 태양과 내가 있는 곳 사이에 나타나서, 섬을 향해서 전진해 오고 있"음을 봅니다.[3] 바로 하늘에 떠 있는 섬이었어요.[4]

제3부에는 그 밖에도 여러 나라가 등장하지만, 처음 다루어지는, 비현실적으로 하늘에 떠 있는 나라를 이 책에서는 편의상 공중국(라퓨타, Laputa)이라 부르겠습니다. 비행접시의 나라 혹은 비행국, 또는 우주국이라 할 수도 있겠지만 이는 다른 세

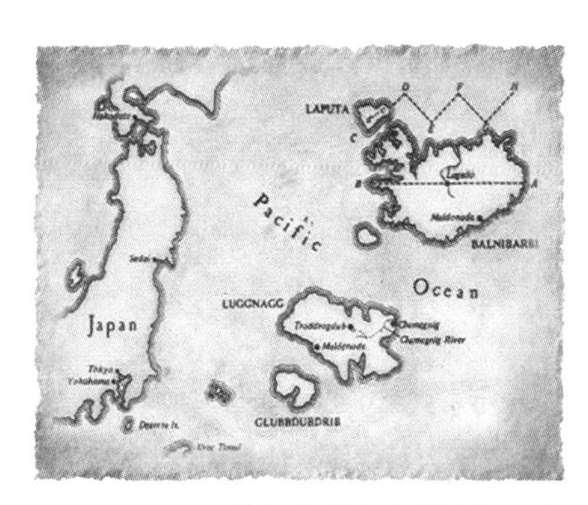

1726년의 초판본에 실린 공중국 지도

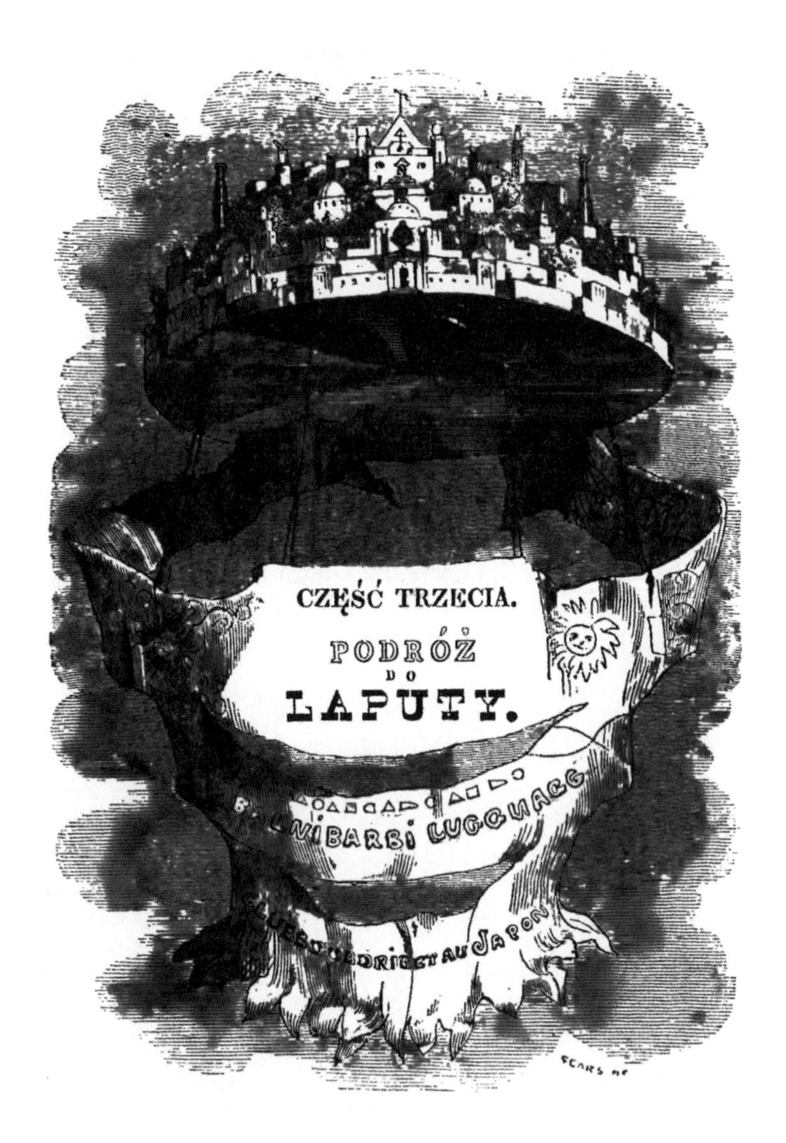

제3부 '공중국' 편의 시작을 알리는 삽화(그랑빌)

계에서 온 경우라고 볼 수 있으니 그냥 공중국 정도에 만족하려 합니다.

이를 18세기의 스위프트가 상상했다니! 소인국, 대인국, 마인국에 대한 상상력보다 더욱 더 놀랍고 현대적이지 않나요? 거대한 비행접시 같은 섬에서 의자가 매인 사슬이 내려와 거기에 앉아 활차로 끌어올려졌다는 제3부 제1장 마지막의 장면[5]은 그야말로 SF 영화를 연상하게 해줍니다.* 정말이지 대단한 상상력이에요.

하늘을 떠다니는 섬
'라퓨타'를 발견한 걸리버(그랑빌)

그러나 『걸리버 여행기』 중에서 제3부는 소설 전체에 통일성이 없고 산만해서 재미가 가장 떨어지는 부분이라 평가됩니다. 그 이유는 스위프트가 제1, 2, 4부를 먼저 쓴 뒤 제3부를 제일 마지막으로 썼기 때문이라고 하는데요.[6] 꽤나 오래된 평가이나[7] 여전히 유력합니다. 그렇지만 제3부를 반드시 그렇다고 보기는 어려워요. 또한 그것을 스위프트가 마지막으로 썼다고 해도 걸작이라는 점 역시 변하지 않습니다. 일각에서는 제3부가 비현실적인 이론과 새로운 유행을 풍자한 것이라고 하지만[8] 그것만이 주제라고 볼 수는 없습니다.

* 공중국의 이름인 '라퓨타(Laputa)'는 후에 미야자키 하야오의 영화로 스튜디오 지브리가 내놓은 첫 번째 애니메이션에 쓰였다. 걸리버 여행기에 나오는 라퓨타가 하늘을 날아다니기 때문에 그 이름에서 빌려온 것이다.

1727년 프랑스에서 출간된
『걸리버 여행기』에 들어 있는 공중국 삽화

도리어 제게는 더욱 더 신기하고 풍자적인 내용이 많은 부분으로 보입니다. 가령 그곳 사람들의 고개가 좌나 우로 기울고, 한쪽 눈은 속으로 틀어지고, 다른 쪽 눈은 하늘을 향한다는 제2장의 묘사[9]가 그렇습니다. 이는 그들의 옷이 수학과 음악을 상징하는 것처럼, 그들이 이론과 관념에만 치우치는 경향을 풍자하는 거예요. 그래서 그들에게는 언제나 정신을 차리게 하는 치기꾼이 반드시 따라야 합니다.[10]

음악에 대한 풍자는 1720년대, 이탈리아 오페라 팬과 헨델 팬 사이에 벌어진 논쟁을, 그리고 수학에 대한 풍자는 뉴턴을 비롯한 당시 수학자와 과학자들을 대상으로 삼은 것인데요. 어원에 대한 시비나 계산 단위를 착각한 탓으로 몸에 맞지 않게 만들어진 옷의 에피소드도 그것들에 이어지는 수학과 음악에 파묻혀 사는 경향에 대한 풍자임이 틀림없습니다.[11] 그리고 쓸데없는 걱정 때문에 그들이 항상 불안해한다는 것은 당시 수학자로 유명했던 뉴턴의 주장—지구는 결국 태양에 낙하한다—을 풍자한 것입니다.[12] 이 같은 상황이므로 이곳 여인들에게 불만이 많다는 식으로 스위프트는 예의 선정적인 풍자의 칼날을 벼립니다.

이 섬의 여인들은 활력에 넘쳐 있다. 그들은 남편을 멸시하고, 딴 곳에서 온 남자들을 매우 좋아하는데, 아래에 있는 육지에서 찾아오는 외간남자가 언제나 많다. 그들은 제각기의 도시와 자치단체의 일이나, 또는 자신들의 볼일을 위해서 궁정에 찾아오지만, 섬사람들만 한 재능이 없다고 해서 멸시받는다.[13]

위에서 '도시와 자치단체'란 'Towns and Corporations'[14]의 번역인데요. 당시의 실정을 감안한다면 '마을과 사업'이라 함이 옳을 것입니다. 여하튼 영국 여자들은 공중국인 영국 밑의 섬인 아일랜드 남자 중에서 애인을 고르고 "태연하게 마음대로 놀아난다",[15] "수상 부인도 예외가 아니"라고 합니다.[16] 그러면서 걸리버는 다음과 같은 부질없는 사족을 붙여 페미니스트들의 가슴에 다시금 큰 불을 지릅니다.

1850년대 프랑스에서 출간된 『걸리버 여행기』에 나오는 공중국의 여왕

이런 이야기를 읽는 독자는, 그것이 그렇게 멀리 있는 나라의 이야기가 아니라, 유럽이나 영국에서 일어나는 이야기라고 아마도 생각할지 모른다. 그러나 여자의 변덕스러움은 어떤 일정한 풍토나 민족에 국한된 것이 아니고, 쉽게 상상하기보다 훨씬 공통적이라는 것을, 독자께서 고려해주기 바라는 바이다.[17]

제3장에서 스위프트는 다시금, 뉴턴이 회장으로 있었던 영국왕립협회(Royal Society)의 논문집을 야유하는 '과학적 설명'을 시도합니다. 복잡한 내용이라 여기서 재론할 필요는 없겠으나, 스위프트가 당시 위 협회의 논문집을 애독할 정도로 과학에 조예가 있었기에 패러디도 가능했다는 점을 기억하면 좋겠습니다.[18]

섬을 상승시켜 비와 이슬을 내리게 하는 사람은 국왕이고[19] 섬을 움직이는 자석을 관리하는 자도 국왕인데요.[20] 따라서 "국왕이 만약에 자기 마음대로 할 수 있도록 대신들을 설득시킬 수 있다면, 그는 이 세상에서 가장 강력한 절대 군주가 될 수 있을 것"이라 합니다.

> 그러나 대신들은 그들의 영지를 지상의 대륙에 가지고 있기도 하고, 왕의 총애를 받는 자리라도 언제 밀려날지 모르기 때문에, 그들의 나라를 모두 왕의 노예로 전락시키는 데는 찬동 못하는 것이다.[21]

또 하나의 문제는 섬 밑의 육지에서 폭동이나 반란이 일어나는 경우입니다.[22] 바로 아일랜드를 말하는 것이지요.

아일랜드

제3부의 또 다른 중요한 주제는 아일랜드 문제입니다. 아일랜드는 『걸리버 여행기』를 쓸 당시 스위프트에게 가장 시급한 문제였어요. 그러니 이 문제를 언급하고자 제3부를 쓰기 시작한 것은 당연한 일이었을 테지요. 또한

처음에 등장하는 하늘에 떠 있는 라퓨타 섬이 영국이고, 그 아래에 있는 발니바비가 아일랜드를 암시한다는 데에도 의문의 여지가 없습니다. 라퓨타는 군주국으로서 발니바비의 수도인 레가도에서 문제가 생기는 경우 처리하는 방법에 대해서는 앞에서 이미 말했지요? 그 방법을 다시 한 번 읽어볼게요. 우선 첫 번째 방법입니다.

> 만약 어떤 도시가 폭동이나 반란을 일으키거나, 격렬한 패싸움을 하거나, 일상적 세금의 납부를 거부한다면, 국왕은 그들을 복종시킬 두 가지 방법이 있다. 첫째의, 그리고 가장 온건한 방법은, 그런 도시와 그 주변 지역의 상공에 섬을 정류시킴으로써, 그들로부터 햇빛과 비가 내리는 혜택을 박탈할 수 있고, 따라서, 그곳 주민을 기근과 질병으로 벌할 수 있다. 만약에 그들의 죄가 더하다면, 그와 동시에 큰 돌을 하늘에서 투하시킬 수 있다. 그렇게 되면 그들의 지붕이 산산조각이 나는 동안, 대항할 아무 방법도 없이 다만 지하실이나 동굴 속에 기어 들어가는 수밖에 없을 것이다.[23]

'햇빛과 비'란 영국이나 외국과의 교역 등이 포함된 다양한 것들을 말하겠지요. 특히 당시 아일랜드는 열악한 토지 조건과 부재지주(不在地主) 제도*로 인해 빈곤이 심각한 수준이어서 저 유명한 '아일랜드의 빈곤'**이 시

* 토지의 소유자가 스스로 토지를 사용 · 수익하지 않고 타인에게 임대해 주고, 토지의 소재지에 거주하지 않는 것.

** 17세기 말 청교도 혁명으로 권력을 장악한 크롬웰은 신자의 90%가 가톨릭교도였던 아일랜드인의 토지를 전부 몰수했고 그 결과 대부분의 아일랜드인이 소작농으로 전락하여 이때부터 아일랜드의 빈곤이 시작된다.

작되고 있었습니다. 이어 두 번째는 그들이 '계속 저항하거나 폭동을 일으키는 경우'로서 처리 방법은 다음과 같습니다.

> 국왕은 최후의 수단을 강구하여, 섬 자체를 그들의 머리 위로 하강시킨다. 그러면 사람이고 집이고 모두 파멸되고 만다. 그러나 국왕이 이런 극단적인 수단을 쓰지 않으면 안 될 지경에 이르는 일은 거의 없고, 그런 벌을 집행할 용의도 없다. 왜냐하니 그런 짓을 하다가는 주민의 분노를 살뿐만 아니라, 왕의 영지는 떠 있는 섬 자체이니까 상관없겠지만, 지상에 있는 자신들의 영지는 큰 피해를 입을 것이기 때문이다.[24]

또한 그런 극단적인 방법을 취하면 섬 자체가 파괴될 수도 있으므로 불가능합니다.[25] 이것이 아일랜드에 대한 영국의 탄압을 풍자한 것임은 스위프트 시대의 독자라면 누구나 알 수 있었어요. 물론 지금 여러분은 이 문장만 읽고서 전후 맥락을 이해하기 힘듭니다. 그다음으로 육지, 즉 아일랜드에서 터진 사건이 하나 소개되지요.[26]

레가도(아일랜드) 여행

제4장에서 걸리버가 발니바비의 수도 레가도, 즉 아일랜드의 더블린에 초대받아 그 초대자와 함께 떠난 여행길을 함께 가봅시다. 먼저 레가도의 풍경을 둘러볼게요.

> 건물들은 매우 이상하게 지어져 있고, 대부분이 수리를 안 해서 황폐하여 보였다. 거리를 다니는 사람들은 걸음이 빠르고, 표정이 거칠며, 시선이 고정되고, 대개가 옷이 남루했다 … 땅이 이렇게 엉망으로 경작되고, 집이 이렇게 잘못 지어지고 황폐하며, 사람들의 표정과 옷차림이 그렇게 비참하고 가난해 보이는 일은 없었던 것이다.[27]

매우 가난했던, 당시의 더블린 모습이라 보아야겠지요? 다음 그들은 시골로 갑니다.

> 그는 가는 도중에, 농부들이 땅을 다루는 여러 모양을 관찰해보라고 했다. 잘 살펴보니 그것은 도저히 이해할 수 없었다. 극소수의 땅을 제외하고서는 아무 데도 곡식이삭이나 풀잎 하나도 보이지 않았다.[28]

위 묘사는 당시 아일랜드에 기근이 들어 황폐하고 황량해진 풍경을 보여줍니다. 그러다가 풍경이 완전히 변해 아름다운 농촌과 주택을 묘사하는 장면이 이어지는데요. 걸리버가 그것들을 찬양하자 초대자는 우울하게 대꾸합니다.

> 도시와 시골에 있는 내 저택을 다 허물어, 현재 세상에 유행하는 방식으로 바꾸고, 모든 소작인들에게도 현대적 방식에 맞는 양식으로 바꾸고, 모든 소작인들에게도 같은 지시를 내려야 되지 않을까 염려되오.[29]

이어 섬에 다녀온 지식인들이 '허공에 뜬 세상에서 얻은, 경박한 정신으로 가득한 지식'을 가지고 돌아와서 '모든 운영방식을 트집 잡기 시작하고, 모든 예능, 학문, 언어, 기술을 뜯어 고쳐 새로운 토대에 올려놓을 술책을 꾸미기 시작'[30]해, 레가도에 기획가 연구소(Academy of Projectors)를 설립했다고 하는 장면이 나옵니다. 이를 현대적인 프로젝트 전문가 연구소로 오해하면 안 됩니다. 당시의 프로젝트란 말에는 사기꾼이란 뜻도 포함되어 있거든요(지금도 그런 경우가 없지 않지만).

이어 제5장부터 레가도의 종합연구소 실험 이야기가 길게 나옵니다. 대부분의 이야기가 당시 런던의 왕립연구소에서 행해진 것이므로 이를 알고 있는 독자들에게는 매우 즐거운 풍자[31]였겠지요.[32] 이를 테면 스위프트 특유의 것인 배설물을 분류하고 색깔을 제거하며 냄새를 없애 원래의 음식으로 환원하는 것입니다.[33]

그중 흥미로운 것은 국어를 개량하는 언어연구소에서 하는 일인데요. 그곳에서는 다음절어를 단음절어로 축소하고 동사와 분사를 생략하여 문장을 단축시킨다거나, 모든 단어를 모두 없애는 등의 연구를 했습니다.[34] 여자를 통한 풍자도 다시 나옵니다.

> 만약에 여자들이, 속되고 무식한 자들과 결탁하여, 조상들이 하던 대로, 혀를 가지고 말할 자유를 허용해주지 않으면 반란을 일으키겠다고 위협하지 않았더라면, 이 계획은 분명히 실현되어, 국민의 평안과 건강에 크게 이바지했을 것이다. 이와 같이 학문에 대한 철천지원수는 언제나 일반대중인 것이다.[35]

그래서 현인들은 사물로 의사를 나타내고자 하는데, 그 때문에 "두 사람의 석학이, 우리나라의 행상인과 꼭 마찬가지로, 등에 진 짐의 무게에 짓눌려 쓰러지려는 것을 자주" 본다[36]고 묘사한 부분도 나옵니다. 앞의 제1부에 대한 설명에서도 말했듯이 스위프트는 문장을 간단히 사용하고자 노력했으나, 동시에 그 극단도 경계했음을 알 수 있습니다.

정치 좀 풍자해볼까?

제6장에서는 정치에 대한 연구를 풍자합니다. 가령 유능한 사람을 뽑는다는 것은 '이제까지 사람들의 마음에 품어보지도 못했던, 여러 황당무계한 망상'이고,[37] 상원의원이 표결하는 경우 자기 의견과 반대쪽에 투표하도록 시켜야 공익에 이바지한다는 등[38]입니다. 과세 방법도 흥미로운데요. 남자는 신체적·정신적으로 여성이 매기는 인기도에 따라 세금을 부과할 수 있지만, 명예나 정의는 찾기 어려우므로 과세할 수 없다는 제안[39]이 나옵니다. 마찬가지로 여성은 미모와 옷맵시로 과세하되 지조나 양식은 과세될 수 없다고 하지요.[40]

또한 정부 전복자의 조사 시에는 대변을 잘 살펴보아야 한다는 연구가 있다고 하는데,[41] 이는 당시 1722년 애터베리 주교가 반역죄로 재판을 받을 때 증거가 화장실에서 발견되었음을 빗댄 것입니다. 이에 대해 걸리버는 자신이 아는 어느 나라(영국)의 방법을 충고해줍니다.

그 나라 국민의 대부분은 온통 발견자, 목격자, 밀고자, 고발자, 고소인, 증인,

서약인으로 이루어져 있고 … 대신들과 부대신들의 도당으로서 그들의 지휘와 돈을 받는다. … 그들은 우선 자기들끼리 상의하여 의심쩍은 자들 중 누구를 음모죄로 규탄할 것인가 정한다. 그러고 나서 적당한 수단 방법을 써서 그들의 편지와 기타 서류를 모두 확보하게 하고, 그 소유자를 구속시킨다. 이 서류들은, 낱말과 음절과 글자 하나하나에서 신비스러운 뜻을 찾아내는 데 능통한 기술자들에게 전달된다. 예컨대 그들은 실내 변기가 추밀원을 뜻한다고 풀이할 수 있고, … 요강은 고관나리들, 바닥없는 구덩이는 재무부 … 부러진 갈대는 재판소… 고름이 흐르는 종기는 행정부의 뜻으로 해석한다.[42]

스위프트의 역사관

제7장에서 걸리버는 레가도를 떠나 마술사들이 사는 마술국 글럽덥드립 섬으로 갑니다. 마술사들은 죽은 사람을 불러낼 수 있었지요. 이처럼 제3부에도 공상적인 부분이 있으나, 그것은 나머지 부분들과 달리 완벽하게 공상적이지 않아요. 즉 죽은 자의 세계로부터 사람을 부르는 장면조차 공상적이지 않고, 도리어 역사적이라는 느낌이 들거든요. 예를 하나 보겠습니다.

통치자는 나의 요청에 응해서, 시저와 브루투스에게 우리 쪽을 향해 나오라는 신호를 보냈다. 나는 브루투스를 보는 순간 깊은 존경심에 사로잡혔고, 완벽한 인덕과, 거대한 용맹성, 굳건한 정신, 나라에 대한 진정한 사랑, 인류에 대한 넓은 자비심을 그의 용모의 곳곳에서 쉽게 발견할 수 있었다.[43]

'완벽한 인덕과, 거대한 용맹성, 굳건한 정신, 나라에 대한 진정한 사랑, 인류에 대한 넓은 자비심'이란 스위프트가 평생을 두고 추구한 것이었습니다. 그러한 덕목을 갖춘 인물로 다시 소크라테스와 토마스 모어 등이 열거되지요.

> 나는 주로 독재자와 수탈자들을 시원하게 쳐부순 사람들과, 억압당하고 학대받는 민족에게 자유를 회복해준 사람들의 모습을 보는 것으로 나의 눈을 즐겁게 했다.[44]

위에서 '수탈자'란 'Usurpers'[45]의 번역으로서 왕위 찬탈자를 말하는데요. 구체적으로는 1715~1716년 사이에 벌어진 일련의 사태를 말합니다. 따라서 이를 모르고 일반론으로 이해하면 적어도 스위프트의 진의나 당시 독자들의 기분을 알 수 없게 될 것입니다.

제8장에서 스위프트는 현대사보다 고대사를 좋아한다고 말합니다.[46] 그 이유는 현대사는 '부패한 사가들 때문에 역사가 엉터리로 기록되어, 세상 사람들이 속고 있다는 것을 알았기 때문'이라 합니다.[47]

> 얼마나 많은 무고하고 뛰어난 사람들이, 부패한 재판관들과 악의에 찬 당파들을 잘 이용하는 권력자의 조종 때문에 사형 당하거나, 유형에 처해졌던가! 얼마나 많은 악당들이 최고의 자리로 추켜세워져서 신임과 권력과 위임과 이익을 전용했던가![48]

걸리버는 최고로 명예로운 자리에 올랐던 사람들을 불러내어 그들이 '위증, 탄압, 매수, 사기, 간음 알선', '남색과 근친상간' 심지어 '아내와 딸에게 매음을 시켜서' 그렇게 되었음을 알게 됩니다. 반면 국왕과 국가에 대해 충성을 다한 사람들은 '대개 가난과 멸시 속에서 죽었고 어떤 이는 교수대니 또는 단두대에서 처형 당했'음을 알게 되지요.[49] 걸리버는 또 한편으로 현대인을 불러보고 그들의 체격이 퇴화되었음을 알게 됩니다.

> 호출되어 나타난 모든 사람이 생전과 똑같은 모습을 하고 있었기 때문에, 인류가 지난 백 년 동안에 얼마나 퇴화했는가를 볼 수 있어서, 나는 우울한 생각에 잠겼다. 여러 가지 참상을 일으키는, 여러 종류의 성병이, 영국인의 얼굴 생김새를 모두 바꾸어놓았고, 신체를 왜소하게 만들었으며, 신경을 이완시키고, 근육을 축 늘어지게 하며, 안색을 누렇게 뜨게 하고, 살을 물컹하고 역겹게 만들어놓은 것을 분명히 알 수 있었다.[50]

스위프트는 바로 뒤이어 이 같은 현대인과 대조적인 모습의 구식 영국 자작농을 불러냅니다. 그러고는 그들의 "소박한 의식주와 생활양식 및 공정한 일처리, 진정한 자유정신, 용기와 애국정신"을 찬양하지요.[51] 이것이 바로 스위프트의 역사관이자 세계관이고 인생관이라 말할 수 있지 않을까요?

죽지 않는 나라

걸리버가 제9장에서 찾아가는 럽낵은 동방의 나라라고 합니다. 그곳에서 걸리버는 감금을 당하고 '배를 바닥에 대고 기어갈 뿐 아니라, 기어가면서 마루를 혀로 핥으라는 명령'을 받는데요.[52] 여기서 동양에 대한 편견을 눈치 채게 됩니다. 그러나 제10장에 가면 그곳에 죽지 않는 사람이 있음이 밝혀지지요.[53]

걸리버는 자신이 영원히 죽지 않는다면, 첫째 돈을 모아 나라에서 제일 가는 갑부가 되고, 둘째, 젊어서부터 예능과 학문의 공부에 전념하겠다고 말합니다.[54] 이어 60세가 되면 '결혼생활은 그만두고' 많은 사람을 대접하고 부정부패를 막겠다는 등의 포부를 밝혀요.[55] 그러나 실제로는 80세가 되면 법적으로 사망한 것으로 간주되고, 90세가 되면 더욱 비참해지지요.[56] 나이가 많아질수록 더욱 추해지자 걸리버는 '영원한 삶에 대한 나의 강한 욕망이 거의 사라졌다'고 말합니다.[57] 그리고 마지막 제11장에서 걸리버는 일본으로 갔다가 암스테르담을 거쳐 영국으로 돌아가지요.[58]

이상 공중국을 비롯한 제3부의 여러 나라 여행 역시 영국 국내 여행이라 할 수 있습니다. 당시 영국의 식민지였던 아일랜드의 현실을 비판한 것이 주된 내용이었고요.

9장

마인국

주의 사항

앞에서 우리는 정치가 지겨우면 『걸리버 여행기』를 읽으라는 슈바니츠의 충고 뒤에 다음 경고가 이어짐을 주목했는데요. 즉 "물론 그 경우 소설 중의 세 번째 여행까지만 읽고 마지막 네 번째 여행은 가급적 피해야 한다. 이 경고를 무시하는 사람은, 소설을 다 읽은 후 인간 전체에 대해 혐오감을 느끼며 깊은 우울증에 빠져 권총으로 머리를 쏴 자살해도 필자는 책임을 지지 않는다"는 것이었습니다.[1]

슈바니츠의 충고는 주의 사항에 그치는 것이지만, 여전히 그런 주의를 부여하는 사람이 많다는 점 또한 주의해야 합니다. 나아가 비록 그 정도는 아니라 해도 인간의 이성에 대한 믿음이 스위프트에게 있었는가 없었는가를 두고 여전히 논쟁이 계속되고 있다는 점도 알아두면 좋을 것입니다.

즉 가장 이성적인 마인국의 말(휴이넘)을 걸리버처럼 스위프트도 긍정했는가, 아니면 부정했는가 하는 문제인데요. 부정했다고 보는 근거는 그 말이 스위프트가 배격한 데카르트 철학의 추종자이자 금욕주의자를 상징하

제4부 '마인국' 편이 시작됨을 알리는 삽화(그랑빌)

1726년 판에 실린 마인국 지도

기 때문이라고 합니다. 그러나 그렇다고 해서 스위프트가 인간의 이성적 능력까지 부정했다고 볼 수는 없습니다.

여하튼 이제 우리는 그 네 번째 여행, 걸리버의 마지막 여행에 함께하려 합니다. 주의 사항은 앞에서 말한 선입견 없이 여행에 나서야 한다는 점입니다. 물론 걸리버의 말을 모조리 스위프트의 말로 믿어서는 안 된다는 최소한의 주의도 필요하지요.

야후와 휴이넘

제3차 여행에서 돌아온 걸리버는 1710년 9월 7일, 다시 배를 탑니다.[2] 그러나 해적들에게 쫓겨나 미지의 땅에 내리게 되지요. 그곳에서 걸리버는 이상한 동물들을 만납니다. 뒤에 야후(Yahoo)라고 부르게 되는 그것들에 대한 제4부 제1장의 묘사는 다음과 같은데요. 우리는 자연스레 원숭이를 연상하게 됩니다.

> 그들의 머리와 가슴은 무성한 털로 뒤덮여 있었고, 그 털에는 곱슬 털과 곧은 털이 섞여 있었다. 염소와 같은 수염이 있었고, 등과 발 다리의 양면에는 무성한 털이 나 있었다. 그러나 몸의 다른 부분은 맨살이었고, 그 색깔은 갈색을 띤 황담색이었다.[3]

1755년 영어판에 나오는 마인국의 걸리버

이어 스위프트 특유의 오물취미 묘사가 나옵니다. "그리고 항문과 음부를 제외하고는 몸 전체에 일종의 솜털만 나 있었다. 젖은 앞발 사이에 축 늘어져 있었고, 걸을 때는 자주 땅에 거의 닿았다." 여기서 점잖은 사람들은 또 얼굴을 찌푸릴지 모르겠어요. 걸리버 자신도 "여러 여행 동안 만난 동물 중에서 이렇게 역겹게 생긴 것은 본 일이 없"다고 말할 정도니까요. 그러나 역겨운 묘사는 계속 이어집니다.

이 고약한 무리 중의 몇 마리가 뒤에 있는 나뭇가지를 잡고는 나무 위로 뛰어 올라 갔다. 거기서 그것들은 내 머리 위에 오줌똥을 쏘기 시작했다. 나는 나무줄기에 바싹 붙어 서서 교묘히 피했으나 사방에 떨어지는 오물의 냄새 때문에 숨이 거의 막힐 지경이었다.[4]

그때 별안간 야후들이 도망을 칩니다. 말이 나타났기 때문이었죠. 말은 걸리버를 똑바로 쳐다보고 관찰하며 그를 가지 못하게 합니다. 그러는 사이 다른 말이 나타나 서로 말을 주고받는 듯 행동하는데요.

나는 짐승들이 그렇게 이성적으로 보이는 행위와 움직임을 보이는 것에 놀라지 않을 수 없었다. 그리고 만약에 이 땅의 주민들이 이 말들에 비례하는 이성을 가진 사람들이라면, 그들은 이 세상에서 가장 현명한 민족임에 틀림없을 것이라고 나는 혼자 생각했다.[5]

동물들의 행동은 대체적으로 매우 질서정연하고 합리적이며, 지성이 예리하고

휴이넘들에게 자신을 소개하는 걸리버(Sawrey Gilpin, 1769)

총명하여서, 나는 그들이 마술사들임에 틀림없다고 결론을 내렸다.[6]

1782년 영어판에 나오는 마인국의 걸리버

그런데 제2장에서 말들은 걸리버를 야후와 함께 세워놓고 비교합니다. 이에 걸리버는 "이 혐오스러운 짐승이 인간의 모습을 완전히 갖추고 있는 것을 알았을 때, 내가 받은 충격과 공포감은 이루 형용할 수가 없었다"고 고백하지요.[7]

야후, 즉 원숭이를 닮은 야수는 당시 식민지 침략에서 발견된 아시아 아프리카 및 아메리카의 원주민을 뜻한 것이라고 볼 여지가 있습니다. 그렇다면 스위프트는 반식민주의자가 아니라 반대로 식민주의자가 되는 셈인데요. 그러나 이러한 해석은 뒤에서 야후가 사실은 문명인을 뜻하고, 또한 걸리버가 원주민 침략에 대해 반대하는 점과 비교할 때 설득력이 떨어집니다. 저는 이러한 야후의 상정은 뒤에 나오는 이상적인 휴이넘(Houyhnhnm)이라는 말과 비교하기 위해, 야후가 현실의 유럽 인간임을 말하기 위한 것이라고 봅니다. 따라서 야후를 원주민이라고 보면 안 되겠지요.*

* 이 점에서 스위프트는 셰익스피어가 『태풍』에서 켈리번을 야후와 같은 괴물로 묘사한 것과 아무런 상관이 없다.

지배자와 민중

도리어 야후는 당시 아일랜드를 지배하는 영국인을 뜻한다고 볼 수 있습니다. 왜냐하면 제4장에서 걸리버는 "우리나라에서는 야후가 유일한 지배적 동물"이라고 말하기 때문입니다.[8] "야후의 하인들이 그들의 피부를 부드럽게 문질러주고, 갈기를 빗질해주며, 발에 낀 흙을 후벼내고, 여물을 갖다주며, 잠자리를 차려줍니다."[9]

반면 말은 아일랜드의 민중을 뜻합니다. 그곳에서 말은 "우리가 가진 것 중에서 가장 선량하고 보기 좋은 동물이"나, "병에 걸리거나 발을 다치면 다른 사람에게 팔려서, 죽을 때까지 온갖 잡일에 혹사 당"하고 "죽은 후에는 가죽을 벗겨서 알맞은 값으로 팔아버리고, 시체는 내버려져서, 개와 육식 조류들이 먹어치운다. 그러나 보통 종류의 말들의 신세는 그보다 더 못하여서, 농부와 짐꾼 및 기타 천한 사람들의 소유물이 되어, 더 고된 노역을 해야 하며, 형편없이 먹이를 먹어야" 한다[10]고 설명하는 부분이 나오거든요. 이어 민중의 교육에 대한 비판도 등장하지요.

> 우리 말들은 3, 4세 때부터 우리가 장차 사용할 목적에 알맞게 제각기 훈련을 받습니다. 만약 그중에 성질이 매우 고약한 말이 있으면 짐마차를 끌게 합니다. 또 우리 말들은 어릴 적에 어떤 장난이라도 치면 혹독하게 얻어맞습니다. 그리고 승마나 마차용으로 쓸, 수말은 대개, 기를 죽여서 더 유순하고 다루기 쉽게 하기 위해서, 생후 약 2년에 거세를 시킵니다.[11]

휴이넘의 언어로 전쟁을 비판하다

제3장에서 걸리버는 휴이넘의 말을 배웁니다. 그리고 제4장에 가면 그들의 언어로 자신과 영국에 대해 설명하지요. 먼저 그와 함께 배를 탔던 선원들을 어떻게 설명하는지 읽어봅시다.

> 그중에 어떤 자들은 법률 소송으로 망했고, 또 어떤 자들은 음주와 창녀질과 도박으로 가진 돈을 모두 탕진한 놈들이고, 어떤 자는 반역죄로 도피했고, 살인, 도적질, 독살, 강도, 위증, 문서위조, 화폐위조죄를 지은 놈들이 많고, 강간이나 남색을 범한 놈들, 또, 군부대에서 도망치거나 적군에 투항한 죄로 도피한 놈들도 많습니다.[12]

영국과 프랑스의 전쟁을 설명할 때 걸리버는 반전의 의사를 강력히 표시합니다.

> 그 전쟁이 진행되는 동안, 약 백만 명의 야후가 피살되었을 것이고, 아마 100개 이상의 도시가 점령되며, 500척 이상의 배가 불타거나 침몰되었을 것이라고, 주인의 요구에 따라서 이 전쟁의 피해를 계산해보았다.[13]

걸리버는 전쟁의 원인으로서 "야망이 큰 군주들은 항상 통치할 땅과 국민이 부족하다고 생각하기 때문이고, 때로는 부패한 대신들이, 그들의 사악한 행정을 규탄하는 국민의 소란을 억압하거나 달래기 위해서, 국왕을 충동하여 전쟁을 일으키게" 한다고 설명하는데요.[14] 즉 내부의 문제를 봉

쇄하기 위해 외부의 전쟁을 야기한다는, 모든 전쟁 발발의 원리를 설명하고 있는 것입니다. 그리고 또 다른 원인으로 '의견의 차이', 즉 신구교의 차이로 인해 수백만 명의 인명이 희생되었다고도 설명합니다. "예컨대 살코기가 빵인지, 빵이 살코기인지, 또는 어떤 열매의 즙이 피인지 포도주인지", "특히 이런 의견의 차이 때문에 생기는 전쟁처럼 치열하고 피비린내 나거나, 또 오래가는 전쟁도 없고, 아무래도 좋은 일에 관한 의견의 차이일수록 더욱 그러하다"[15]와 같은 내용을 보면 알 수 있어요.

이는 제1부 제4장에서 전쟁의 원인으로, 계란을 깨는 방법은 큰 쪽의 끝을 먼저 깨는 것인데, 황제가 그렇게 깨려다가 손가락을 다쳐 계란의 작은 쪽 끝을 깨야 한다고 법으로 명령해 결국 전쟁이 터졌다는 것으로 설명했던 것[16]과 같은 맥락입니다.

휴이넘들과 토론 중인 걸리버(그랑빌, 1856)

이어 제5장에서는 전쟁의 여러 양상이 설명됩니다. 그중에서 특히 주목해야 할 것은 영국의 아일랜드 침략과 아메리카 원주민 침략을 정당화하는 부분이에요. 전자는 "어느 나라의 백성이 기근으로 굶주리거나, 유행병으로 쓰러지거나, 또는 그들 간의 당파싸움에 휘말려 있을 때, 그 나라를 침공하는 것"이고, 후자는 "백성들이 가난하고 무지한 다른 나라로 군대를 파견"하여 "그 백성을 개화시키고, 야만스러운 생활방식에서 건져내준다는 명분으로, 그 백성의 반을 죽여버리고, 나머지를 노예화시"킨다는 내용입니다.[17]

> 가난한 나라들은 배고프고, 부유한 나라는 오만하다. 그리고 오만과 배고픔은 언제나 싸우는 법이다. 이런 이유 때문에 군인이라는 직업은 모든 직업 중에서 가장 명예로운 것으로 간주된다. 왜냐 하니 군인이라는 것은 자기에게 아무 해코지도 안 하는, 같은 종족을 가급적 많이 냉혹하게 죽이기 위해서 고용된 야후이기 때문이다.[18]

법률 비판

휴이넘의 나라에는 법률도 재판도 없습니다. 영국에 그런 것이 있다는 사실을 휴이넘들은 이해하지 못하지요. "소위 이성적인 동물에게는, 무엇을 해야 하고, 무엇을 피해야 하는지를 밝혀주는 데 있어서, 천성과 이성이 충분한 지침이 된다고 생각하기 때문"[19]인데요. 이에 대해 걸리버는 다음과 같이 설명합니다.

> 우리에게는 한 집단의 인간들이 있는데, 이들은 받는 보수의 액수에 따라, 검은 것은 희고 흰 것은 검다고(그런 목적을 위해서 집대성된 말을 이용하여) 증명하는 기술을 젊을 때부터 훈련받습니다. 다른 모든 사람들은 이 집단의 노예라 할 수 있습니다. 예컨대 저의 이웃이 저의 암소를 가지고 싶은 마음이 생기면, 그가 마땅히 그 소를 가질 권리가 있다는 것을 증명하기 위해서 변호사를 고용합니다. 그러면 저도 저의 권리를 지키기 위해서 다른 변호사를 고용해야 합니다. 왜냐하니 그 누구라 하더라도, 자기가 스스로를 변호하는 것은 모두 법에 위반되기 때문입니다.[20]

우리나라에서도 지금 본인 소송은 특히 민사소송에서 사실상 거의 불가능하고, 헌법소송에서는 아예 변호사 강제주의가 적용되어 걸리버 시대를 방불케 합니다. 여하튼 변호사를 고용한다고 해도 그는 태어날 때부터 '거짓을 변호하는 데 훈련되어' 진실을 변호하기 어렵고, 그가 조심스럽지 않으면 '법률의 영업을 방해하는 놈이라 해서 판사한테 꾸중을 듣고 동료의 미움을 사'기 때문에 불리하므로 결국 두 가지 방법밖에 없게 됩니다.

"첫째는 상대방의 변호사에게 두 배의 요금을 주고 그를 매수하는 것"으로 "그러면 그 변호사는 그의 의뢰인 쪽에 정의가 있다고 넌지시 풍겨서 의뢰인을 배신할 수 있"거나, 둘째는 나의 변호사에게 그 소가 상대방의 소라고 인정하게 하고 나의 주장은 터무니없는 것으로 보이게 해 판사로부터 유리한 판결을 얻는 것[21]입니다.

판사란 "평생 동안 내내 진실과 정의에 편견을 품어 와서, 숙명적으로 사기와 위증과 탄압을 두둔해야만 되는 버릇에 빠진 자들"이고, 따라서

"속성과 직무에 어울리지 않는 일을 함으로써 그들의 장사를 망치게 하기보다, 정당한 측이 제공하는 고액의 뇌물을 거절하는 판사"가 있다고 설명합니다.

한편 변호사들은 "상식적인 정의와 일반적인 인간의 이성에 위배되게 내려진 모든 판결"을 "판례라는 이름으로 가장 사악한 의견을 정당화하는 근거로 내놓"고, "그러면 판사는 어김없이 그에 따라 판결"한다[22]고 말합니다.

또한 변론은 "그 사건의 옳고 그름의 핵심을 논하기를 교묘히 피하고, 별로 연관이 없는 모든 정황을 따지는 데는 요란하고 격렬하고 지루하기 짝이 없"다고 하지요. "그 후에는 판례를 참고하고 그 소송사건을 이따금 연기하여, 10년, 20년, 또는 30년 후에 결론을 내"린다[23]며 비판의 날을 세웁니다.

그리고 "이 집단에는 그들 간에만 통하는 특이한 용어와 은어가 있어서, 다른 사람은 도무지 알아들을 수 없고, 모든 법률을 그런 용어로 기술하며, 그 분량을 늘리기 위해 특별히 노력한다"거나 "이런 용어 때문에 그들은 진실과 허위, 옳고 그름의 핵심 자체를 혼동해버려서, 저의 조상이 6대에 걸쳐서 저에게 물려준 땅이 저의 소유인지 300마일 떨어진 타인의 소유인지를 결정하는 데에 30년이 걸"린다고 비아냥댑니다. 반면 국사범의 경우 "훨씬 더 간결하고 기특"해 "판사는 제일 먼저 사람을 보내서 집권자의 의향을 알아보"고 "그런 다음에 아주 쉽게, 모든 법의 형식을 지키면서도, 범죄자를 교수형에 처하거나 석방"한다고 말하지요. 이처럼 설명한 다음 걸리버는 아래와 같은 결론을 내립니다.

자기들 직업 외의 모든 일에 있어서는, 변호사들은 우리들 중에서 가장 무식하고 어리석은 족속들이며, 일상적 대인관계에서 가장 비열하고, 모든 지식과 학문에 대해서 철저한 원수이며, 그들 자신의 직업에 있어서는 물론, 모든 기타 대화의 주제에 있어서 인류의 보편적 이성을 짓밟는 기질이 있습니다.[24]

자본주의는 병이다

이어 제6장에서 걸리버는 변호사를 이해하지 못하는 휴이넘에게 돈의 쓰임새를 설명합니다. "야후가 이 귀중한 물건을 많이 가지고 있으면, 그가 가지고 싶은 모든 것, 즉, 가장 좋은 옷, 가장 훌륭한 집, 광대한 토지, 가장 비싼 음식을 살 수 있고, 가장 아름다운 암 야후를 골라 가질 수 있습니다."

부자는 가난뱅이의 노동의 열매를 따먹는데, 가난뱅이 1,000명에 부자는 1명이다. 우리 국민의 대부분은 다만 몇 명을 잘 살게 해주려고 적은 임금으로 매일 고된 일을 하면서 비참하게 살아가야 한다.[25]

그러나 휴이넘은 이 내용을 이해하지 못합니다. 그에 의하면 "모든 동물은 땅이 주는 산물에 대한 자기 몫을 가질 권리가 있고, 다른 동물을 다스리는 동물은 특히 그렇"기 때문이지요. 그러자 걸리버는 "암 야후가 먹을 아침 음식과 그것을 담을 컵을 구하기 위해서는 이 지구 전체를 적어도 세 바퀴 반을 돌아야 한다"고 말합니다. 영국에는 농산물이 많지만 "숫 야후들의 사치와 무절제와, 암 야후들의 허영심을 채워주기 위해서, 대부분의 필수품을 다른 나라에 수출"하고 "대신 그 나라에서는 질병과 우행과 악덕을 자아내는 재료를 수입하여 국내에서 소비"한다[26]는 것입니다.

> 따라서 불가피하게 우리 국민의 태반은 구걸, 강탈, 도적질, 사기, 뚜쟁이질, 위증, 아첨, 매수, 위조, 도박, 거짓말, 알랑거리기, 공갈, 돈 받고 투표하기, 글 팔아먹기, 운수 보기, 독살, 매음, 애걸, 모함, 불온사상 선동하기 등을 업으로 삼아 생계를 꾸릴 수밖에 없습니다.[27]

이러한 자본주의의 현상 중 하나인 질병에 대해 걸리버는 "우리는 배고프지 않는데도 먹고, 목마르지 않는데도 마"시며 "밤새도록 한 모금도 먹지 않고, 독한 술만 마"셔 "그것이 우리를 게으르게 하고, 몸에 열이 나게 하고, 소화를 촉진시키거나 방해"하기 때문이라고 설명합니다. 의사인 걸리버는 그런 병을 고치는 의학에 대해서도 이야기합니다. 즉 포식이 만병의 근원이니 배설이 그 최대의 치료라는 것이고, 따라서 구토나 하제(관장)가 그 방법이라는 것이지요.

> 그런데 이 의사라는 과학자들은 영리하게도, 자연이 그 원래의 자리에서 이탈할 때 모든 병이 생기는 것이라고 생각하고, 자연이 제자리를 찾기 위해서는, 신체를 정반대로 작용시켜야 한다고 처방한다. 따라서 두 구멍의 용도를 서로 바꿔서, 고체와 액체 음식을 항문으로 밀어넣고, 입으로 배출시키는 것이다.[28]

여기서 다시 스위프트의 오물취미가 나타나지만 이번엔 제법 과학적으로 설명하고 있군요. 그래서인지 별로 불쾌하지는 않습니다. 오물취미는 뒤에 또다시 등장해요. 가령 "자신의 똥과 오줌을 뒤섞은 것을 강제로 야후의 목구멍 속으로 밀어 넣는 것"[29] 등의 묘사입니다. 여하튼 진짜 병 말고도 상상에 불과한 병도 많고 그 치료법도 많이 나오는데요. 이에 대해 걸리버는 "우리의 암 야후들은 늘 이런 병에 걸려 있습니다"[30]고 말합니다.

정치 비판

이어 정치에 대한 비판이 나옵니다. 우선 수상에 대해선 "재산과 권력과 벼슬에 대한 강한 욕망 외의 아무 감정도 이용하지 않"고 "모든 목적으로 말을 사용하지만, 자기 마음을 나타내는 데는 절대 쓰지 않"으며, 항상 거짓말을 한다[31]고 설명해요.

그들은 권력을 "상원과 대회의의 의원들을 대부분 매수함으로써 유지"하고 "면책법이란 편리한 법에 의해서 퇴직 후 죄를 규명 당하기를 면하고, 국민으로부터 사취한 재산을 잔뜩 가지고 공직으로부터 퇴임"한다[32]고 힐난합니다. 이어 법률의 제·개정과 폐지나 모든 소유물에 대한 결정권을 갖는 귀족의 생활과 그 후계자에 대한 비판을 제시하지요.

> 우리의 젊은 귀족들은 어릴 때부터 게으름과 사치 속에서 자랍니다. 그리고 성년이 되자마자 음탕한 여자에게 정력을 소모하고 고약한 병에 걸립니다. 또 재산을 거의 탕진하면, 순전히 돈 때문에 용모도 못생기고 건강도 나쁜, 천한 태생의 여자와 결혼하고, 미워하고 멸시하고 지냅니다. 이런 결혼에서 생기는 작품

은 대개 연주창과 구루병에 걸리고 일그러진 자식입니다. 이런 자식으로는 그 가문은 3대 이상을 유지할 수 없습니다. 물론 마누라가 혈통을 향상시키고 유지하기 위해서 이웃 사람들이나 하인 중에서 건강한 애비를 찾게 된다면 문제는 달라집니다.[33]

좀 더 뒤에 가면 왕과 대신들에 대한 비판이 더욱 노골적으로 제시되는데요. 즉 "지배자격인 야후는 다른 어느 야후보다 반드시 신체가 더 일그러지고, 성질이 더 고약한 놈"으로서 "보통 자기와 가장 닮은 놈을 총애자로 데리고 있는데, 그놈이 하는 일은 자기 주인의 발과 궁둥이를 핥아주고, 암 야후들을 주인의 우리에 몰고 가는 것"[34]이라 합니다.

여성과 동성애에 대한 편견

스위프트의 여성 혐오에 대해서는 이미 몇 번 지적했습니다. 18세기 남자로서는 어쩔 수 없었고, 여성 혐오의 표현도 다른 사회현상에 대한 극단적인 표현과 함께 읽히면 그다지 과도하지 않다고 볼 수 있는 여지도 있지만, 여하튼 스위프트는 여성 혐오자였음이 틀림없어요. 여성에 대한 그의 혐오적인 표현 중에서 압권은 제7장 끝에 나오는 다음 구절입니다. 즉 "본능이 여성 안에 음탕함, 교태, 헐뜯기 및 흉보기의 기초를 심어 놓은 것"[35]이라는 표현이죠. 그러나 앞에서도 말했듯이 스위프트는 이러한 말을 하는 걸리버를 광인처럼 묘사함으로써 그것이 자신의 말이 아니라며 도망칠 여지를 만들어놓습니다. 위의 표현은 암수 야후들이 짝짓기 하는 모습을 보고서 말한 것인데요. 이어 걸리버는 다음과 같이 덧붙입니다.

> 주인이 금세라도 이러한 부자연스러운 취미에 대해서 야후의 암놈과 숫놈을 다 같이 욕할까 봐 나는 마음이 조마조마했다. 우리나라에서는 그것이 일상사이기 때문이다. 그러나 천성은 그렇게 능숙한 여선생님은 아닌 것 같다. 지구의 우리 쪽 편에서는 이러한 세련된 쾌락은 전적으로 기교와 이성의 산물인 것이다.[36]

위에서 말하는 '부자연스러운 취미'를 동성애라 보는 견해[37]가 있으나 이는 문맥을 잘못 읽은 것이고 짝짓기를 일컫는 말로 이해해야 합니다. 물론 스위프트는 앞에서 보았듯이 '강간이나 남색을 범한 놈들'[38]을 비판하므로 당연히 동성애에 대해서도 부정적인 입장을 취했겠지요. 이는 여성 혐오보다 더욱 더 18세기에는 일반적인 견해였고, 동성애에 대한 혐오는 지금도 여전하니까요.

1727년 영어판에 나오는 마인국의 야후

휴이넘의 이상적인 결혼제도

이어 제8장에는 휴이넘의 결혼제도에 대한 설명이 나옵니다. 휴이넘의 나라에서는 남녀 불문하고 "절제, 근면, 운동 및 청결을 가르친다"고요. 반면 영국에서 여성에게 가사만을 가르치는 것은 여성을 아이 낳는 일밖에 못하게 하는 것인데, 자녀의 양육을 그런 여성에게 맡겨서는 안 된다[39]고 말해요. 그리고 결혼은 다음과 같이 행해진다고 설명합니다.

> 휴이넘들은 결혼할 때, 그들의 종족에 보기 싫은 잡종이 생기지 않도록 알맞은 색깔의 상대를 고르는 데 무척 조심한다. 남성에 있어서는 건장함과, 여성에 있어서는 미모가 주로 존중된다. 그것은 애정 때문이 아니라 종족의 퇴화를 막기 위해서이다. 그래서 여성이 건장함에서 뛰어나면, 그 배우자는 미모에 의해서 선택된다. 그들의 생각에는 구애, 연애, 선물, 과부재산, 결혼예물용 부동산 같은 것이 없고, 그런 것을 뜻하는 말이 그들의 언어에는 없다. 젊은 한 쌍이 만나서 결합하는 것은 오로지 부모와 친구들의 결정에 의한 것이다.[40]

그리고 자녀를 남녀 하나씩 낳으면 부부끼리 정을 통하지 않는다고 합니다.[41] 하지만 이는 열등한 야후족의 경우엔 문제가 되지 않으므로 그들은 남녀 각각 3명씩 낳게 한다[42]고 해요. 또한 휴이넘의 대표자 회의가 자녀수를 조정한다는 대목도 나옵니다.

> 예컨대, 어떤 휴이넘이 두 아들을 가지고 있으면, 두 딸을 가진 다른 휴이넘과 그 중 하나를 맞바꾼다. 그리고 어떤 사고에 의해서 한 자녀를 잃었을 때, 어머니가 가임기를 지났으면, 그 상실을 보충하기 위해서, 그 지역의 어느 가정에서 한 자녀를 더 낳을 것인지를 정하게 된다.[43]

이상 대단히 건조한 도덕군자의 냄새를 풍기는 휴이넘의 교육 및 결혼제도가 스위프트가 추구했던 이상적인 것이었는지를 분명히 알 길은 없으나, 대체로 그렇다고 보입니다. 현재의 우리로서는 300년 전의 가족제도에서 나타났을 법한 혼란을 고려하여 스위프트를 이해할 수도 있을 것입니다. 물론 스위프트의 생각에 동조할 수는 없지만요.

더욱 더 동조할 수 없는 것은 걸리버의 인종 말살론입니다. 제9장을 펼치면 걸리버가 있는 동안 열린 대회의에서 야후족의 말살에 대한 토론이 이루어지는 것을 볼 수 있는데요. 본래 휴이넘은 야후를 "없애기 위해서 대대적인 사냥을 벌여서, 마침내 온 누리를 울타리 안에 가두어 넣었다. 그리고 나이 많은 야후들은 없애버리고, 모든 휴이넘이 제각기 두 마리의 야후를 우리 안에서 길러서, 천성이 그렇게 고약한 동물로서는 더 이상 순화할 수 없는 정도로 순화시켰다"[44]는 대목이 나옵니다. 나이 많은 야후를 없앴다는 것은 그것을 죽였다는 것이고, 새끼 야후를 순화시켰다는 것은 그야말로 수용소에서 철저한 교육을 시켰다는 뜻인데요.

그 회의에서 걸리버가 말한 자기 나라의 방법인 거세도 "야후들을 온순하고 부려먹기에 더 편리하게 만들 뿐 아니라, 한 세대 후에는 상생을 하지 않고도 야후를 멸종시킬 수 있는" 방법으로 논의됩니다.[45] 그러나 저는 이러한 인종 말살론이 스위프트의 본의가 아니라 미친 걸리버를 풍자하는 것이라 봅니다.

일하는 야후 무리를 몰고 가는 휴이넘들(루이스 존 리드 작품, 19세기 말~20세기 초 작품으로 추정)

휴이넘의 여러 모습

걸리버와 스위프트는 문자에 대한 멸시도 드러냅니다. 이는 앞에서도 복잡한 문장이 없다는 것으로 언급된 내용[46]이지만, 휴이넘에겐 아예 "글자가 없다"[47]는 내용을 봐도 알 수 있는 사실이지요.

> 따라서 그들의 지식은 모두 말로 전해진다. 그러나 이 종족은 아무 불화 없이 단결되어 있고, 천성적으로 모든 미덕을 갖추고 있으며, 오로지 이성의 지시만 따르고, 다른 나라와의 교류가 모두 단절되어 있기 때문에, 역사에 관한 그들의 지식은 기억력에 큰 부담을 주지 않고도 잘 보존되고 있다.[48]

또한 병도 의사도 없을뿐더러 타박상 정도에는 약초로 만든 매우 우수한 약을 쓴다고 합니다. 걸리버는 그들이 천문학을 중시하지 않는다는 데에도 주목하나,[49] 이는 도리어 스위프트가 걸리버를 풍자하는 것이라 볼 수 있지요. 반면 그들은 뛰어난 시를 쓰고, 간소하고 실용적인 건물을 지으며,[50] 70세 정도까지 살고 '태초의 어머니에게 돌아'가듯이 편안하게 죽습니다.

걸리버도 이 같은 휴이넘의 나라에서 편하게 삽니다. 제10장에서 그는 다음과 같이 말합니다.

> 나는 완전한 신체의 건강과, 마음의 평안을 누렸다. 친구의 배신이나 변절이나, 숨겨진, 또는 공공연한 원수의 해코지를 당하지 않았다. 나는 고관나리나 그의 심복의 호의를 얻기 위해서 뇌물을 바치거나 아첨하거나 뚜쟁이질 할 필요가 없었다. 시기나 압박에 대해 방비할 필요도 없었다.[51]

"I had worked two chairs with my knife, the sorrel nag helping me."—*Page* 327.

의자를 고치는 걸리버. 휴이넘이 곁에서 돕고 있다.

위 마지막 구절에서 '시기'라 함은 'Fraud'[52]의 번역인데, 이는 시기가 아니라 '사기'로 번역함이 옳습니다. 이어 걸리버는 야후의 나라에는 있지만 휴이넘의 나라엔 없는 무수한 직업군으로 의사와 변호사로부터 판사, 무용교사까지 나열합니다.

"이곳에는 나의 신체를 망가뜨릴 의사도 없었고, 나의 재산을 파괴할 변호사도 없었다"[53]는 첫 예시로부터 우리는 걸리버가 다름 아닌 의사였음을 기억할 필요가 있는데요. 의사가 의사를 비판하는 걸 두고 걸리버가 미친 또 하나의 증거라 볼 필요는 없을 것입니다. 걸리버가 못마땅하게 표현한 직업 중에는 '어리석고 교만한 현학자'도 있어요. 여하튼 걸리버는 자꾸 휴이넘을 닮아갑니다.

> 휴이넘들과 대화를 하고 그들을 바라보는 데서 즐거움을 느끼면서, 나는 그들의 발걸음과 몸짓을 흉내 내게 되었고, 그것이 이제는 습관이 되어버렸다. 그래서 내 친구들이 노골적으로 내가 말처럼 총총 걸음을 한다고 놀리는 일이 많다. 그러나 그것은 나에게는 큰 칭찬의 말로 들린다. 또한 말을 할 때, 휴이넘들의 목소리와 말버릇에 빠지기 쉬워서, 조롱당하지만 하나도 분하지 않다는 것도 말해야겠다.[54]

여기서 우리는 말처럼 뛰어다니는 걸리버의 최후를 상상할 수 있습니다. 그러나 이를 스위프트가 이상적인 인간상으로 그렸다고는 도저히 상상할 수 없어요. 도리어 결국은 말로 변하는 걸리버의 극단적인 이상주의를 풍자한 게 아닐까요?

마인국을 떠나다

휴이넘의 말굽에 입을 맞추며 인사하는 걸리버

말의 나라에는 왕이 없습니다. 소인국과 대인국에는 모두 왕이 있으나 마인국에는 왕이 없어요. 오직 의회가 있을 뿐이고, 이성을 가진 말들의 대의원이 그곳에 모여 나랏일을 논의합니다(걸리버를 마인국에서 추방하는 문제도 바로 이 의회에서 결정되지요). 스위프트의 이상국가는 바로 이런 나라였어요. 그러나 걸리버는 그가 이성을 가진 휴이넘도 아니요, 이성이 없는 야후도 아닌 중간자라는 이유로 추방됩니다.[55]

제11장에는 1715년 2월 15일부터의 마지막 귀국 항해 장면이 등장합니다.[56] 그러나 걸리버는 영국에 돌아가려고 하지 않고 "가능하면 작은 무인도라도" 발견해 사는 것이 총리대신이 되는 것보다 낫다고 생각해요.[57] 걸리버는 마지막 항해 도중 원주민도 만나고 포르투갈 배도 만납니다. 그리고 리스본을 거쳐 1715년 12월 5일 영국에 도착해요.[58] 이어 앞에서 말한 것처럼 말과의 미친 생활이 이어집니다.

여기서 포르투갈 배의 선장 페데로 데 멘데즈를 주목할 필요가 있어요. 그는 『걸리버 여행기』에 나오는 실제 인간 중에서 유일하기는 하지만 '매

걸리버가 휴이넘의 나라를 떠나 귀국하는 항해길에 오르고 있다(Sawrey Gilpin, 1769).

우 예의 바르고 관대한 사람'59이어서 걸리버의 인간 혐오는 그 자신의 편견에서 나온다는 점을 스위프트가 보여주고자 설정한 인물로 보는 견해가 있기 때문입니다.

더블린 성 패트릭 공원에 있는 스위프트 기념판(CC BY-SA 3.0)

여행을 마치며

우리는 왜 여행을 떠날까요? 이에 대해 무수한 이유를 들 수 있겠으나 저는 몽테뉴가 『에세*Les Essais*』에서 말한 여행의 이유를 가장 좋아합니다.

> 여행은 유익한 수양으로 생각된다. 혼은 거기에서 미지의 새로운 것에 눈을 뜨고 부단한 훈련을 받는다. 또 내가 여러 번 말했듯이, 생활을 만들기 위해서는 혼에게 다른 많은 생활이 각각 다양하게 있다는 것, 사람들의 의견이나 습관을 언제나 보고, 우리 인간의 본성이 정말 끊임없이 다양한 형태로 변하는 것을 맛보는 것 이상으로 좋은 학교는 없다고 생각한다.[1]

여행은 다양성을 발견하기 위해 하는 것이라는 뜻인데요. 위 글은 『에세』 제3권 제9장에 나오는 대목입니다. 앞의 글에 이어 몽테뉴는 다음과 같이 씁니다.

> 나는 프랑스 밖의 땅에 갔을 때, 나에게 인사치레로 프랑스 풍 식사를 하고 싶으냐고 물으면 나는 코웃음 치며 언제나 외국인이 가장 많은 식탁으로 날아갔다.

나는 우리나라 사람들이 자신들의 습관에 반한 습관에 부딪히면 두려워하면서 도망치는 저 어리석은 기질에 놀라 어쩔 줄 모르게 되는 것을 보면 부끄러워진다. 그들은 자신의 마을을 벗어나면, 살아야 할 세계의 밖에 나온 듯이 느끼는 것 같다. 어디에 가도, 그들은 자신들의 방식을 지키며, 외국의 방식은 혐오한다. 헝가리에서 같은 나라 사람을 만나게 되면, 그 우연에 축배를 들고, 재빠르게 모여서 힘을 합쳐, 그들이 본 야만적 풍습을 비난한다. 그것은 프랑스풍이 아니기 때문에 당연히 야만이라고 하는 식이다. 그것은 아직 그 풍습이 눈에 띄어서 욕하는 것이고, 가장 지적인 분들은 대부분 되돌아오기 위해서 나가는 것 같다. 그들은 여행을 하면서 입도 마음도 닫고 조심성 깊게 몸을 빈틈없이 가다듬어 미지의 공기에 물들지 않도록 자신을 지키고 있다.[2]

16세기의 프랑스인만이 아니라 21세기의 한국인도 그렇습니다. 어쩌면 여행할 때 반드시 고추장이나 김치를 챙기는 우리가 더한지도 모르겠어요. 저 역시 동료들과 외국 여행을 할 때에 그들이 김치 고추장을 챙기는 것은 물론 사고방식 자체가 철저히 국수주의이고 보수주의적인 데 놀란 적이 한두 번이 아닙니다. 그들에 비하면 다음과 같이 말하는 5백 년 전의 몽테뉴가 제게는 더욱 참된 벗으로 보입니다.

여행을 하는 즐거움을 문자 그대로 말하면, 동요와 미정의 증언임을 나는 잘 알고 있다. 따라서 이 동요와 미정이 우리의 중요한, 그리고 지배적인 성질이다. 그렇다. 정직하게 말하지만, 꿈이나 소원 속에서조차 내가 매달릴 곳을 하나도 발견하지 못한다. 다양한 변화만이 나를 만족시킨다. 적어도 무엇인가가 나를 만

> 족시킨다면, 그것은 다양함을 누리는 것이다. 여행을 하면서 어디에 다리를 머물게 해도 손해가 없고, 여정에서 벗어나도 쾌적하게 있을 수 있는 곳이 있다고 하는 것이 나를 활기 있게 한다.[3]

그래서 몽테뉴는 『에세』 제3권 제2장에서 다음과 같은 변화에 대한 글을 썼습니다.

> 세계는 영원한 변동의 장소이고, 모든 것이 그곳에서 끝없이 변동하고 있다. 대지도, 코카서스의 바위산도, 이집트의 피라미드도 전체의 변동과 그것들 자체의 그것에 의해 변동하고 있다. 일정불변이라고 하는 상태조차 더욱 완만한 변동 이외의 아무것도 아니다.[4]

여행은 절대주의자를 상대주의자로, 교조주의자를 다양주의자로, 일원주의자를 다원주의자로 만듭니다. 물론 그렇지 못한 경우도 있지만 여행을 제대로 하면 우리는 모든 것을 상대화하여 역지사지를 할 수 있게 됩니다.

걸리버의 여행이 시사하는 것

걸리버의 여행도 마찬가지예요. 그 여행의 끝은 인간 혐오가 아니라 인간 승리입니다. 왜냐하면 그가 마지막으로 말한 인간 혐오가 우리를 눈뜨게 하여 다시 참다운 인간이 되는 길로 안내하기 때문입니다. 그의 여행기는 이 같은 '눈뜸'을 위한 소금이지요. 설탕처럼 달콤하고 얄팍한 여행기가 판을 치는 세상에서 그의 짓궂은 여행기는 설탕이라고 생각하고 먹었다가 짜디 짠 소금의 맛을 느끼게 되는 충격이지만 그것은 우리를 다시 한 번 정신 차리게 만드는 자극제이기도 합니다.

스위프트에 의하면 인간은 오만하고 이기적이며 본능적이고 야만적입니다. 하지만 그는 결코 절망하지 않고 걸리버의 여행이라는 거울을 보여주면서 "너 자신을 알라"고 외쳤어요. 그것을 읽고 각성하는 것은 우리의 몫이겠지요. 특히 150만이 넘는 외국인이 우리와 함께 살고 있는 지금, 미지의 세계에서 다양한 경험을 하며 견문을 넓히고 인격적으로 성장해나가는 걸리버의 여행기는 우리에게 중요한 시사점을 안겨줍니다. 또한 세계화 시대에 세계인과 함께 세계인으로 살아가야 하는 우리의 삶의 방식에 대해서도 중요한 시사점을 주지요. 모든 인간은 평등하고 자유로운 존재입니다. 우리는 모두의 인권을 존중하면서 그들과 우리가 다른 것을 다양성의 인정과 관용의 정신으로 포용해야 해요. 스위프트는 풍자가 넘치는 『걸리버 여행기』를 통해 그런 메시지를 던지고 있습니다.

걸리버, 세상을 비웃다

풍자란 심심풀이로 웃기는 것이 아닙니다. 심심풀이 웃음은 개그나 코미디에서 충분히 즐길 수 있지요. 풍자는 세상을 비웃는 것입니다. 그런데 이때의 비웃음은 사실 세상을 고치려는 것입니다. 그냥 비웃음은 사적인 모독이나 비방 또는 명예훼손으로 끝나는 반면 풍자란 어디까지나 공적인 것이니까요. 즉 사회를 위한 사회의 것입니다. 공공정신이 없는 풍자란 있을 수 없어요.

스위프트가 『걸리버 여행기』에서 보여주는 풍자는 그런 사회적 풍자입니다. 실은 그의 모든 작품이 공공적인 풍자였어요. 즐겁고 유쾌한 공상조차 정치적 풍자였죠. 소인국, 대인국, 공중국, 마인국 등의 무대장치나 그 속에서 벌어지는 갖가지 코믹한 사건들도 실은 공공적인 풍자였습니다. 스위프트는 왜 그토록 풍자에 집착했을까요?

그는 18세기 부르주아 시대, 또는 계몽주의 시대의 작가입니다. 하지만 그의 시대정신은 그 이전, 특히 그리스 로마의 고전시대 또는 그것을 모방한 르네상스 시대에 속한다고 볼 수 있어요. 그런 만큼 스위프트가 18세기 부르주아 사회에 불만을 갖게 된 것은 당연한 일입니다. 특히 그 모순이 가장 극한적으로 나타난 식민지 아일랜드의 빈곤과 무지 속에 살았으니 불만을 가지고 세태를 풍자할 수밖에 없었겠지요.

스위프트가 걸리버를 통해 세상을 여행하며 꿈꾼 이상사회는 어떤 권력도, 권위도, 침략도, 착취도 없는, 자유로운 사람들이 자치를 통해 자연과 함께 사는 곳이었습니다. 그런 세상을 위해 스위프트는 모든 사람들이 이성적이고 자유로우며 평등하기를 바랐지요. '말도 그런 세상을 사는데 하물며 인간이 그렇지 못할까?'라고 그는 생각했던 것 같아요. 따라서 스위프트는 그런 이상적인 세상을 방해하는 전제주의나 자본주의, 권위주의 등을 경멸하면서 그것들을 신랄하게 풍자했습니다. 가령 오물시라는 그의 역설은 경멸의 극치라고 볼 수 있는데요. 나머지 풍자들 역시 모두 그 같은 역설이었습니다. 그가 지닌 고매한 공공정신의 발로이기도 하고요.

풍자의 역설

공공정신이나 사회의식이 빠진 풍자란 존재할 수 없습니다. 그러므로 권위주의와 이기주의만이 판을 치는 천박한 야만사회에는 풍자가 차지할 자리가 없어요. 우리에게 풍자문학이나 풍자미술 또는 풍자음악이 빈약한 것은 어쩌면 그런 공공의식이 빈약한 탓 아닐까요? 아직도 공사(公私)의 구별이 제대로 이루어지지 못하기 때문 아닐까요?

스위프트의 풍자나 공상은 결코 그냥 웃기 위한 게 아닙니다. 너무나도 엄청난 절망을 웃음으로 넘기되 그로부터 힘을 얻어 새로운 희망을 찾고자 하는 간절한 염원의 표현이지요. 저는 그것이 제국 권력으로부터 벗어나, 그 권력과 일체가 된 종교나 학문의 타락으로부터 벗어나, 고대 아테네와 같이 왕이 없는 민회국가, 아니면 최소한 이성적으로 다스려지는 대인국과 같은 나라를 만들려는 희망이었다고 믿습니다.

그러나 스위프트는 마지막까지 웃음을 날립니다. 즉 그런 이상국가나 이상사회조차 어느 정도로 비틀어 비웃어주는 것인데요. 여기서 우리는 그의 풍자가 얼마나 도저(到底)한지 알 수 있습니다. 물론 그렇다고 해서 스위프트가 그런 이상조차 부정했다고 보면 안 되지만요.

저 역시 이 여행을 마치며 고대 아테네와 같이 왕이 없는 민회국가를 희망한 걸리버에게, 그리고 스위프트에게 공감을 표합니다. 그러면서 동시에 그것이 지금 우리 현실에서는 너무나 꿈같은 이야기임을 잘 알기에 스위프트의 마지막 비웃음에도 공감합니다. 하지만 그가 품었던 희망만큼은 포기하지 않을 거예요. 비록 오늘은 비웃으며 잠들지라도 내일이면 다시 내일의 해가 떠오를 것을 바라듯, 희망을 안고 갈 것입니다.

더 읽어보기

『걸리버 여행기』 이후의 아일랜드

아일랜드, 스위프트 이후

스위프트가 죽은 1745년, 아일랜드에서는 다시금 농민반란이 터집니다. 그 후 1760년부터 1783년 사이엔 종교적 비밀결사의 폭동이 빈발하게 일어나지요. 그 결과 1783년 아일랜드에 자치의회가 허용됩니다. 그러나 신교도 일부에게만 선거권이 부여되었기 때문에 1798년 비밀결사인 '아일랜드인 연맹(United Irishmen)'의 무장봉기가 터지는데요. 이때부터 현대적인 의미의 아일랜드 민족주의 운동이 시작됩니다. 이에 영국은 1800년의 합병법(Act of Union)에 의해 아일랜드를 합병하고 의회를 폐지하지요. 19세기에도 폭동은 이어져 결국 영국은 1829년 가톨릭 해방법을 제정하게 됩니다.

식민지 공간은, 제국주의자의 눈에는 더 이상 외지라고 보이지 않을 정도로 철저히 변용되게 마련입니다. 영국령 아일랜드는 이 점에서 다른 어떤 식민지보다 엄청나게 변용되었어요. 그 변용의 중심이 된 수단은 거듭된 이주 계획이었고, 그 정점을 이룬 것이 1801년의 아일랜드와의 실질적인 연합을 초래한 합병법입니다.

그 후 1824년에 명령된 아일랜드 육지 측량조사는 아일랜드의 모든 지명을 영국식으로 바꾸는 것을 목표로 삼았고, 부동산 평가를 가능하게 하는 토지 경계선의 재확정, 그리고 영국인과 아일랜드 '귀족층'에 유리한 토지 몰수, 나아가 주민의 영구적인 예속을 초래했습니다. 거의 전면적으로 영국인에 의해 실시된 이 조사는 아일랜드인을 무능하다고 규정하고, 아일랜드인의 민족적 업적을 낮게 평가하는 데 직접적인 효과를 발휘했어요.

그 결과 아일랜드의 빈곤은 더욱 더 심각해졌습니다. 1830년대에는 영국인 지주의 대농장에 지대를 갚지 못하는 소농과 영세농이 토지를 빼앗겼고, 1845년부터 3년에 걸친 감자 흉작으로 120만 명이 굶어 죽었으며, 1845~1850년 사이에 2백만 명이 이민을 떠났지요. 당시 곡물은 풍작이었으나 모두 영국으로 수출되었고, 지대는 1850년부터 70년까지 20년 사이에 3배나 오릅니다. 토지를 빼앗긴 농민이 격증했고, 폭동이 끊이지 않았습니다.

1869년 '아일랜드 교회 폐지법'으로 가톨릭의 포교가 허용되고 악명 높은 10분의 1세를 폐지한 후 아일랜드 해방운동은 서서히 발전했습니다. 특히 20세기 초엽 노동운동과 함께 1916년 일시 공화국이 선언되기도 하는데요. 결국 1922년 아일랜드 자유국(Irish Free State)의 성립이 선포되었으나, 북아일랜드는 분단되었고 내전이 계속됩니다. 이어 1949년에야 영국으로부터 완전히 독립된 아일랜드 공화국(Irish Republic)이 출범하지요.

19세기 후반 가톨릭이 득세한 것은 동시에 종래의 지배층이었던 영국계 아일랜드인의 몰락을 의미했습니다. 이 시기, 영국계 아일랜드인 중에 저명한 문학인들이 등장하는데요. 스위프트 이래 1세기 만에 등장한 셈입니다.

이는 19세기 초엽에 일어난 게일 부흥(Gaelic Revival)에서 비롯된 아일랜드 문예부흥(Irish Literary Renaissance)과 연관됩니다. 1893년에 결성된 게일 연맹(Gaelic League)은 아일랜드 과거의 언어와 문화를 부흥시키고자 노력했고, 아일랜드 농민들의 소박한 삶과 자연의 아름다움을 노래하는 데 주력했지요.

여기서는 와일드(1854~1900), 그보다 2년 연하인 쇼(1856~1950), 그리고 쇼보다 9년 연하인 예이츠(1865~1939)를 살펴보려 합니다. 여기서 이 세 사람에게 젊은 시절, 공통의 스승이자 친구였던 영국 아나키스트 모리스(1834~1896)를 염두에 둘 필요가 있다는 점도 알려드려요. 그리고 마지막으로 우리는 조이스(1882~1941)를 만나게 될 것입니다. 그는 예이츠보다 17년 연하이고, 앞의 세 사람과 달리 영국계 아일랜드인이 아니라 가톨릭 출신이라는 점에서 다릅니다. 그러나 가톨릭 중심의 아일랜드 민족주의에 대해서는 앞의 세 사람보다 더욱 확고하게 반대한 반민족주의자였다는 점에 주목해야겠지요.

아나키스트 와일드와 사회주의자 쇼

풍자라기보다 '조소(嘲笑)'의 대가라는 점에서 스위프트를 잇는 와일드 역시 더블린의 영국계 아일랜드인 중산계급 출신입니다. 아버지는 의사였으나 아일랜드 고대사와 민담을 발굴하는 민속학자였고, 어머니는 여류 시인이자 여성해방운동가로서 아일랜드 해방을 외쳤던 사람이죠. 그러나 그들은 아일랜드가 대영제국에 남기를 바라는 합방주의자이기도 했습니다.

1882년의 오스카 와일드

더블린의 메리온 광장에 있는 와일드의 조각상(CC BY 2.0)

와일드 역시 그런 이중성을 가졌어요. 그는 아나키스트로서[1] 아일랜드 자치를 희망했으나 동시에 영국 지배층과 어울렸습니다. 또한 예술적으로는 러스킨*의 윤리적 심미주의와 페이터**의 본성적 심미주의라는 두 개의 극단을 결합했고, 만년의 모리스, 그리고 쇼와 자주 만났습니다.[2] 그러나 모리스와 쇼가 사회주의를 강조한 반면 와일드는 개인주의를 강조했어요.[3]

영원한 젊음을 추구하는 주인공의 삶과 그 초상화 사이의 역설적인 관계를 그린 소설 『도리언 그레이의 초상*The Picture of Dorian Gray*』(1891), 『살로메*Salome*』(1893)와 같은 와일드의 희곡 작품들은 빅토리아조 중산층의

* 영국의 미술 평론가·사회 사상가(1819~1900). 고딕 형식을 옹호하는 '건축의 칠등(七燈)'을 발표하여 미술 평론가로서 문명(文名)을 확립하였고, 예술이 민중의 사회적 힘의 표현이라는 예술 철학에서 사회 문제로 눈을 돌려 당시의 기계 문명이나 공리주의 사상을 비판하였다. 저서에 『참깨와 백합』, 『근대 화가론』 따위가 있다.

** 영국의 평론가(1839~1894). 평론 「르네상스사(史) 연구」를 발표하여 세기말적 문예 사조의 선구자가 되었다. 저서에 『향락자 마리우스(Marius)』, 『그리스 연구』 따위가 있다.

가치관을 풍자하고 그 사회적 위선을 폭로한 것들입니다. 또한 만년에 감옥에서 쓴 『옥중기*De Profundis*』(1905)는 감옥의 비인간적인 조건을 비판한 작품이지요.

1891년 출간된 『도리언 그레이의 초상』 타이틀 페이지

오스카 와일드의 『살로메』 첫 번째 영어 출판본에 들어간 오브리 비어즐리의 일러스트레이션(1894)

'런던에 있는 아일랜드 왕'이라 불린 와일드는 1895년, 아일랜드 독립운동이 점점 심해질 때 동성애로 재판을 받아 몰락합니다. 그가 동성애자임은 명백한 사실이었지만, 그가 아일랜드 출신이라는 점도 유죄 확정에 기여했는데요. 동성애는 당시 진보를 숭상한 빅토리아조 대영제국에서 볼 때 질병이었고, 아일랜드 독립 문제는 대영제국에 대한 엄청난 도전으로 받아들여질 수밖에 없었습니다. 와일드는 자신의 삶이나 희곡 작품에서

아일랜드를 강조한 적이 거의 없었지만 여러 평론을 통해 아일랜드 독립에 대한 염원을 표했습니다.

우리에게 잘 알려진 뮤지컬 영화 「마이 페어 레이디My Fair lady」의 원작인 희곡 『피그말리온*Pygmalion*』(1812), 『인간과 초인*Man and Superman*』(1903) 같은 사회적인 주제의 희곡으로 성공한 쇼도 스위프트나 와일드처럼 영국계 아일랜드인이었어요. 하지만 그 역시 스위프트나 와일드처럼 20대에 더블린을 떠나 49세까지 돌아가지 않았으며, 49세 때의 일시 귀국도 자신을 위해서가 아니라 아내를 위해서였습니다. 그 후 죽을 때까지 쇼는 더블린을 저주했고, 특히 1923년의 아일랜드 자치 이후 내전이 터지자 환멸을 느껴 다시는 아일랜드를 방문하지 않았지요. 1935년에 자유국 시민으로 등록하기도 했지만 아일랜드와는 무관하게 살았습니다.

조지 버나드 쇼(1915)

쇼의 정원 한구석에 있는 이동식 오두막.
쇼는 『피그말리온』을 비롯한 1906년 이후의 작품들을 주로 이곳에서 집필했다.

쇼는, 아일랜드 사람은 아일랜드를 벗어나기 전에는 아무것도 할 수 없고, 억지로라도 그들에게 다른 세상을 보여주어야 한다고 생각했습니다. 『걸리버 여행기』를 쓸 때 스위프트도 그런 생각을 했을까요? 우리나라에는 쇼가 페이비언주의*자로 알려져 있지만 그는 도리어 아나키스트인 모리스에 심취했습니다.[4] 모리스는 와일드와도 가까웠지요. 쇼는 와일드와 같이 사회주의자로서 국수적 민족주의에 반대했으나, 와일드와 달리 아일랜드를 주제로 한 작품과 아일랜드를 옹호하는 글을 많이 썼습니다.[5]

아일랜드 민족주의자 예이츠

우리에게 「이니스프리의 호도*The Lake Isle of Innisfree*」(1892)라는 시로 잘 알려진 예이츠도 영국계 아일랜드인입니다. 그는 아일랜드 문예부흥 운동의 핵심적 인물로서 전통적인 기독교 신앙보다 고대의 이교적 신화와 상징에서 비롯된 신비주의를 통해 새로운 근대적 정신을 찾으려 애썼습니다. 이 시는 자신이 어린 시절에 자주 방문했던 아일랜드 북서부의 이상적인 섬으로 돌아가고 싶다는 소망을 다룬 것입니다.

예이츠도 쇼와 마찬가지로 모리스에 심취했습니다. 예이츠는 1886년 모리스가 사회주의의 전파를 위해 더블린을 방문했을 때, 예술가들의 모임에

* 1884년 영국에서 결성된 페이비언협회(Fabian society)의 주장. 1883년에 만들어진 윤리적 이상주의적 단체인 신생활우애협회를 계승해서 시드니 웹, 버나드 쇼 등의 지도로 발전되었는데, 페이비언주의는 토지와 산업자본을 개인이나 계급적 소유에서 해방해 공유화함으로써 사회를 재조직할 것을 목표로 개량주의적 입장에 서서 의회제 민주주의, 민주국가에 의한 산업관리, 운영에 근거한 점진적인 사회주의로의 이행을 주장했다.

서 현대예술의 타락에 대해 모리스가 사회경제적으로 설명한 데 깊이 감동 받습니다. 그 이듬해 런던으로 이사한 예이츠는 모리스 집에서 열린 일요강좌에 참석하거나 저녁식사에 초대받기도 했는데요. 예이츠는 그곳에서 쇼와 만났고 모리스를 통해 칼라일과 러스킨에 대해서도 알게 됩니다. 예이츠는 모리스가 고딕건축에서 새로운 공동체적 자유가 생겼다고 본 것에 동의하지 않고 도리어 권위가 다시 등장해 자유가 억압된다고 보았지만, 예술을 도덕·종교·정치로부터 분리할 수 없다는 점에는 찬성했어요. 그러나 예이츠는 마르크스에 대한 반발에서 사회주의자가 되지는 않았습니다. 사회주의자는 그들이 반대하는 물질주의 철학에 젖어 있다고 보았기 때문이에요.

존 버틀러 예이츠가 그린
1900년의 윌리엄 버틀러 예이츠 초상

아일랜드 슬라이고에 있는 예이츠의 무덤(CC BY 2.5)

그 후 더블린으로 돌아간 예이츠는 민족주의자들을 만났고, 1890년대 중반부터 본격적인 정치활동을 시작했으며, 동시에 아일랜드 문예부흥운동을 주도하게 됩니다. 예이츠는 아일랜드의 후진성을 소재로 삼아, 너무나 고도로 발달된 현대 유럽에서는 상실된 정신적 이상이 남아 있는 아일랜드에 대한 급진적이고 교란적이며 파괴적인 회귀를 노래했습니다.

1916년의 부활절 봉기*에 가담했다는 이유로 아일랜드 공화주의자들이 처형당하자 그 봉기에 비판적이었던 아일랜드인들은 영국 정부에 저항하기 시작하는데요. 그 극적인 현실에서 예이츠가 본 것은 회귀운동의 정지** 바로 그것이었습니다. 그러나 예이츠는 스위프트와 같이 가톨릭 중심의 국수주의적 민족주의에는 반대했어요. 그 후 1922년 아일랜드 자유국 성립 후 임명직인 상원의원직을 두 차례 경험(1922~1928)하고, 1933년 여름에는 잠시 IRA에 맞서는 파시즘에 매혹되기도 했으나, 만년에는 정당정치로부터 떨어져 다시 아나키즘으로 돌아갑니다.[6]

POBLACHT NA H EIREANN.

THE PROVISIONAL GOVERNMENT
OF THE
IRISH REPUBLIC
TO THE PEOPLE OF IRELAND.

IRISHMEN AND IRISHWOMEN: In the name of God and of the dead generations from which she receives her old tradition of nationhood, Ireland, through us, summons her children to her flag and strikes for her freedom.

Having organised and trained her manhood through her secret revolutionary organisation, the Irish Republican Brotherhood, and through her open military organisations, the Irish Volunteers and the Irish Citizen Army, having patiently perfected her discipline, having resolutely waited for the right moment to reveal itself, she now seizes that moment, and, supported by her exiled children in America and by gallant allies in Europe, but relying in the first on her own strength, she strikes in full confidence of victory.

We declare the right of the people of Ireland to the ownership of Ireland, and to the unfettered control of Irish destinies, to be sovereign and indefeasible. The long usurpation of that right by a foreign people and government has not extinguished the right, nor can it ever be extinguished except by the destruction of the Irish people. In every generation the Irish people have asserted their right to national freedom and sovereignty; six times during the past three hundred years they have asserted it in arms. Standing on that fundamental right and again asserting it in arms in the face of the world, we hereby proclaim the Irish Republic as a Sovereign Independent State, and we pledge our lives and the lives of our comrades-in-arms to the cause of its freedom, of its welfare, and of its exaltation among the nations.

The Irish Republic is entitled to, and hereby claims, the allegiance of every Irishman and Irishwoman. The Republic guarantees religious and civil liberty, equal rights and equal opportunities to all its citizens, and declares its resolve to pursue the happiness and prosperity of the whole nation and of all its parts, cherishing all the children of the nation equally, and oblivious of the differences carefully fostered by an alien government, which have divided a minority from the majority in the past.

Until our arms have brought the opportune moment for the establishment of a permanent National Government, representative of the whole people of Ireland and elected by the suffrages of all her men and women, the Provisional Government, hereby constituted, will administer the civil and military affairs of the Republic in trust for the people.

We place the cause of the Irish Republic under the protection of the Most High God, Whose blessing we invoke upon our arms, and we pray that no one who serves that cause will dishonour it by cowardice, inhumanity, or rapine. In this supreme hour the Irish nation must, by its valour and discipline and by the readiness of its children to sacrifice themselves for the common good, prove itself worthy of the august destiny to which it is called.

Signed on Behalf of the Provisional Government,
THOMAS J. CLARKE.
SEAN Mac DIARMADA. THOMAS MacDONAGH.
P. H. PEARSE. EAMONN CEANNT.
JAMES CONNOLLY. JOSEPH PLUNKETT.

1916년 부활절 봉기 당시
패트릭 피어스가 읽은 선언문

* 1916년 4월 부활절 주간에 아일랜드인들이 영국에 대항해 일으킨 무장항쟁이다. 아일랜드 독립운동에서 1798년의 '청년 아일랜드인협회'의 항쟁 이후 가장 중요한 항쟁으로 간주된다.

** 아마도 궁극적으로 의미 없는 반복이라는 회귀운동의 정지를 말한다. 즉 아일랜드의 전설적인 영웅인 쿠컬린의 명백하게 끝없는 고난을 상징한다.

아일랜드의 민족적 정체성의 탄생이, 예이츠에게는 회귀운동의 정지와 일치했던 거예요. 그러나 민족적 정체성을 확보하는 것은 예이츠 자신의 경우, 아일랜드의 특이한 민족적 성격에 착안하는 식민자 영국인의 태도를, 오직 강조하고 강화하는 것에 불과했습니다. 따라서 예이츠의 신비주의 회귀와 파시즘 경도는 식민지의 곤경을 더욱 뚜렷하게 만들었을 뿐이었지요.

예이츠는 만년에 부분적으로나마 토착주의를 넘어서는 제2의 시기를 맞는데요. 이때 그에게 일관되었던 반영국적 견해와 아나키적인 교란을 향한 분노가 드러납니다. 이 단계에서 그는 민족주의자의 독립이 아니라 해방이라는 말을 새롭게 선택해요. 그러나 1920년대에 예이츠는 모순과 신비주의로 빠져들면서 마침내 정치를 거부하고, 파시즘(또는 이탈리아적인, 또는 남미적인 권위주의)을 지지하게 됩니다. 절대 옹호될 수 없는 과오를 범한 것이지요.

그러나 다른 많은 점에서 예이츠는 제국주의에 저항했습니다. 자기 민족을 위한 새로운 이야기를 집요하게 추구하면서, 영국에 의한 아일랜드 분할 계획에 분노하고, 아일랜드 통일에 정열을 바쳐 새로운 질서를 초래하는 폭력을 말로 기념하고 축복하며, 민족주의의 문맥 속에서 민족에 대한 충성과 배반을 유연하게 사용함으로써 말입니다.

1916년 부활절 봉기 이후의 절정기에 나온 예이츠의 걸작 시들인 「1919년」, 「이스터 1916년」, 「1913년 9월」을 읽어보면 '기름때 묻은 돈궤'[7] 또는 도로와 말의 폭력[8]에 의해 지배된 생활에 관한 실망, '구멍 속에서 싸우는 족제비들'[9]에 대한 실망, 또는 '피에 젖은 희생의 시'로 불린 의례적인 것만

이 아니라, 낡은 정치적·도덕적 풍경을 바꾸는 놀라운 새로운 아름다움[10]을 느낄 수 있습니다. 반식민지화의 모든 시인이 그러하듯이 예이츠도 악전고투하면서, 하나의 상상적인 또는 이상적인 공동체의 윤곽을, 그 독자적인 의미 부여에서만이 아니라, 적으로부터의 의미 부여도 포함하는 형태로 명확하게 선언하고자 노력했습니다.

예이츠는 이제 거의 완벽하게 고전의 반열에 올라 있습니다. 그는 자신의 토착적 전통, 자기 시대의 역사적·정치적 문맥, 나아가 민족주의 운동이 격렬하게 전개된 아일랜드에서 영어로 작품을 쓴 시인이라는 복잡한 상황과 깊이 관련되고 영향을 받은 시인인 동시에 반제국주의 저항운동 기간에 바다 건너 열강에 의한 압제 하에서 신음하는 사람들의 경험과 열망과 부흥의 비전을 명확하게 토로한 위대한 민족 시인이었습니다.

세계주의자 조이스와 베케트

시인 예이츠와 함께 아일랜드가 낳은 20세기 최고의 작가는 소설가 조이스입니다. 그는 아일랜드 출신이면서도 유럽 각지에서 작품 활동을 했는데요. 『젊은 예술가의 초상*A Portrait of the Artist as a Young Man*』(1916)의 주인공 디덜러스를 통해 조이스는 아일랜드에서 식민지 언어인 영어를 사용하는 식민지 아일랜드인의 조바심을 다음과 같이 표현했습니다.

> 우리가 지금 대화하고 있는 이 언어도 내 것이기에 앞서 우선 그의 것이다. 가정이니, 그리스도니, 맥주니, 선생이니 하는 영어 낱말들도 그의 입에서 나올 때와

나의 입에서 나올 때 서로 얼마나 다른가! 나는 이런 낱말들을 말하거나 쓸 때마다 정신적 불안을 겪는다. 아주 친숙하면서도 이국적으로 들리는 그의 언어가 내게는 언제까지나 후천적으로 익힌 언어로 남아 있을 것이다.[11]

그러나 조이스는 문학을 애국심과 연계시키지 않았어요. 소설의 주인공 스티븐 디덜러스처럼 아일랜드의 교회, 가족, 학교, 정치를 떠나 자유로운 삶을 추구하며 외국에서 추방자로 살았지요. 쇼가 말했듯이 아일랜드에서는 숨이 막혔기 때문이었습니다.

1918년 무렵의 제임스 조이스

작가 박물관에 걸린 조이스 초상화

세계 각국에서 기념되는 제임스 조이스.
1 아일랜드 더블린
2 크로아티아 풀라
3 폴란드 켈체
4 스위스 취리히

조이스의 단편집 『더블린 사람들*The Dubliners*』(1914)은 더블린의 마비된 삶들을 통해 식민지 상황을 보여줍니다.[12] 그중 하나인 단편 「눈」은 그들의 고통을 덮는 축복인 동시에 저주로서, 그들의 의식을 인습에 묶어두는 저주를 다룹니다. 『젊은 예술가의 초상』에서 조이스는 예술가의 소외와 질곡을 식민지 아일랜드의 상황과 견주는데요. 여기서 그는 예술가로 살려면 아일랜드를 벗어날 수밖에 없다고 묘사합니다.

조이스의 『율리시스*Ulysses*』(1922)*는 더블린을 무대로 한 작품 중 가장 유명세를 탄 소설입니다. 하지만 그 내용은 인간의 보편적 모습을 국제적인 모더니즘 수법인 내면적 독백에 의거해 쓴 것이지요. 1922년, 마침내 아일랜드에 자치가 인정되지만 조이스는 자유가 그 전보다 더 줄었다고 비판합니다.

사뮈엘 베케트(1977)

1932년 더블린을 떠난 베케트**는 제2차 세계대전 때 중립이어서 전쟁을 겪지 않은 아일랜드보다 전시 프랑스에서 사는 것이 더 낫다고 증언하기도 했습니다.[13]

* 그리스의 서사시 「오디세이」를 본떠서, 1904년 6월 16일, 더블린 시의 평범한 광고업자 블룸이 하루 동안 경험하는 외적 및 인간의 내부에 잠재하는 생활과 회상의 모든 것을 자세히 묘사한 20세기 실험 소설이다. 1922년에 파리에서 출간되었다.

** 베케트는 1906년 4월 13일 더블린에서 출생하여 1989년 12월 22일 프랑스 파리에서 사망했다. 제임스 조이스와 마르셀 프루스트의 영향을 받았고, 1969년 노벨문학상을 수상했다. 『고도를 기다리며』로 프랑스 문단과 극계에서 크게 호평을 받았다. 1961년에 구두점이 전혀 없는 산문인 『어떤 식으로 그것이』, 1963년에는 『아! 아름다운 나날』 등을 발표하였는데, 그 작품들을 통해 베케트는 세계의 부조리와 그 속에서 의미도 없이 죽음을 기다리는 절망적인 인간의 조건을 묘사했다.

영어와 교포 문제

아일랜드를 포스트 콜로니얼* 사회라고 보는 견해가 있습니다. 아마도 유럽에서는 유일하게 해당되는 경우이겠지요(동유럽에서도 문제될 수는 있겠지만 말입니다). 7백 년이란 식민지를 경험한 곳이니 그런 이야기는 당연하다고도 생각됩니다.

사실 영국의 경제적, 문화적 영향력은 지금도 아일랜드에서 무시할 수 없어요. 우선 영어 문제가 있습니다. 아일랜드에는 아일랜드어(Irish)가 국어이고, 이를 학교에서 배웁니다. 그러나 그 말을 일상어로 사용하는 사람 수는 아일랜드 서부에 사는 6만 명 정도(전체 인구의 2%)에 불과합니다. 그들조차도 영어를 함께 사용하고 있고요. 국민의 98%는 영어만 사용합니다.

7백 년 식민지 지배의 결과인 영어 혐오는 앞에서 조이스의 『젊은 예술가의 초상』에서 보았듯이 우리가 일본어에 대해 느끼는 정도보다(그것도 최근에는 더욱 달라지고 있지만) 당연히 심합니다. 사실 영어(English)란 문자 그대로 잉글랜드(England), 즉 런던을 중심으로 한 브리턴 섬 중부지역의 말에 불과했고, 그곳에 온 앵글로·색슨 족도 독일인이나 네덜란드인 같은 게르만계 민족이었습니다. 그들은 브리턴 섬의 원주민인 켈트계의 웨일즈, 스코틀랜드, 아일랜드 각 민족을 굴복시키고 그들에게 자신의 언어 대신 영어를 사용하도록 강요하며 브리턴 섬을 정복했지요.

그 후 영어는 대영제국의 식민지 지배와 함께 세계를 제압했는데요. 대

* 식민지 이후에도 그 이전의 영향력에서 자유롭지 못한 것으로, 대개 식민적 지배에 대한 극복 과정을 의미한다.

영제국은 그와 쌍벽을 이룬 프랑스가 캐나다 일부 퀘벡에만 입식사회(入植社會, settler society)를 형성한 반면, 미국·캐나다, 오스트레일리아, 뉴질랜드에서 원주민을 몰아내고 광대한 입식사회를 형성했습니다. 지금 앵글로·색슨 민족이 세계를 지배하게 된 기초를 놓은 것이죠. 앵글로·색슨 족은 영국을 지배한 것부터 현재에 이르기까지 세계를 지배한 방식이 기본적으로 동일합니다. 즉 원주민을 완전히 말살하고 자기 민족의 입식사회를 세우는 것인데요. 본질적으로 제국주의적이고 침략주의적인 족속이지요. 영어도 마찬가지입니다. 본질적으로 제국주의적이고 침략주의적인 언어이죠.

다음 엄청난 수의 교포 문제가 있습니다. 아일랜드인, 즉 아이리시라고 하면 아일랜드인 350만 명, 북아일랜드인 150만 명 외에, 미국에 있는 4,300만 명을 포함한 7천만 명의 해외교포를 말합니다. 그 대부분은 19세기, 특히 1840년의 대기근 시에 이민을 간 사람들의 후예들이죠. 그 숫자는 현재 영국이나 프랑스의 인구보다 많습니다.

나를 울린 IRA 영화들

저는 1981년에 출판된 『북아일랜드 그 원한의 역사』를 읽고 나서 아일랜드에 흥미를 갖게 되었습니다. 전두환 체제에서 젊은 시절을 보낸 당시의 20~30대는 북아일랜드 독립을 주장하는 IRA(Irish Republican Army)에 자연스럽게 공감했어요. 마치 그 책의 앞에 나오는 예이츠의 다음 시를 읽고 공감한 것처럼 말입니다.

나 또한 기다리노라.

사랑과 증오로 휘몰아치는

그대들의 거대한 폭풍의 시간을.

언제일까—

대장간에서 튀는 불티처럼

별들이 하늘로 흩어지고 죽어갈 그 시간은

그것은 아득히 먼 곳에서 불어오는

아직 더렵혀지지 않은

가장 비밀스런 장미?

—그대들의 시간은 이미 와있고

그대들의 위대한 바람은

이렇게 일고 있다.

그 뒤 저는 우리에게 불어 닥친 거대한 폭풍에 휘말리느라 북아일랜드도, 아일랜드도 잊고 살았습니다.* 그러다가 1994년에 본 「아버지의 이름으로In The Name Of The Father」**라는 영화 덕분에 다시 아일랜드를 생각하게 되었지요. 비슷한 시기에 개봉된 「쉰들러 리스트」에 밀려 사람들의 관심을 크게 끌진 못했지만, 제게는 「아버지의 이름으로」가 훨씬 감동적이었

* 아일랜드는 언제나 마음속에 남아 있었다. 게다가 그곳 벨파스트 대학이 인권과 노동문제에 특히 관심을 갖고 있음을 알게 되어 유학을 생각하고 절차를 밟기도 했으나 하버드 대학에서 유리한 조건을 제시하는 바람에 포기하게 되었다.

** 감독과 주연은 각각 「나의 왼발」(1989)의 짐 쉐리단과 다니엘 데이 루이스였다.

습니다.

실제로 1994년도 아카데미상은 미국의 「쉰들러 리스트」와 영국의 「아버지의 이름으로」의 대결이었다 해도 과언이 아닐 만큼 두 영화는 그해 최고의 영화였습니다. 결과적으로 전자가 대부분의 상을 휩쓸고, 후자는 어느 것 하나 수상하지 못했지만요.*

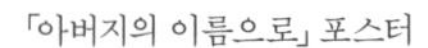
「아버지의 이름으로」 포스터

「쉰들러 리스트」 포스터

* 하지만 「아버지의 이름으로」가 이미 베를린 영화제에서 작품상을 받은 터라 할리우드의 처사가 공정하지 못했다는 비난을 받았다.

사실 「쉰들러 리스트」는 새로운 소재를 특별한 연출기법으로 만든 영화는 아니었습니다. 소재도 진부했고 문제의식도 새롭지 못했어요. 유태인이 지배하는 할리우드의 반나치주의는 지난 반세기 동안 끊임없이 유태인 학살을 소재로 영화를 만들어온 '홀로코스트 산업'의 일부에 불과했으니까요.[14]

반면 「아버지의 이름으로」는 민주주의와 인권의 모국이라 불리는 영국에서 벌어진 반민주적, 반인권적 권력 남용에 대한 고발 영화로서 충격적이었습니다. 평범한 부자를 중심으로 전개된 그 영화는 실화이기 때문에 더욱 감동적입니다.

영화 내용을 좀 더 쉽게 이해하려면 북아일랜드에 대한 약간의 설명이 필요할 것 같아요. 아일랜드 섬은 상당 기간 영국의 식민지였으나 1921년에 아일랜드의 남쪽이 아일랜드국(에이레)으로 독립하고 나서 북쪽은 그대로 영국의 일부로 남습니다. 그 후 북쪽에서는 주민의 다수파인 프로테스탄트계와 소수파인 가톨릭계 사이에 차별 대우 문제를 두고 분쟁이 벌어집니다. 1969년 이후엔 폭력화의 양상을 띠게 되지요.

특히 1970년대부터는 남북 아일랜드의 통일을 주장하는 가톨릭교도 중심의 아일랜드 공화국군(IRA)의 테러 활동을 중심으로 폭탄 테러 사건이 빈번하게 일어납니다. 1974년 10월에 발생한 '길포드 포' 폭탄 테러 사건도 그중 하나인데요. 당시 테러범으로 누명을 쓰고 복역했던 건달 청년 제리 콘론이 15년이 지난 1989년에 석방된 이야기가 바로 이 영화의 소재입니다. 콘론은 석방 후 『증명된 무죄』라는 책을 썼는데, 영화는 그것을 토대로 제작되었습니다.

당시 길포드에 있는 한 선술집에서 폭탄이 터져 5명이 죽고 50여 명이 중화상을 입는 사건이 터집니다. 영국 경찰은 IRA의 소행으로 단정하고 4명의 용의자를 구속하여 구타, 살해 위협, 고문을 가합니다. 유일한 증거란 자백뿐이었고, 콘론의 아버지와 조카도 공범으로 구속되지요. 1975년 실제 범인들이 구속되어 재판을 받고 진범인을 주장합니다. 그러나 법원은 이를 길포드 포를 구하려는 술책으로 간주하여 받아들이지 않아요. 1980년 제리의 아버지가 옥중에서 결핵으로 사망한 뒤에도 아일랜드의 가톨릭 수녀인 사라는 구명운동을 멈추지 않습니다. 결국 1987년 영국 정부는 재조사를 실시했고, 1989년 자백이 위조되었다는 사실이 밝혀지면서 제리는 그해 10월 석방됩니다.*

아버지에 의해 아들이 인간성을 회복해 가는 과정은 매우 감동적이었는데요. 더욱 압권인 것은 아버지의 모습입니다. 영화가 보여주는 이상적인 아버지는 '돈도 없고 아무런 힘도 없으나, 내면적으로는 강력한 정신력과 선량함을 지닌' 인간입니다. 그는 불의에 끊임없이 맞서면서도 폭력을 거부하다가 결국 감옥에서 쓸쓸하게 죽어갑니다.

아일랜드식 가족주의는 한국과 같이 끈끈하기로 유명해요. 영화를 보면

* 「아버지의 이름으로」는 바로 우리의 이야기이기에 더욱 감동적이다. 우리의 수사, 재판, 교도소는 「아버지의 이름으로」에 나오는 그것들보다 훨씬 못하기 때문이다. 엄청나게 긴 수사 기간, 유례가 없는 보호실과 유치장의 존치, 고문에 의한 거짓 자백의 조작, 그것을 그대로 믿는 재판의 오류, 원시 상태를 방불케 하는 교도소의 실정 등 문제가 매우 심각하다. 박종철 고문치사 사건 이후 고문은 상당수 줄어들었지만 수사 과정의 인권 유린은 여전히 자행되며, 비과학적인 감식에 의한 조작도 끊임없이 벌어지고 있다. 박종철 사건에서도 용기 있는 의사들의 과학적인 감식이 없었다면 결코 진상이 밝혀지지 못했을 것이다. 또한 유서 대필 사건에서의 엉터리 감정은 아직도 해결되지 못하고 있다. 인간이 하는 재판에 실수는 있을 수 있다. 그러나 우리는 오판을 낳는 구조를 더 이상 방치해서는 안 된다.

서 저는 많은 생각을 하게 되었습니다. 우리의 메마른 현대 자본주의 사회에도 이 같은 감동적인 부자 이야기가 있을까, 권력이나 돈으로 가족 이기주의를 얽어매는 것이 우리의 가족주의나 부자 관계는 아닐까, 그 황폐함으로 부모를 불사르는 만행이 벌어지는 것은 아닐까, 진정한 아버지의 상이 우리 가슴에 남아 있기는 한 것일까, 진실을 통하여 감옥이라는 극단 상황에서도 아들을 인간으로 만들겠다는 의지를 우리 아버지는 가지고 있을까…… 하고 말입니다. 그리하여 '아버지의 이름으로' 다시 불의에 맞서는 새로운 세대를 우리 어른들이 교육하고 있는지, '아버지의 이름으로' 역사를 다시 창조할 수 있도록 믿음을 주고 있는지 깊이 고민하게 되었지요.

「아버지의 이름으로」에 나온 그 아버지는 제대로 교육을 받지도 못했고 평생을 값싼 노동으로 산 사람이었어요. 그러나 정의와 자유에 대한 믿음을 결코 저버리지 않았을 뿐더러 이를 억압하는 거대한 권력에 홀로 맞섰습니다. 우리의 아버지들은 과연 어떤지, 아버지라는 이름에 걸맞은 행동을 하고 있는지 고민하게 되는 지점입니다.

아일랜드공화군 문제를 다룬 「크라잉게임The Crying Game」도 1992년 아카데미에서 6개 부문의 후보가 되었으나 하나도 수상하지 못했습니다. 「크라잉게임」의 감독은 1986년의 「모나리자」, 그리고 아일랜드의 영웅적 테러리스트인 마이클 콜린스의 일생을 다룬 1996년의 「마이클 콜린스」로 명성을 얻은 닐 조단입니다. 「크라잉게임」은 극적인 상황 전개와 절묘한 인물묘사로 세계를 놀라게 했으나 주제 의식에서는 「아버지의 이름으로」에 미치지 못했어요.

「크라잉게임」 포스터

「어느 어머니의 아들」 포스터

IRA과 관련된 실화를 영화로 만든 또 하나의 걸작은 「어느 어머니의 아들Some Mother's Son」(1997)입니다. IRA 소속 청년들이 영국군에 총격을 가하여 구속되는데, 자신들은 전쟁 포로이므로 죄수복을 입지 않겠다며 단식 농성에 들어갑니다. 그중 하나인 제라드의 어머니는 원래 폭력에 부정적인 사람이었어요. 하지만 그녀는 아들을 구하기 위해 투쟁에 적극 참여합니다. 감독 테리 조지는 「아버지의 이름으로」의 각본을 쓴 사람입니다.

아일랜드와 한국, 동병상련일까 동상이몽일까?

슬픈 아일랜드

어느 나라를 찾는 경우에도 나름의 이유가 있게 마련이지만 아일랜드는 제게 특별한 나라입니다. 이미 말씀드린 것처럼 아일랜드는 대영제국 최초의 식민지였어요. 아일랜드는 영·독·불로 대표되는 유럽에 속하면서도 7백 년 동안 영국의 식민지가 되었던 나라이고, 1922년의 자치 확보나 1949년 독립 시에도 북아일랜드는 독립하지 못해 국토가 분단되어 있지요.

이처럼 아일랜드가 영국 최초의 식민지였고, 영국으로부터 독립한 뒤에도 국토가 분단되어 일부가 여전히 영국 땅으로 남았으며, 그 분단이 아직도 이어지고 있다는 점은 우리와 너무도 닮았습니다. 물론 식민지 기간이나 분단의 이유는 우리와 많이 다르지만, 식민지와 분단이라는 공통 경험을 공유한 것은 사실입니다.

영국은 실로 이상한 나라입니다. 지금 영국이란 하나의 나라이지만, 사실은 네 개의 나라로 구성되어 있어요. 잉글랜드, 스코틀랜드, 웨일즈, 그리고 북아일랜드입니다. 잉글랜드가 그야말로 본국이고, 나머지는 식민지로 병합되었다가 스코틀랜드와 웨일즈는 완전히 흡수되었으나, 아일랜드는 그러지 못해 일부만 독립하고(아일랜드), 일부(북아일랜드)는 영국 땅으로 남아 있으니까요.

제가 아일랜드를 방문하고 놀란 점은 영어와 다른 아일랜드어가 엄연히 있는데도 거의 사용되지 않는다는 점이었습니다. 이는 아일랜드가 대영제국에 속했던 대부분의 다른 식민지와 달리 독립 후 소위 영연방(British Commonwealth)에도 속하지 않는다는 점과 일맥상통합니다. 영국에서 완전 독립한 나라인 셈치고 너무도 이상하게 보였지요. 북아일랜드 독립전쟁을 그렇게 치열하게 하는데도 불구하고 말입니다. 이 상황은 일본말을 사용하는 일제강점기의 독립운동가을 상상해보면 될 텐데요. 그래서 '슬픈 아일랜드'라고 하는가 봅니다.

아일랜드는 지금 EU에 가입되어 있으나, 유럽에서 가난한 '남(南)'으로 (사실은 북에 있으면서도) 존재한 역사가 끝난 것은 겨우 반세기밖에 되지 않습니다. '남'이라 함은 식민지 지배의 대상을 뜻하는 말로는 적합하지 못하므로 '종'이나 '노예'라 함이 옳겠네요. 여하튼 대영제국의 식민지 침략사는 무수한 아일랜드, 즉 제2, 제3, 제4의 아일랜드를 만들어낸 역사라고 할 수 있어요. 즉 서양의 식민지주의란 전 세계를 아일랜드로 바꾸는 것, 아일랜드화를 뜻했습니다.

어느 식민지의 경우도 마찬가지였지만 영국의 절대주의적 국가주의는 아일랜드를 야만시하는 것으로 식민 지배를 정당화했어요. 즉 17세기 영국인들은 아일랜드인들이 야수와 같은 생활을 하고 있고, 세계에서 이 정도로 미개하고, 불결하며, 야만적인 관습과 행태를 보이는 곳은 다시없으며,

그런 야만국은 폭력으로 다스려야 비로소 통치될 수 있다고 끊임없이 주장했습니다. 오리엔탈리즘의 원조가 바로 아일랜드 멸시에 있었다고 할 수 있을 만큼요.

이 같은 야만성은 19세기에 아나키로 변합니다. 그래서 '종'이나 '노예'는 그 천성부터 무질서한 야만이라고 주인에 의해 규정되었고, 따라서 문명화될 필요가 있다고 진단되었으며, 그것은 폭력에 의해서야 비로소 가능하다고 주장되었어요. 이런 상황에서 19세기부터, 특히 20세기에 들어 격렬한 민족주의 운동이 일어났고, 지금도 북아일랜드에서 IRA가 활동하고 있는 것입니다.

아일랜드와 한국

서양사학자 박지향은 『슬픈 아일랜드』에서 흔히들 한국인이 이탈리아인과 닮았다고 하나 사실은 노래 부르기 외에는 닮은 점이 없고, 도리어 한국인은 다음과 같은 점에서 아일랜드인과 흡사하다고 지적합니다.

> 자기 민족이야말로 가장 순수하고 순결하며 뛰어나다고 믿는 맹목적 애국심, 자신들의 역사가 이 세상에서 가장 비참하고 비극적이라고 생각하는 경향, 그리고 실제로 강대국 곁에서 겪은 수난의 역사 등 두 나라 간에는 역사적으로나 정서적으로 닮은 구석이 많다.[1]

나아가 박지향은 아일랜드와 한국이 지정학적으로도 각각 유럽과 아시아 대륙 끝에 붙은 변두리이며, 한(限)이라는 공통된 정서를 지닌다고 말합니다. 아일랜드는 최근 영국보다 1인당 국민소득이 높아졌는데도 자신들이 "아직도 세상에서 '가장 슬프고 비참한 나라'라는 이미지에 집착하"는데, "이러한 피해의식은 일종의 위안을 제공하고 나아가 도덕적 우월감을 자극하기 때문에 더욱 유지되고" 있으나 이는 '편협한 역사의식'이라고 평가된다고 해요.[2] 그리고 "여기서 아일랜드가 우리보다 한발 앞서가고 있"다고 박지향은 지적합니다.

백의민족이라는 말이 상징하듯이 우리에게는 순수하고 순결한 민족이라는 자부심이 있고, 자국의 역사가 강대국에 의해 피해를 입어 비극적이라고 생각하는 경향도 있는 게 사실입니다. 그러나 그것을 편협한 역사의식이라고 우리 역시 느끼고 있음도 부정할 수 없는 사실이므로 우리가 아일랜드보다 반드시 뒤처져 있다고 평가할 수는 없겠지요? 나아가 어떤 민족이 우리 민족과 같으니 다르니 하기란 사실 몹시 어려운 일입니다. 거의 지구 반대편에 각각 붙어 있는 한반도와 아일랜드는 더욱 그렇지요. 닮은 점이 있다고 해도 우연에 불과합니다. 지정학적으로 닮았다고 해도 아일랜드와 똑같이 유럽 대륙 변두리 섬인 영국이나 아시아 대륙 변두리 섬인 일본은 아일랜드나 우리와 전혀 달랐거든요.

특히 역사의식이 닮았다는 말에는 문제가 있습니다. 사실 애국심이나 자국 역사에 대한 비극적 인식은 이 세상 어느 나라에서나 공통적으로 나타나는 요소이고, 이를 반드시 부정적으로 볼 수는 없어요. 문제는 그것이 맹목적이라 해도 근대국가의 형성 과정에 그런 맹목적 애국주의가 나타난 예는 많으니까요. 독일이나 프랑스, 영국과 미국, 일본이나 중국을 떠올리면 이해할 수 있을 겁니다. 지금도 그렇고요.

그런 맹목적 애국주의가 제국주의로 전개되면 그 제국에게 지배당하는 민족한테는 민족주의가 형성되게 마련입니다. 그런 점에서 아일랜드 민족주의는 영국 민족주의의 파생물이자 대응물이고, 한국 민족주의도 중국, 일본, 미국 등 민족주의의 파생물이자 대응물로 보아야 하죠. 『민족주의는 반역이다』는 책도 있지만, '편협한 역사의식'도 다른 모든 편협한 것처럼 바람직하지 않습니다. 하지만 7백 년 동안의 제국주의에 저항한 아일랜드 민족주의를 단순히 '편협한 역사의식'이라 단정하는 데엔 분명히 문제가 있다고 봅니다.

아일랜드는 잡종인가?

아일랜드는 유럽이면서도 유럽이 아니고, 서양이면서도 서양이 아니며, 식민지이면서도 식민지가 아니라고 합니다. 아일랜드 철학자 키니에 따라 좀 더 상세히 말하자면, 앵글로(영국)이면서 게릭(Gaelic, 아일랜드)이고, 가톨릭이면서 프로테스탄트이며, 토착적이면서도 식민적이고, 지방적이면서도 세계적입니다.[3] 이는 곧 아일랜드가 잡종임을 뜻합니다. 키니는 이처럼 아일랜드가 잡종임에도 불구하고 순종임을 고집하는 탓에 분단을 초래했다고 분석합니다. 과도한 순수의 추구가 불순, 잡종, 혼혈의 배제를 초래하고, 남을 말살하고자 하는 폭력으로 치달았다는 뜻인데요. 북아일랜드에서 투쟁의 표어로 제시되는 '순수한 아일랜드 문화'나 '순수한 영국 문화'란 현실에 존재하지 않고 이념적으로 존재할 뿐이며, 이는 민족주의라고 하는 허위 가치관에 의해 허공에 설치된 인위적인 관념의 무대에 불과하다고 말합니다.

이러한 분석에 대해 IRA처럼 전적으로 동감하지 않는다고 해도 앞으로의 역사는 그가 주장하듯이 변화될지도 모릅니다. 그러나 키니가 아일랜드 분단의 원인이 순종주의라고 하는 점은 우리의 분단 원인을 함께 살펴보는 경우에 알 수 있듯이 일면적인 관찰에 불과해요. 물론 분단을 유지하고 있는 배경에는 그런 순종주의적 배타주의가 존재하는 것이 사실이고, 그것을 극복하지 않는 한 통일이 불가능함도 사실입니다.

이처럼 특수한 역사를 갖는 아일랜드는 우리의 역사, 특히 분단에 대해서도 반면교사일 수 있고, 나아가 기독교와 이슬람의 대립을 비롯하여 여러 가지로 대립되어 있는 현 세계의 분단 문제를 해결하는 다리로 이용될 수도 있어요. 제가 아일랜드에 특별한 흥미를 갖는 이유는 바로 이 점에 있습니다. 그런 의미에서 아일랜드는 슬픈 나라가 아니라 지극히 예외적인 유럽 나라이고, 세계적으로 유익할 수도 있는 나라라고 봅니다.

한반도의 경우도 마찬가지 아닐까요? 우리의 분단도 세계의 분단을 상징하니까요. 우리의 분단은 냉전의 씨앗이 발아한 것이지만 범세계적으로 냉전이 사라진 지금까지 해결되지 않는 이유는 과연 무엇일까요? 아일랜드에서 한반도를 다시 생각하게 해주는 배경입니다. 우리의 분단이라는 것도 민주주의니, 자본주의니, 민족주의니 하는 체제 때문이라는 이유를 표방하지만, 실은 이 모든 게 허위의 가치관에 따라 허공에 설치된 인위적인 관념의 무대에 불과하다는 생각이 들어요. 마찬가지로 아일랜드도 우리도 잡종이라는 느낌이 듭니다.

어쩌면 스위프트가 보여주는 『걸리버 여행기』의 여러 나라들, 즉 소인국, 대인국, 공중국, 마인국 등도 어느 나라든 잡종일 수밖에 없다는 것을 보여주려고 만든 장치가 아닐까요? 완벽한 이성의 나라, 자유의 나라, 평등의 나라란 없으니까요. 만일 그런 미명 하에 실제로 존재하는 나라가 있다면 북한과 같은 세습 독재국이나 형편없는 폐쇄 야만국이겠지요.

그러나 아일랜드는 서양이었고 백인의 나라였으므로 비서양, 비백인의 식민지와는 비교될 수 없습니다. 비서양 제3세계에 대하여 서양의 일원으로 역시 정치·경제적으로 우월한 입장에 서 있었으며, 지금도 그러한 제국주의의 공범자니까요. 즉 식민지이면서도 침략 제국인 셈입니다. 그런 의미에서 본다면 아일랜드는 슬픈 나라도, 유익한 나라도 아닌 그저 '나쁜' 나라이기도 해요.

하지만 가장 중요한 문제는 소위 대영제국이 '나쁜' 침략국이었고, 소위 대일본제국도 '나쁜' 나라였다는 사실입니다. 물론 우리는 앞으로 다른 나라나 다른 문화와 충돌하거나 대립하지 않고 연대와 대화의 관계를 수립해야 합니다. 그렇게 사고하며 행동하는 게 바람직합니다. 하지만 더욱 중요한 것은 과거를 완전히 잊어버리거나 현재에 남아 있는 과거의 잔재를 모른 체하면 안 된다는 것 아닐까요?

로빈슨 크루소와 걸리버

『로빈슨 크루소』가 문제라고?

누구나 한 번쯤 무인도에서 사는 꿈을 꾸었을 것입니다. 아무도 없는 섬에 표류하여 공부 걱정이나 일 걱정 없이 푸른 하늘, 흰 구름, 시원한 파도 소리만 벗 삼아 지낸다면 얼마나 좋을까요? 하지만 이런 삶은 누구에게나 '꿈'일 뿐입니다. 환상이지요. 그런데도 무인도는 여전히 매력적인 꿈이자 소망으로 남아 있습니다. 저처럼 『로빈슨 크루소』나 그 비슷한 소설을 읽으며 어린 시절을 보낸 세대에겐 더욱 그렇지요.

물론 여러분처럼 TV와 게임에 익숙한 세대는 『해리 포터』나 『반지의 제왕』에 더 열광할지도 모릅니다. 특히 영국의 화려한 시대를 상징하는 기숙학교를 배경으로 한 『해리 포터』는 보수적이고 안정적인 생활을 꿈꾸는 대부분의 사람들에게 신비롭고 아름다운 마법의 질서를 보여주었지요. 『반지의 제왕』에 나타난 매력적인 마법의 세계도 마찬가지입니다. 현실이 무질서하고 부조리한 만큼 그런 환상의 세계는 더욱 매력적으로 다가오니까요. 하지만 이런 소설들이 갖는 보수성에 대해서도 우리는 비판을 제기해야 합니다. 흔히 말하는 세계화 덕분에 선진국은 물론 후진국 아동에게까지 그대로 수용되어 읽히기 때문입니다.

물론 저는 아이들에게 상상력이나 모험심을 길러준다는 그런 소설의 취지를 문제 삼을 생각은 없습니다. 그러나 적어도 『로빈슨 크루소』를 비롯한 유사 소설들이 보여주는 근대 유럽의 여러 문제점에 대해서는 검토할 여지가 있다고 봅니다. 소위 말하는 세계화나 자본주의, 그리고 근대적 의미의 소설이 바로 다니엘 디포의 『로빈슨 크루소』(1719)로부터 비롯되기 때문입니다.

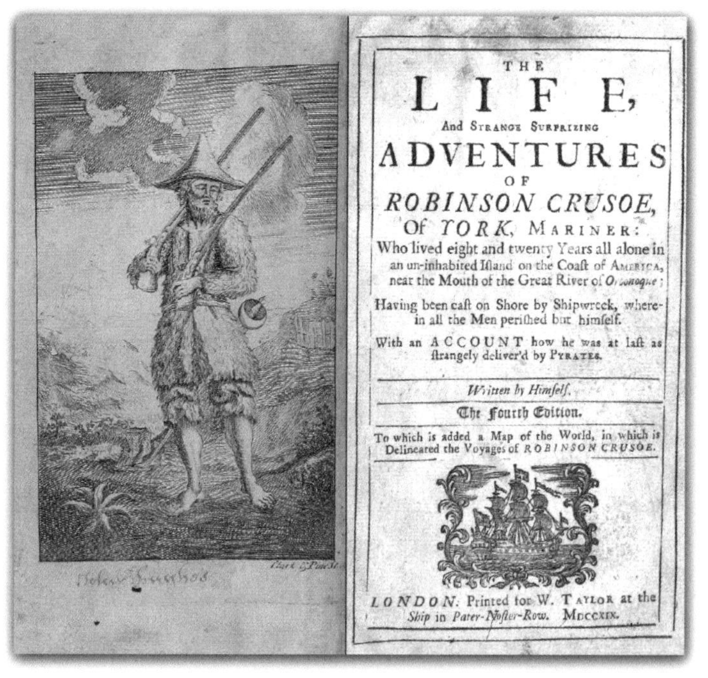
THE
LIFE,
And Strange Surprizing
ADVENTURES
OF
ROBINSON CRUSOE,
Of *YORK*, Mariner:
Who lived eight and twenty Years all alone in an un-inhabited Island on the Coast of America, near the Mouth of the Great River of *Oroonoque*;
Having been cast on Shore by Shipwreck, wherein all the Men perished but himself.
With an ACCOUNT how he was at last as strangely deliver'd by Pyrates.

Written by Himself.

The Fourth Edition.

To which is added a Map of the World, in which is Delineated the Voyages of *ROBINSON CRUSOE.*

LONDON: Printed for W. Taylor at the *Ship* in *Pater-Noster-Row.* MDCCXIX.

1719년에 출간된 『로빈슨 크루소의 모험』 9쪽에 실린 삽화제가 초등학교 시절 동화로 읽은 『로빈슨 크루소』의 독서 이력은 우리나라에 소위 서양문학이 소개된 시점으로 거슬러 올라가는데요. 그 후 지금까지 1백 년 이상 그것은 영문학은 물론 서양문학을 대표하는 작품으로 읽혀졌습니다. 범세계적으로는 3백 년이나 되었지요. 셰익스피어를 비롯한 그 어떤 작품도 『로빈슨 크루소』의 대중성에는 미치지 못할 정도입니다. 『로빈슨 크루소』는 소설의 효시로 평가되고, 작가 디포는 '소설의 아버지'로 불리지요. 게다가 흔히 근대 자본주의 정신을 구현한 최초의 문학작품으로 평가됩니다. 그러나 저는 이 소설을 자본주의의 세계화인 제국주의, 그리고 지금 진행 중인 세계화의 효시라고 봅니다.

먼저 간단히 이유를 밝혀볼게요. 여러분, 혹시 크루소가 목숨을 구해준 흑인이 그의 노예가 되겠다고 맹세하던 장면을 기억하세요? 바로 이 장면이 문제입니다. 그날이 마침 금요일이어서 노예는 '프라이데이'로 명명되고, '주인'으로 섬긴 크루소에게 영어와 기독교를 배워 함께 영국으로 돌아가는데요. 이는 곧 전형적인 대영제국주의의 식민지 지배가 정당함을 선언한 것이나 마찬가지입니다. 당시의 서양인에게는 그 섬이 아프리카든 아시아든 마찬가지였을 거예요. 아니, 그곳이 제주도나 독도였다고 해도 같은 이야기가 쓰였을 겁니다. 우리 식으로 견주자면 우리 선조가 그렇게 노예 맹세를 하고 '프라이데이'로 창씨개명을 당한 이야기겠지요.

어디 그 뿐인가요? 동화나 소설로, 또 영화나 TV로 수없이 본 「타잔」이나 「정글북」, 각종 인디언 영화들은 어떤가요? 명화라 일컬어지는 베르톨

Robinson Crusoe rescuing Friday from the Savages.

1865년에 나온 『로빈스 크루소』에 실린 삽화(알렉산더 프랭크 라이든).
크루소가 프라이데이의 목숨을 구해주는 장면이다.

루치의 「마지막 황제」*가 암흑의 중국에서 영국인 가정교사만을 의지하는 것으로 묘사되는 것을 우리는 어떻게 받아들여야 할까요? 이 같은 예는 도처에 넘쳐납니다. 세계를 멸망시키려는 동양인 악당을 쳐부수는 007은 누구인가요? '암흑' 대륙의 대탐험가라고 교과서에 소개된 리빙스턴과 스탠리의 우정, 숲속의 성자라고 알려진 슈바이처는 지금 우리에게 과연 무엇일까요?

제국주의자 크루소

크루소는 자본주의 인간의 전형이라 합니다. 혼자 바다로 진출한 것은 자본주의의 토대를 이루는 개인주의, 무인도에서 혼자 노동한 것은 자본주의의 기본인 청교도주의를 구현한 것이라 분석하지요. 크루소가 난파선에서 금화를 발견하지만 절해고도에서는 불필요하다고 판단하여 모두 버리고 '인간다운 생활을 하기 위해 필요한 재화를 가능한 한 효율적으로 생산하는 것, 곧 경영'을 중시했다는 점을 학자들은 근대적 인간의 전형으로 분석합니다. 그러나 이는 오해입니다. 크루소는 금화를 가져가기로 마음먹고 그것을 숨겼거든요. 귀국하면서 숨겨두었던 금화를 가져갔고, 귀국해서는 황금 환상이라고 할 정도로 돈에 매달려 식민지 경영으로 나아가지요. 따라서 이 소설은 18세기 영국이라고 하는 중상주의 제국이 낳은 일종의

* 청나라의 마지막 황제이며 후에 만주국 황제로 즉위한 푸이의 생애를 그린 영화이다. 1987년에 개봉되었고, 대한민국에서는 1988년에 개봉되었다. 감독 베르나르도 베르톨루치, 주연 존 론(John Lone)의 이탈리아, 중국, 영국 합작 영화다. 중국 당국이 자금성에서 영화를 촬영하는 것을 허락한 최초의 영화이기도 하다.

황금 환상 소설이라 할 수 있습니다.

크루소는 서아프리카 기니의 흑인 노예 밀무역 상인이고, 사탕과 연초 플랜테이션의 경영자이며, 동남아시아로부터 중국을 거쳐 유라시아 대륙을 횡단하는 모험적인 무역상이었습니다. 그야말로 식민지 지배망을 형성하는 제국주의의 전형적인 인간이죠. 그는 노예 밀수를 위해 브라질 북부로부터 당시 기니로 총칭된 아프리카 북서 해안을 항해하다가 난파하여 무인도에 머물게 된 것인데요. 그 무역로는 영국 중상주의 제국에 이윤을 공급하는 대동맥으로서 당시 경제 평론가이자 중상주의의 열렬한 신봉자였던 디포는 그 사실을 누구보다도 잘 알고 있었습니다.

사실 크루소가 28년간 머물었던 무인도도 실질적으로는 절해고도가 아니라 남미에서 두 번째로 큰 강의 입구에 있는 섬입니다. 육지가 빤히 바라보이는 위치에 있었지요. 그 강의 앞 바다가 지금 카리브 해이고, 원주민들이 카리브족입니다. 그 섬은 육지에서 카누를 타고 쉽게 왔다 갔다 할 수 있는 거리였기에 카리브족이 자주 무인도를 방문했다는 이야기가 나오는 것입니다.

소설에서는 그들을 식인종으로 묘사합니다. 섬을 방문한 목적도 식인 파티를 하기 위해서라고 나오지요. 흔히 프라이데이는 흑인으로 오해되지만 사실은 카리브족의 일원입니다. 카리브족이 과연 식인종이었는가 하는 점도 확인할 길은 없으나 콜럼버스 이래 그렇게 믿어졌고요. 사실 식인종설은 크루소가 표류한 17세기에 그곳을 방문했던 예수회 신부들에 의해 주장된 것입니다. 그러나 18세기에 와서 역시 같은 신부들에 의해 식인종설은 부정됩니다. 이러한 변화의 뒤에 바로 식민화의 역사가 있어요. 곧 17세기부터 18세기에 걸쳐 카리브족이 살던 지역은 대부분 식민지가 되었고 카리브족은 절멸의 위험에 빠집니다. 16세기 말에는 약 4만 명이었던 원주민이 1세기 뒤에는 4천 명으로 격감하지요. 식인종설은 원주민 절멸과 함께 사라졌고요. 그들은 죽어서야 오명으로부터 자유로워진 셈입니다. 인디언이나 아프리카인에 대한 이야기도 마찬가지고요.

그런데 1719년에 쓰인 『로빈슨 크루소』는 18세기 초의 작품인데도 여전히 식인종설을 주장했습니다. 이는 무인도가 카리브 해에 있고 카리브 해는 식인종의 바다이므로 무인도 원주민은 식인종이라고 하는 종래의 허구적인 관념을 답습한 데 불과했지요. 크루소는 모래 언덕에서 발자국을 발견하고, 뒤이어 해안에서 사람의 뼈를 발견하며, 다시 식인 현장으로 보이는 피와 살의 흔적을 발견한다는 식으로 전개되다가, 식인종의 일원인 프라이데이가 구원을 요청하여 크루소를 찾아온다는 것으로 식인종설을 현실로 묘사합니다.

문명화라는 이름의 환상

그런데 정작 프라이데이에 대한 묘사는 그를 식인종이라 볼 수 없을 만큼 아름답습니다. 마치 콜럼버스가 처음 만난 원주민을 묘사한 것처럼요. 특히 프라이데이는 흑인과 대조적으로 유럽인과 유사하게 그려지는데요. 당시의 카리브족은 유아 시절 어머니에 의해 얼굴과 코가 납작하게 되었다는 습속이 널리 퍼져 있었습니다. 그런데 프라이데이의 얼굴과 코는 유럽인처럼 좁고 높은 것으로 묘사되지요. 이는 야만족인 흑인에 대한 경멸과는 대조적으로 문명화될 식민지인에 대한 유럽인과의 동일화 의식을 반영한 것으로 볼 수 있습니다.

이런 모습을 전제로 프라이데이의 유럽인화는 놀라울 만큼 빠른 속도로 진행됩니다. 그는 조리된 산양의 고기와 빵을 먹고, 의복을 걸치며, 영어를 배워요. 유럽의 상징이라고 할 수 있는 총의 조작법까지 전수 받아 그 총으로 동족인 식인종을 죽입니다. 3년도 안 되어 크루소 이상의 선량한 기독교도로 변모하지요. 그러나 이러한 과정을 묘사한 것은 20쪽 안팎에 불과합니다. 크루소가 식인종 발자국을 발견하고, 이어 프라이데이가 출현하기까지 10년간을 묘사한 것과 대조적이죠? 곧 문명화의 가벼움이 식인 관념의 무거움과 놀라운 대조를 이룬다는 것을 알 수 있습니다. 이러한 가벼움은 프라이데이의 철저한 자발성에서 비롯되는데요. 프라이데이의 문명화는 바로 크루소에 대한 절대적인 복종, 곧 노예화를 의미합니다.

크루소와 프라이데이의 관계를 풍자한 만화(1900년경)

이 같은 묘사의 배경을 알아볼까요? 예, 그렇습니다. 여러분이 짐작하듯 이는 식민지인을 문명화시켜 자신의 노예로 삼겠다는 당시의 식민관에서 비롯된 것입니다. 프라이데이는 본래의 이름 대신 식민지 지배자가 주는 이름을 갖게 되고, 동시에 크루소는 자신의 이름으로 불리는 게 아니라 '주인'으로 칭해집니다. 즉 크루소와 프라이데이가 관념적으로 순화된 추상적 주종관계로 연결되는 것이지요. 이러한 관계에서는 어떤 강제도 반항도 긴장도 찾아볼 수 없습니다. 오직 절대적인 충성만이 존재할 따름이지요. 이처럼 문명화에 의한 원주민의 자발적이고 절대적인 복종이라는 유럽의 과잉 환상은 『로빈슨 크루소』 전체를 통해 수없이 드러납니다.

또 하나의 환상은 인공 낙원입니다. 크루소는 무인도를 개척하여 나름의 인공 낙원을 꾸미지만, 늘 야만족의 위협에 시달리게 됩니다. 표류 직후 그가 먹은 것은 기적적으로 발견한 맑은 물과 엽연초뿐이었어요. 그래서 난파선에서 가져온 것을 먹고살아야 했는데요. 이러한 혹독한 자연 조건은 장래의 위험과 결핍에 대비하는 철저한 계획성과 철저한 노동을 요구했습니다. 이에 크루소는 무인도를 철저히 조사하여 그곳에 풍요한 식물이 존재함을 알게 되지만 그곳을 결코 낙원이라 부르지는 않아요. 도리어 '사람의 손으로 심어놓은 정원'이라 부름으로써 인공성을 강조하지요. 그는 어떤 자연 식품도 그대로 먹지 않고 일단 이식하여 재배한 뒤에야 먹습니다. 따라서 그 낙원은 철저한 인공 낙원인 셈입니다.

게다가 그 낙원은 야만족이라는 보이지 않는 적에 의해 언제나 위협받는 곳입니다. 이들 야만족을 배제하는 데엔 두 가지 유럽 제품, 즉 총과 기독교가 필요했어요. 총은 저항하는 야만족을 죽이기 위한 것이었고, 기독교는 순응하는 야만족을 문명화 내지 교화하는 데 필요한 만능약이었습니다. 이처럼 인공 낙원의 건설과 야만족의 위협, 그리고 총과 기독교에 의한 지배가 바로 『로빈슨 크루소』의 기본 구조입니다. 서양이 아닌 세상을 바라보는 서양인의 기본적인 사고 구조였지요. 이는 그 후 지금까지 약 3백 년에 걸쳐 끝없이 재생산된 '로빈슨 크루소류 문학', 즉 제국주의 문학의 주제가 됩니다. 그 놀라운 생명력은 제국주의 또는 식민지주의를 유지시킨 근원적인 허구 중의 하나와 결부되었기 때문에 가능했는데요. 곧 침입자와 원주민을 슬쩍 바꿔친 것이지요. 다시 말해 침입자인 서양인이 인공 낙원을 건설하면서 원주민을 자처하게 되고, 반대로 그곳을 방문한 원주민을 침입자로 만드는 것입니다.

아동문학용 『로빈슨 크루소』의 잔혹성

『로빈슨 크루소』가 아동문학용으로 언제부터 우리나라에 소개되었는지는 정확하게 알 수 없어요. 아마 일제강점기 초기부터 일본어로 읽히기 시작했을 것입니다. 해방 후에는 수없이 번안되어 읽혔을 테고요. 지금도 서점에 가보면 수십 종의 아동용 책이 있는 걸 볼 수 있잖아요. 그런데 아동용 책에선 원주민을 식인종이라 일컫는 장면이 더욱 강렬하게 부각됩니다. 프라이데이만 봐도 그래요. 그는 식인종 젊은이로서 야만인들에게 잡아먹히게 되었을 때 로빈슨에게 구조되어 충복이 되는 것으로 묘사됩니다. 이후 사람을 잡아먹는 나쁜 습성을 버리고 하늘의 가르침에 순종하면서 문명인의 생활과 영어를 배워 식인종의 세계를 벗어나고, 로빈슨을 신처럼 숭배하다가 함께 영국으로 건너가 유쾌한 생활을 보내게 되는 젊은이로 소개되지요.

물론 아동용인 만큼 부분적으로 각색될 필요는 있겠지요. 그러나 원래 소설에서 꿈으로 나오는 최초의 식인종과의 만남이 동화에선 잔혹한 실화로 과장되어 묘사되거나, 크루소가 처음 발견한 식인 흔적을 잔인하게 묘사한 것 등은 문제입니다. 소설에서는 몇 줄 되지 않는 것을 동화에서는 몇 쪽에 이어 설명하거든요. 아무리 동화라 할지라도 이런 불합리한 윤색까지 합리화할 수는 없겠지요? 이는 마치 신문에서 객관적으로 보도하는 사건을 주간지에서 흥미 위주로 과장 보도하는 것과 다르지 않습니다. 게다가 아동용 책에서는 식인종에 대한 나름의 학설까지 제시합니다. 물론 이 부분도 원작에는 없는데요. 함께 살펴봅시다.

> 식인종은 다른 동네와 싸워서 이기면 그 포로를 잡아먹는 것입니다. 그러나 그들은 미신을 믿는 마음이 아주 강해서 일정한 장소를 정하고 그곳에서 사람을 잡아먹지 않으면 벌을 받는 것이라고 생각합니다. 그들은 이 섬을 그런 곳으로 정한 것입니다. 그렇다면 그들은 사람을 잡아먹기 위해서 이미 여러 차례나 이 섬에 온 것입니다. 그러나 다행히도 섬 내부는 파고들지 않고, 그저 포로를 잡아먹기 위해서만 왔던 것입니다.

이러한 묘사는 더욱 상세하게 계속됩니다. 그러다 마침내 원작에 없는 '사나이 맹세'로 이어져요.

> '저, 잔인한 식인종 놈들! 저놈들의 손에 걸려들어서 비참한 최후를 겪은 자들이 얼마나 많을까! 아, 얼마나 비통한 마음으로 잡아 먹혔을 것인가! 지금 내가 이러고 있는 동안에도 저놈들은 불쌍한 포로들을 잡아먹고 있을지도 모른다.' 그 불쌍한 포로들의 비명 소리가 귀에 울리는 것만 같았습니다.
> '아! 나도 사내가 아닌가. 이 굳센 손으로 그놈들을 죽일 수도 있을 것이다.' (중략) 이 날카로운 칼, 이 조총, 이 권총, 그리고 가슴속에도 영국의 남아다운 정신이 깃들어 있습니다. (중략) 이 섬은 나의 영토인 것입니다. 나는 이 섬의 왕입니다.

원작에도 없는 식인종에 대한 극단적인 적대 감정을 묘사한 장면들은 끝없이 이어집니다. 그리고 역시 원작에도 없는 황금 및 다이아몬드의 발견과 같은 황당한 장면이나 부모를 그리워하는 장면이 이어지는데요. 이제 로빈슨은 부자이고, 부모를 그리워하는 효자가 됩니다. 문제가 있다면 오직 식인종뿐입니다.

『싱글턴 선장』과 『걸리버 여행기』, 쿡과 다윈

『로빈슨 크루소』를 쓴 지 1년 뒤인 1720년, 디포는 아프리카를 배경으로 한 『싱글턴 선장』을 발표합니다. 주인공 싱글턴은 승선한 상선의 반란 사건으로 동료들과 함께 마다가스카르 섬에 상륙합니다. 섬사람들은 그들이 걱정한 식인종은 아니었으나 무지하고 탐욕스럽기는 마찬가지여서 도저히 인간이라 볼 수 없다고 묘사되지요. 여기서 디포는 아프리카에 대한 제국주의적 이해관계를 명확하게 보여줍니다. 그가 선장을 통하여 설명한 아프리카의 가치는 당시부터 지금까지 변함없는 것으로 여겨지는 세 가지 특산품, 즉 노예와 황금, 상아였습니다. 영국인들은 이를 값싼 나이프 등과 교환할 수 있는 물건으로 여겼지요.

당시 아프리카는 아메리카와 달리 낙원이기는커녕 인간으로서는 도저히 살 수 없는 곳으로 알려졌으나 특산품만큼은 막대한 이익을 남기는 것이었어요. 싱글턴은 아프리카를 횡단하는 계획을 수립하고 무기 탄약을 나르게 하기 위해 수십 명의 흑인들을 노예로 부립니다. 흑인들은 총의 위력에 압도되어 유럽인을 숭배하고 무서워했습니다. 도망갈 염려도 없었고요. 제가 소년 시절 교과서에서 읽은 리빙스턴과 스탠리의 '위대한' 대탐험보다 155년이나 앞서 디포는 아프리카 횡단을 소설로 완성했는데요. 리빙스턴이나 스탠리가 강물의 흐름을 이용한 데 비해 싱글턴 선장은 걷는 쪽을 택합니다. 스탠리가 2년 9개월에 걸쳐 답파한 거리의 4분의 1에 불과한 2,880킬로미터를 1년 반 만에 답파하죠. 그런데 싱글턴 탐험대의 희생자는 단 1명만 나옵니다. 스탠리의 경우 282명 중 109명이 생존한 것과 비교할 때 말할 수 없을 정도의 쾌거를 달성한 셈인데요. 또한 싱글턴은 스피크가 빅토리아 호수를 '발견'하기 138년 전에 그곳을 지나간다고 묘사됩니다.

『로빈슨 크루소』가 출간된 지 7년 뒤인 1726년에 나온 『걸리버 여행기』는 『로빈슨 크루소』의 성공에 의해 촉진된 항해기 붐을 타서 쓰인 가공의 여행기였습니다. 원제는 '세계의 여러 먼 나라 여행기'였는데, 각 장마다 각 나라의 위치를 보여주는 지도가 실려 있었지요. 이는 실제 나라들과 가상의 나라를 섞어서 그린 것이었습니다.

예컨대 제1부에 나오는 소인국 릴리퍼트는 수마트라 및 타스마니아와 이루는 삼각의 정점, 제2부에 나오는 대인국 브롭딩낵은 북아메리카 대륙 북서 끝, 제3부에 나오는 하늘을 나는 섬나라 라퓨타는 일본의 동쪽 해안에 해당됩니다. 이는 『걸리버 여행기』가 단순한 공상이 아니라 당시의 지리 인식과 결합되었음을 보여줍니다. 곧 당시 유럽인들이 알게 된 세계의 여러 극한 지역들에 대한 표현이었어요. 대영제국주의의 식민문학이 세계를 배경으로 뻗어나간 것, 즉 크루소의 무인도로부터 걸리버의 전 세계로 확대된 것을 뜻했습니다.

여기서 우리는 위도와 경도로 구분되는 지도라는 서양 특유의 지리 인식을 확인하게 됩니다. 음악을 포함하여 모든 것을 기록하는 서양은 세계를 지도화하여 그 인식을 공유하는 행위로써 지도를 창조했는데요. 기록은 구전과 달리 전달과 반복이 쉽다는 장점이 있습니다. 계측 기계의 개량, 특히 크로노미터의 발명에 따라 정확한 지도 작성이 가능지고, 당시 통용되던 애매한 상상도 역시 사라집니다. 그 결과 세계지도는 유럽이 직접 '인식'한 세계의 표상이라는 성격을 갖게 되지요. 인식은 동시에 '지배'를 수반하는 경우가 대부분이어서 세계지도의 완성은 곧 유럽에 의한 세계지배의 완료를 의미하게 됩니다. 이렇게 유럽은 지구를 하나의 '세계'로 만들었어요. 그러나 그 세계란 어디까지나 유럽을 중심으로 한 제국이었죠.

영국의 해군 장교 제임스 쿡*은 세계지도의 완성에 가장 크게 기여한 사람입니다. 그는 해군의 명령으로 1768년부터 1779년까지 세 번 태평양을

* 영국의 탐험가(1728~1779). 하와이 제도·쿡 제도·소시에테 제도 등을 발견하였으며, 뉴질랜드와 뉴기니가 오스트레일리아와 분리된 섬인 것을 확인하였다.

항해하여 그 지역에 남은 지도상의 공백을 메웁니다. 그러나 자신이 '발견'한 하와이에서 원주민에게 살해되지요. 지도 제작자이자 제국의 군인으로서 그는 조사를 위한 배가 아니라 대포를 장비하고 해병대를 실은 군함을 지휘했습니다. 그리고 정확한 지도 제작과 더불어 새로 '발견'한 토지를 영국의 것으로 선언한 결과 무수한 섬과 토지가 '프라이데이'처럼 영어로 명명됩니다.

제임스 쿡의 1775년 뉴펀들랜드 지도

제임스 쿡

이를 당시의 다른 항해자의 기록과 비교해보면 쉽게 알 수 있어요. 예컨대 그보다 1년 앞서 타히티 섬을 방문한 어느 프랑스인은 타히티를 지상의 낙원으로 묘사했고, 그것은 당시 프랑스에서 유행한 루소 식의 '자연인', '자연 상태', '에덴동산' 붐에 기름을 퍼붓게 됩니다. 그러나 쿡은 타히티 섬 사람들의 무위와 불변의 생활을 개량과 진보를 원동력으로 하는 근대 유럽의 입장에서 철저히 비판해요. 그래서 '이 섬에는 무역할 만한 생산물이 없다. 항해할 때 식량을 보급 받는 정도의 이용 가치만 있을 뿐'이라 서술합니다. 타히티를 대영제국의 세계 지배라는 책략 속에서 파악했을 뿐이었지요.

쿡은 타히티 섬과 달리 오스트레일리아나 뉴질랜드는 식민의 가능성이 매우 크다고 서술했습니다. 쿡의 항해는 국가적인 사업이자 비밀로 취급되었고 국가적으로 독점되었는데요. 따라서 '과학적인 태평양 모험'이라며 아름답게 부를 수 있는 성격이 아니었습니다. 물론 그의 항해에 박물학자들이 동행했던 것은 사실입니다. 하지만 이를 두고 과학적이라고 부를 수는 없어요. 그들 역시 정치적 목적을 더욱 효과적으로 수행하기 위한 수단에 불과했으니까요. 마찬가지로 그를 계몽사상의 세례를 받은 개명적인 탐험가라 부를 수도 없습니다.

그는 섬들을 항해하면서 저항하는 원주민들에게 대포를 쏘고 그들을 죽였습니다. 대포와 소총을 비롯한 화기 사용의 빈도는 엄청났으며, 그 과정은 항상 일정했어요. 먼저 함대가 정박하면 주로 식량을 구하는 교역이 시작됩니다. 그러나 쿡 측에서 교환물품으로 내놓은 철제품의 가치를 모르는 원주민 측이 교역을 거부하면 곧바로 소총으로 사살하고 함포사격으로 위협했어요(그 위력을 실감한 원주민 지도자들은 재빨리 화기를 구입하기 시작했지요). 뿐만 아니라 영어와 기독교를 보급하는 데 총력을 기울였고요. 그 결과 반세기 뒤 다윈이 항해 길에 올랐을 때엔 원주민 사회에 이미 영국과 프랑스의 영사관과 교회가 서 있었습니다. 주민들은 영어로 이야기했고, 전통 음악과 무용은 온데간데없이 오직 찬송가만 들려왔지요.

우리가 근대 진화론의 아버지라 칭송하는 다윈도 제국주의자이기는 마찬가지입니다. 그는 과거에 식인종의 땅이었던 곳이 '문명화'되어 영국풍의 농장이 세워져 있는 정경을 보고 감동합니다. 또한 1788년 유형 식민지로 세워진 호주의 시드니가 유럽풍 도시로 변한 것을 보고 다윈은 약육강식이라는 동물계의 법칙이 인류에도 적용된다고 확신하고 영국인으로 태어난 것을 스스로 축복합니다. 이어 기독교의 도입 결과 생긴 급속한 진보가 영국 국민의 박애정신에 의해 실현되었음을 확신하지요. 그리고 영국 국기를 게양하는 것이야말로 부와 번영과 문화를 담보하는 것이라 굳게 믿었습니다. 하지만 20세기에 들어 그 국기는 영국의 것이 아니라 미국의 것이 되었고, 당시의 이데올로기는 이제 세계화로 불리고 있습니다.

『로빈슨 크루소』의 아류들

『로빈슨 크루소』가 나온 지 거의 3백 년이 되어가는 동안 이 책은 중판, 번역, 번안 등 적어도 7백 종의 아류를 양산했는데요. 18세기엔 셰리든이 팬터마임으로, 19세기엔 오펜바흐가 오페라로, 20세기엔 루이 브뉘엘이 이를 영화로 만들었습니다. 그만큼 문학적 가치가 찬양되는 작품이지만, 『로빈슨 크루소』가 정작 엄청난 인기를 얻게 된 것은 제국주의가 본격화된 18세기 후반부터입니다. 1719년에 쓰인 『로빈슨 크루소』는 출간 당시엔 그다지 높이 평가되지 못했어요. 그러다가 18세기 후반에 이르러 영국 문학을 주름잡은 사무엘 존슨의 높은 평가에 의해 문학적 가치를 인정받았지요. 더욱이 루소가 1762년 『에밀』에서 『로빈슨 크루소』를 소년 에밀에게 주어야 할 유일한 책이라고 말하고, 1799년 독일인에 의해 『새로운 로빈슨』이 아동용으로 쓰인 뒤부터 이 책은 유럽의 소년들에게 서바이벌 모험을 가르치고 해외 진출과 식민지 건설에 대한 의욕을 북돋는 최상의 교재로 군림하게 됩니다.

다시 세기가 바뀌자 무수한 아류작들이 나오게 됩니다. 그중의 하나가 스위스에서 1812년에 출판되고 2년 뒤 영역된 『스위스인 가족 로빈슨』인데요. 이 책은 그 후로 무수히 번역되고 증보되며 개작되는 등 국제적 집단 창작의 과정을 거쳐 세계적인 베스트셀러가 됩니다. 19세기 후반에는 『로빈슨 크루소』에 이어 아동문학의 제2위를 차지했고요.

그 내용을 잠시 살펴볼게요. 1798년 프랑스 혁명으로 재산을 잃은 어느 스위스인 목사가 영국으로 망명하여 가족과 함께 타히티로 선교를 떠납니다. 도중에 그는 뉴기니 근해에서 조난을 당해 무인도에 도착해요. 그곳에서 그들은 로빈슨 크루소처럼 계획적인 노동에 의해 식민지를 건설하고 그곳을 '행복의 섬'으로 명명합니다. 그런데 행복은 이런 종류의 소설이 보여주는 정석대로 식인종 야만인의 출현으로 중단되지요. 그들 역시 프라이데이가 그랬던 것처럼 기독교도로 개종합니다. 유괴된 막내아들은 피리를 불어 야만인들을 매혹시켜서 식인종 추장이 양자로 삼으려고 하게 되고요.* 목사 가족은 총 한 방 쏠 필요 없이 위대한 기독교의 힘으로 식인종을 문명화시켜 자신들의 경작을 돕게 만듭니다. 그야말로 무혈 식민지화의 꿈을 실현한 '행복의 섬'이 되는 것이죠. 이는 두말할 필요도 없이 기독교의 힘을 과장한 식민지소설에 다름 아닙니다.

이러한 아류는 그 밖에도 많아요. 우리나라에 『무인도의 세 소년』으로 소개된 『산호섬』의 줄거리는 세 명의 소년이 낙원 같은 무인도에 표류하여 즐겁게 살아가나, 식인종의 침입으로 평화를 유린당하는 등 우여곡절을 겪다가 원주민 마을의 포로가 되지만 원주민들을 개종시켜 무사히 귀국한다는 이야기입니다. 1858년에 쓰인 이 이야기는 『로빈슨 크루소』의 낙원, 식인종, 그리고 기독교 포교를 더욱 강화한 반면 로빈슨의 노동이라는 점을 생략했다는 점에서 19세기 후반기의 제국주의적 특성을 더욱 분명히 보여줍니다. '산호섬'으로 불리는 낙원은 그 후 무인도 낙원의 대명사가 되어 소설이나 영화에서 수없이 재현되는데요. 극단의 낙원으로 묘사된 이곳에서는 어떤 노동도 필요 없이 완벽한 채집경제가 가능하고, 소년들은 여가를 다이빙이나 수생동물을 관찰로 보냅니다. 그들이 만드는 유일한 도구인 보트는 무인도 탈출을 위한 크루소의 카누가 아니라 스포츠 도구에 불과하고요.

그러나 『로빈슨 크루소』에게 공포의 대상이었던 원주민 식인종은 더욱 야만스럽게 묘사됩니다. 『로빈슨 크루소』에서는 직접 묘사되지 않았던 식인 장면도 더욱 리얼하게 나오고요. 게다가 『로빈슨 크루소』에서는 적의

* 이 장면은 영화 「미션」에서 그대로 재현된 바 있다.

포로만 식인했지만 여기서는 동료까지 식인하는 것으로 묘사되지요. 그리고 이 모든 게 사실이라는 점을 계속 강조하고 반복하면서 야만인을 교화하는 기독교의 위대함을 극단적으로 부각합니다.

이처럼 식인종을 총으로 또는 기독교로 물리치는 모험담은 끝없이 재생산되었으나 19세기 말엽에는 허황된 식인종 설화를 뺀 순수한 해양 모험소설로 양상이 바뀝니다. 그중 대표적인 작품이 루이스 스티븐슨의 『보물섬*Treasure Island*』과 쥘 베른의 『15소년 표류기*Deux ans de vacances*』, 그리고 버로스의 『타잔*Tarzan*』입니다.

『보물섬』은 순수한 해양 모험소설이라기보다 보물을 둘러싼 잔인한 자본주의 소설이라는 점에서 『로빈슨 크루소』 못지않아요. 주인공 소년은 방세를 내지 않고 죽은 해적의 주머니에서 보물섬 지도를 발견하고, 사람들과 함께 그곳을 찾아내 보물을 나눠가집니다. 그의 모험과 분배 과정은 여느 해적의 행동과 다름없지요. 『15소년 표류기』를 쓴 베른은 『80일간의 세계여행』에서도 돈이 모든 것을 해결해준다는 인상을 줍니다. 여행의 시작도 돈 내기였고, 여행의 과정도 돈으로 해결하거든요. 『15소년 표류기』는 무인도에 표류한 상류층 자제들이 자신들이 성장한 유럽 사회의 가치관에 따라 무인도의 공동생활을 즐긴다는 이야기가 축을 이루는데요. 그 문제점은 조금 뒤에 보게 될 골딩의 『파리 대왕*Lord of the Flies*』에 의해 패러디된 바 있습니다.

『타잔』을 쓴 버로스는 세계에서 가장 대중적인 작가 중 한 사람입니다. 그는 군인 출신 사업가의 아들로 태어나 군인이 되고자 했으나 사관학교 시험에 떨어지는 바람에 여러 직업을 전전하다가 1912년 『화성의 왕자』라

1883년에 나온 『보물섬』의 지도

1888년 출간된 쥘 베른의 『15소년 표류기』에 실린 삽화

장서표에 그려진 타잔의 모습.
화성을 손에 든 타잔 주위에
버로스의 소설에 등장하는 캐릭터와
상징물이 그려져 있다.

는 공상과학소설을 썼는데요. 이것이 성공하자 아예 대중소설가로 나서 11권의 속편을 계속 씁니다. 『타잔』 시리즈의 첫 작품인 『유인원들 속의 다잔』도 같은 해에 쓰였는데, 그 후로 32년간 26권이나 이어집니다. 『타잔』은 1918년 처음 영화화된 후 지금까지 영화, 연극, 라디오 방송극, TV 등의 단골 소재가 되어 전 세계를 풍미하지요.*

소설 『타잔』은 타잔의 아버지에 대한 이야기로 시작됩니다. 멋진 영국 귀족인 그는 '영국 영토에 있는 토인들이 고무나 상아를 찾아서 돈을 벌러 가자는 꾐에 빠져 유럽의 다른 나라 군대에 끌려가', '다시는 고향에 되돌아오지 못했'고, '토인들은 아는 것이 없고 어리석었으므로 제대할 때가 되어도 그대로 남아 혹사를 당했던 것'을 조사하라는 명령을 받습니다. 그는 아내와 함께 아프리카로 가지만 유인원에 의해 죽게 되고, 그의 아들 타잔은 유인원 품에서 자랍니다. 12살이 된 타잔은 덤덤 잔치라는 유인원들 축제에서 그들이 밤새 괴상한 소리를 질러가며 춤을 추다가 적을 잔인하게 죽여서 먹어버리는 광경을 목격해요. 그 장면은 이후 18살이 되어 보게 된 흑인들의 식인 잔치 장면에서 회고 형식으로 나옵니다. 그 후 타잔은 밀림의 왕이 되고, 백인 소녀 제인을 만나 다시 문명으로 돌아가게 되지요.

* 『타잔』의 해설을 보면 이 소설이 오늘날의 문화나 문명이 물질만을 중심으로 발달해온 것에 대한 깊은 반성을 보여준다고 한다. 역자는 영문학을 전공한 시인으로서 『바이런 시집』을 번역한 바 있다는데, 이러한 해설은 『타잔』이 마치 바이런의 시처럼 반문명적 정신주의의 소설인 것처럼 보이게 하는 오류를 범한다.

『로빈슨 크루소』에 반대한다

흔히 『산호섬』 또는 『15소년 표류기』를 패러디했다고 하는 『파리 대왕』은 영화화될 정도로 대중적인 소설입니다. 무인도에 온 소년들이 이성파와 본능파로 분열해 대립하다가 구출된다고 하는 내용인데요. 정치우화로 읽혀질 수도 있는 매우 흥미로운 소설입니다. 그러나 이 소설도 전통적인 '낙원과 식인종'이라고 하는 모티브와 구도에서 벗어나지 못합니다. 이 소설에서도 무인도는 더할 나위 없이 아름답고 풍요한 낙원으로 나옵니다. 심지어 누구에게나 발언권이 주어지는 민주적 사회가 형성될 수 있는 가능성마저 보여줘요. 그러나 무인도 생활을 주도했던 이성파가 본능파에게 압도되자 섬은 곧 폭력으로 물듭니다. 이러한 내용 때문인지 이 소설은 흔히 인간성의 바닥에 야만성이 도사리고 있다고 하는 골딩의 허무주의적인 인간관을 표현하는 것으로 이해되는데요. 여기엔 문제가 있습니다.

본능파 소년들의 야만화는 실제의 야만인처럼 신체에 형형색색의 물감을 칠하고 괴상한 춤을 추는 것으로 시작하여 점점 더 흉포해집니다. 우두머리는 추장으로 군림하며 스스로를 야만인으로 부르고요. 이성파 소년들을 잔혹하게 죽이는 과정을 통해 아이들은 이제 영국 소년이 아니라 야만인으로 규정됩니다. 이처럼 『파리 대왕』은 순진한 서양 아이들이 무인도에 와서 비서양의 야만인이 되어 비인간적인 잔혹한 일들을 저지른다고 하는 전통적인 '비서양=야만인=식인종'의 모티브를 되풀이합니다. 무인도에서 자연스럽게 야만적 속성을 몸에 지니게 되면서 악행을 저지른다는 '비서양=악의 권화'라는 주제가 여전히 반복되는 셈이지요.

『파리 대왕』이 출간된 다음해에 나온 『후계자들』도 낯선 지역에서 원시인들을 만났을 때의 공포, 기아와 피곤 등의 잔학성을 표현했다는 점에서 『파리 대왕』의 주제를 반복하고 있음을 알 수 있는데요. 단 여기서는 네안데르탈인으로 나오는 원시인들이 평화, 순응, 협조를 체현한 것으로 묘사되며, 호모 사피엔스는 그 반대라고 하는 설정이 『파리 대왕』과 반대되는 것으로 보입니다. 그러나 이 역시 크루소적 주제임을 부인할 수는 없지요.

이와 유사한 『방드르디 혹은 태평양의 끝』은 『파리 대왕』이 나온 지 23년 뒤인 1967년에 출간된 소설입니다. 프랑스의 미셸 투르니에가 쓴 것으로 다분히 크루소적 소설이지요. '방드르디'란 프라이데이의 불어로서 이 소설이 크루소가 아닌 원주민 노예 프라이데이를 주인공으로 쓰인 소설임을 암시합니다. 이 소설에서는 방드르디가 크루소와 반대되는 순수를 상징하여 디포식 서양문화를 붕괴시키고, 크루소와 함께 태양도시를 찾아가는 것으로 결말이 나는데요. 기본 발상은 역시 크루소를 벗어나지 못합니다.

『로빈슨 크루소』는 수없이 영화화되었던 작품입니다. '007시리즈'의 배우인 피어스 브로스넌이 주연으로 나왔던 1998년의 영화는 디포의 원작임을 강조하면서도 다른 007 영화처럼 주인공의 사랑과 모험을 중심으로 각색한 것입니다. 특히 프라이데이를 크루소와 대등한 입장에서 묘사하여 백인과 비백인의 우정을 강조한 점은 원작과 전혀 다르지요. 그러나 원주민을 식인종으로 묘사한 점은 같습니다. 프라이데이는 사람을 먹으면 힘이 강해진다고 하면서 악어를 신으로 받드는데요. 크루소가 자신의 하느님을 가르치려 하자 프라이데이는 이를 거부하고 떠납니다. 크루소는 둘이 사는 데도 이렇게 힘드니 종교전쟁이 일어났던 것도 이해된다고 하면서 프라이데이를 그리워하지요.

그 후 크루소는 프라이데이를 다시 만나게 됩니다. 그런데 프라이데이가 백인을 착취자이자 노예상이라 비난하자 크루소는 자신의 이름이 '주인'이 아닌 '크루소'라 말합니다. 비로소 '주인'이라는 말의 뜻을 알게 된 프라이데이는 자신이 노예가 아니라고 말하며 크루소와 결투를 벌이지요. 결국 두 사람은 대등한 친구가 됩니다. 원작에서는 영어와 기독교를 익힌 프라이데이가 크루소와 함께 영국으로 가지만, 이 영화에서는 크루소가 부상을 당하는 바람에 함께 프라이데이의 마을로 가지요. 그런데 마을 원주민들은 아직 미개하여 프라이데이와 크루소를 결투시키고 이긴 자를 살려주겠다고 선언합니다. 결투 도중 나쁜 백인이 쳐들어와 프라이데이를 죽이고, 크루소는 마침내 영국으로 돌아갑니다.

이처럼 영화에서는 '좋은 백인'과 '나쁜 백인'이 구별되고, '좋은 백인'의 친구가 된 '좋은 원주민'인 프라이데이와 다른 '나쁜 원주민'이 구분됩니다. 나아가 머리가 좋은 '좋은 원주민'이 머리가 나쁜 다수의 다른 원주민을 쳐부수는 이야기가 원작과 마찬가지로 이어지지요. 이러한 구별이 던져주는 현대적인 의미를 아예 무시할 수는 없겠지만, 그렇다고 하여 백인과 원주민이 평등하다는 식의 이야기로 끌고 가는 것 역시 우리가 사는 세계화된 자본주의의 현실에 비추어보면 그저 환상이 아닐까요?

출처 및 주석*

프롤로그

1) 디트리히 슈바니츠, 인성기 외 역, 『사람이 알아야 할 모든 것 교양』, 들녘, 2001, 363쪽.
2) 송낙헌, 368~369쪽.
3) 370쪽.
4) 562쪽.

1부 스위프트를 찾아서

1장 스위프트 문학 기행

1) 박지향, 『일그러진 근대』, 푸른역사, 2003, 176, 187, 210, 273~274쪽.
2) W. A. 스펙, 이내주 역, 『진보와 보수의 영국사』, 개마고원, 2002, 67쪽. 이 책은 이하 스펙으로 인용함.
3) 가령 Mattew Hodgart, 『*Satire*』, George Weidenfeld and Nicolson, 1969.
4) 357쪽.
5) 13쪽.
6) 4쪽.
7) 브래드쇼, 김준형 역, 『카페 소사이어티』, 책세상, 1993. 이 책은 이하 브래드쇼라고 인용함.
8) 브래드쇼, 74쪽. 그런데 볼프강 융거(Wolfgang Junger), 채운정 역, 『카페하우스의 문화사*Herr Ober, ein Kaffee!*』, 2002, 67쪽은 20세인 스위프트의 송시 「사촌, 스위프트여, 그대는 결코 시인이 되지 않으리」에 대한 드라이든의 가혹한 비평 때문이라고 한다. 이하 이 책은 융거라 인용한다.
9) 브래드쇼, 73쪽.
10) 브래드쇼, 75쪽. 한편 융거는 68쪽에서 스위프트가 성 제임스 커피 집에서 모자를 벗어 테이블 위에 올려놓고 아무 말 없이 주위에 무슨 일이 일어나도 신경을 끊은 채 한 시간 정도 왔다 갔다 하다가 돈을 내고 나갔다고 한다.
11) 브래드쇼, 76쪽.
12) 『숙녀의 화장실』, 194쪽.
13) 519쪽.
14) 519쪽.
15) 브래드쇼, 79쪽.
16) 518쪽.
17) 『숙녀의 화장실』, 11쪽.
18) 브래드쇼, 77쪽.
19) 브래드쇼, 80쪽.

2장 스위프트의 시대

1) 박지향, 『슬픈 아일랜드』, 새물결출판사, 2002, 95쪽 재인용. 이하 이 책은 박지향으로 인용함.
2) 박지향, 137쪽.
3) 박지향, 376~377쪽.
4) 스펙, 29쪽.
5) 46쪽.
6) 아놀드 하우저, 염무웅 외 역, 『문학과 예술의 사회사』, 근세편(하), 창작과비평사, 1981, 52쪽. 이하 이 책은 하우저로 인용함.
7) 케네스 모건 편, 영국사학회 역, 『옥스퍼드 영국사』, 한울아카데미, 1997, 410쪽.
8) 김형수, 『수상으로 읽는 영국이야기』, 청아출판사, 1999. 16쪽에서 그 연대를 1821~1842년이라고 함은 잘못이다.

* 쪽수만 표기한 것은 『걸리버 여행기』 송낙헌 번역본을 의미하며, 다른 번역본을 인용한 경우에는 '누구 번역본'이라 표시하고 쪽수를 밝혔다. 송낙헌 번역본에 실린 송낙헌의 해설을 인용하는 경우에는 '송낙헌 몇 쪽'으로 인용한다. 이 책에서 인용하는 책들의 번역에 문제가 있다고 생각해서 원저를 검토하는 경우 『*The Writings of Jonathan Swift*』, ed., by Robert A. Greenberg and William B. Piper, A Norton Critical Edition에 따라 인용하고 인용 쪽수는 'p.000'와 같이 표기한다.

9) 하우저, 60~61쪽.

10) 195쪽.

11) 전인환, 조너선 스위프트, 영미문학연구회, 『영미문학의 길잡이』1, 영국문학, 창작과비평사, 2001, 183쪽.

김번, 조너선 스위프트, 근대영미소설학회, 『18세기 영국소설강의』, 신아사, 1999, 189쪽. 이하 이 글은 김번으로 인용함.

3장 스위프트의 초기 작품

1) 230쪽.

2) 230, 242쪽.

3) 229~230쪽.

4) 230쪽.

5) 231쪽.

6) 232쪽.

7) 232쪽.

8) 249쪽.

9) 18쪽.

10) 26~27쪽.

11) 15쪽.

12) 237쪽.

13) 16쪽.

14) 20쪽.

15) 34~41쪽.

16) 41쪽.

17) 42쪽.

18) 42쪽.

19) 43쪽.

20) 44~53쪽.

21) 조너선 스위프트, 류경희 역, 『통 이야기』, 삼우반, 2003, 7쪽. 이하 류경희라고 인용함.

22) 95쪽.

23) 96쪽.

24) 96쪽.

25) 127~137쪽.

26) 159쪽.

27) 203쪽.

28) 206쪽.

29) 209쪽.

30) 210쪽.

31) 91쪽.

32) 161쪽.

33) 162~163쪽.

34) 176쪽.

35) 421~422쪽.

『숙녀의 화장실』, 167쪽.

36) 『숙녀의 화장실』, 172쪽.

37) 『숙녀의 화장실』, 173쪽.

38) 『숙녀의 화장실』, 177쪽.

39) 『숙녀의 화장실』, 179쪽.

40) 425쪽.

41) 『숙녀의 화장실』, 179쪽.

42) 『숙녀의 화장실』, 181쪽.

43) 452~456쪽.

4장 아일랜드를 사랑한 스위프트

1) 498~499쪽.

2) 499쪽.

3) 499쪽.

4) 499~500쪽.

5) 500쪽.

6) 500쪽.

7) 501쪽.

8) 501쪽.

9) 502~509쪽.

10) 『하인』, 178~179쪽.

11) 『하인』, 181쪽. 번역은 저자에 의함.

12) 504쪽.

13) 『하인』, 181~182쪽. 번역은 저자에 의함.

14) 504~505쪽.

15) 23~24쪽.

16) 24~40쪽.

17) 202~204쪽.

18) 21쪽.

19) 25쪽.

20) 29쪽.

21) 30쪽.

22) 518~520쪽.

23) 520쪽.

24) 535~538쪽.

25) 538쪽.

『숙녀의 화장실』, 137~138쪽. 번역은 저자에 의함.

26) 375쪽.

27) 376쪽.

28) Carole Fabricant, 『*Swift's Landscape*』, Johns Hopkins University Press, 1982. pp.40~41.

2부 걸리버 여행기

5장 풍자소설 『걸리버 여행기』의 구조

1) 345쪽.

2) p.258

3) 345쪽.

4) 345쪽.

5) p.258.

6) 345~346쪽.

7) 3쪽.

8) 167쪽.

9) 『*Encyclopedia of the Enlightenment*』, Vol. 4, Oxford University Press, 2003, p.141.

10) 318쪽.

11) 148쪽.

12) 케네드 클라크, 이재호 역, 『누드의 미술사』, 열화당, 1982, 9쪽.

13) 『*Poems of Affairs of State: Augustan Satirical Verse, 1660-1714*』, 전 6권, ed., George de F. Lord, New Haven, 1963.

14) 341쪽.

15) 가령 김번, 205쪽.

16) 84쪽.

17) 106쪽.

18) 340쪽.

19) 340쪽.

20) 340쪽.

21) 349쪽.

22) 『*The Correspondence of Jonathan Swift*』, ed., Harold Williams, Clarendon Press, 1963-65, vol. 3, pp. 102~103.

23) 송낙헌, 362쪽.

6장 소인국

1)편지 끝에 1727년 4월 2일이라고 적혀져 있으나, 실제로는 1735년 판에 나타났다.

2) 4쪽.

3) 5쪽.

4) 13쪽.

5) p.3

6) 김영국, 34쪽.

7) 송낙헌 14쪽.

8) 21쪽.

9) 21~22쪽.

10) 22~23쪽.

11) 22쪽 주9.

12) 20쪽.

13) p.9

14) 24~25쪽.

15) p.12

16) p.12

17) 25쪽.

18) 26쪽.

19) 27~28쪽.

20) 28쪽.

21) 29쪽.

22) 29~32쪽.

23) 34~35쪽.
24) 35쪽.
25) 36쪽.
26) 36쪽.
27) 39쪽.
28) 39쪽.
29) p.25
30) 40쪽.
31) 40~41쪽.
32) 44쪽.
33) 46쪽.
34) 46쪽.
35) 46쪽.
36) p.30
37) 김영국 71쪽.
38) 46쪽.
39) 21쪽.
40) 47쪽.
41) 47쪽.
42) 49쪽.
43) 51~52쪽.
44) 53쪽.
45) 53쪽.
46) 52쪽.
47) 52쪽.
48) 55쪽.
49) 57쪽.
50) 57~58쪽.
51) 59쪽.
52) 60쪽.
53) 61쪽.
54) 63쪽.
55) 김번, 204쪽.
56) 70쪽.
57) 74쪽.
58) 75쪽.
59) 75쪽.
60) 75쪽.
61) p.52
62) 김영국, 102쪽.
63) 82쪽.
64) 15쪽.
65) 83쪽.
66) 83쪽.
67) 83쪽.
68) 84쪽.

7장 대인국

1) 87쪽.
2) 167쪽.
3) 89쪽.
4) 90쪽.
5) 91쪽.
6) 98쪽.
7) 92~93쪽.
8) 95쪽.
9) 96쪽.
10) 97쪽.
11) 99쪽.
12) 97쪽.
13) 100쪽.
14) 101쪽.
15) 101~107쪽.
16) 108~111쪽.
17) 112쪽.
18) 113쪽.
19) 116쪽.
20) 116~119쪽.
21) 120~129쪽.
22) 129쪽.
23) p.91.
24) 130쪽.
25) 131쪽.

26) 131~133쪽.

27) 133~136쪽.

28) 137쪽.

29) 138쪽 이하.

30) 144쪽.

31) 145쪽.

32) 147쪽.

33) 147~148쪽.

34) 148쪽.

35) 150~151쪽.

36) 151쪽.

37) 151쪽.

38) 152쪽.

39) 152쪽.

40) 152쪽.

41) 152쪽.

42) 153쪽.

43) 153쪽.

44) 154쪽.

45) 155쪽.

46) 156쪽.

47) 169쪽.

48) 170쪽.

49) 170쪽.

8장 공중국

1) 173~174쪽.

2) 175쪽.

3) 177쪽.

4) 178쪽.

5) 179쪽.

6) 365~366쪽.

7) Ricardo Quintana, 『*The Mind and Art of Jonathan Swift*』, 1936, Glouster, Mass., pp.315~316.

8) 366쪽.

9) 180쪽.

10) 181쪽.

11) 183~186쪽.

12) 187쪽.

13) 188쪽.

14) p.138.

15) 188쪽.

16) 189쪽.

17) 189쪽.

18) 190~195쪽.

19) 191쪽.

20) 194쪽.

21) 195쪽.

22) 195쪽.

23) 195쪽.

24) 196쪽.

25) 196쪽.

26) 196~198쪽.

27) 201쪽.

28) 202쪽.

29) 203쪽.

30) 203쪽.

31) 206~223쪽.

32) Majorie Nicholson and Nora A. Mohler, 『*The Scientific Background of 'Voyage to Laputa' in A. Norman Jeffares ed., Swift: Modern Judgement*』, Macmillan, 1968, p.228.

33) 207쪽.

34) 213~214쪽.

35) 214쪽.

36) 214쪽.

37) 216쪽.

38) 218쪽.

39) 219쪽.

40) 220쪽.

41) 220쪽.

42) 221~222쪽.

43) 227쪽.

44) 227쪽.

45) p.168

46) 231쪽.

47) 231쪽.

48) 231쪽.

49) 233쪽.

50) 235쪽.

51) 235쪽.

52) 238쪽.

53) 241쪽.

54) 244쪽.

55) 245쪽.

56) 248쪽.

57) 250쪽.

58) 251~255쪽.

9장 마인국

1) 슈바니츠, 363쪽.

2) 259쪽.

3) 262쪽.

4) 262쪽.

5) 264쪽.

6) 265쪽.

7) 269쪽.

8) 281쪽.

9) 282쪽.

10) 282쪽.

11) 283쪽.

12) 285~286쪽.

13) 288쪽.

14) 288쪽.

15) 288쪽.

16) 47쪽.

17) 289쪽.

18) 289쪽.

19) 292쪽.

20) 292쪽.

21) 293쪽.

22) 293쪽.

23) 294쪽.

24) 294쪽.

25) 295쪽.

26) 296쪽.

27) 296쪽.

28) 298쪽.

29) 307쪽.

30) 298쪽.

31) 299쪽.

32) 300쪽.

33) 301쪽.

34) 308쪽.

35) 310쪽.

36) 310쪽.

37) 일본인 富山太佳夫의 입장이다.

38) 286쪽.

39) 317쪽.

40) 316쪽.

41) 315쪽.

42) 316쪽.

43) 317쪽.

44) 319쪽.

45) 320쪽.

46) 153쪽.

47) 321쪽.

48) 321쪽.

49) 321쪽.

50) 322쪽.

51) 324~325쪽.

52) p.242

53) 325쪽.

54) 327쪽.

55) 328쪽.

56) 332~340쪽.

57) 332쪽.

58) 340쪽.

59) 336쪽.

에필로그

1) Montaigne, 『*Les Essais de Montaigne*』, par P. Villey et V.-L. Saulnier, Presses Universitaires de France, 1965, p.973. 우리말 번역은 몽테뉴, 손우성 옮김, 『몽테뉴 수상록』 제3권 225~226쪽.

2) Essais, pp.985~986. 손우성, 3, 240~241쪽.

3) Essais, p.988. 손우성 역, 3, 243쪽.

4) Essais, pp.804~805. 손우성, 3~22쪽.

더 읽어보기

『걸리버 여행기』 이후의 아일랜드

1) 박지향, 219쪽, 307쪽.

2) 박지향, 222쪽.

3) 박지향, 263쪽.

4) 박지향, 233쪽.

5) 박지향, 321쪽.

6) 박지향, 250쪽.

7) 〈1913년 9월〉

8) 〈1919년〉

9) 〈1919년〉

10) 〈이스터 1916년〉

11) 이상옥 역, 민음사, 2001, 292쪽.

12) 이 작품을 식민지문학으로 분석한 유일한 국내자료는 남기현, 『더블린 사람들 다시 읽기』, 경진문화사, 2004.

13) 박지향, 55쪽.

14) 노르만 핀켈슈타인, 신현승 역, 『홀로코스트 산업』, 한겨레신문사, 2004, 188쪽.

아일랜드와 한국, 동병상련일까 동상이몽일까?

1) 박지향, 17쪽.

2) 박지향, 19쪽. 박지향의 이 책은 그런 '편협한 역사의식'에 대한 아일랜드 역사학의 수정파 이론을 상세히 소개한다. 특히 52~60, 175~207쪽.

3) Richard Kearney, 『*Postnationalist Ireland: Politics, Culture, Philosophy*』, 1997.

사진 출처

〈저자 촬영〉

40쪽(가운데),41쪽(위/가운데/아래 오른쪽), 48쪽, 296쪽(오른쪽)

〈셔터스톡 이미지〉

30쪽, 32쪽, 50쪽, 290쪽(오른쪽)

〈위키미디어 공용 이미지〉

4쪽, 11쪽, 25쪽, 39쪽, 40쪽(위/아래), 41쪽(아래 왼쪽), 43쪽, 44쪽, 47쪽, 55쪽, 56쪽, 65쪽, 70쪽, 73쪽, 75쪽, 76쪽, 77쪽, 80~91쪽, 99쪽, 100쪽, 102쪽, 108쪽, 109쪽, 110쪽, 111쪽, 114쪽, 117쪽, 123쪽, 128쪽, 130쪽, 131쪽, 135쪽, 142쪽,
158쪽, 159쪽, 161쪽, 171쪽, 177쪽, 178쪽, 183쪽, 184쪽, 185쪽, 186쪽, 188쪽, 190쪽, 191쪽, 194쪽, 197쪽, 199쪽, 205쪽, 207쪽, 209쪽, 212쪽, 213쪽, 214쪽, 218쪽,
220쪽, 222쪽, 223쪽, 224쪽, 226쪽, 227쪽, 228쪽, 229쪽, 230쪽, 232쪽, 233쪽,
235쪽, 236쪽, 237쪽, 238쪽, 239쪽, 251쪽, 252쪽, 254쪽, 255쪽, 258쪽, 266쪽,
269쪽, 271쪽, 273쪽, 274쪽, 288쪽, 289쪽, 290쪽(왼쪽), 292쪽, 293쪽, 296쪽(왼쪽), 297쪽, 298쪽, 315쪽, 317쪽, 321쪽, 328쪽, 334쪽, 335쪽

〈네이버 영화〉

302쪽, 306쪽

Gulliver's Travels